MACL YR HELIWR

# MAGL YR HELIWR

Addasiad Megan Tomos

© Kay Mitchell 1991

Cyhoeddwyd gyntaf yn 1991 gan Barrie & Jenkins Ltd.,
Random Century House, 20 Vauxhall Bridge Road,
Llundain SW1V 2SA
Teitl gwreiddiol: *In Stony Places*

Argraffiad Cymraeg cyntaf—1997
ⓗ yr addasiad Cymraeg: Megan Tomos 1997

ISBN 1 85902 448 3

Cyhoeddwyd dan gynllun comisiynu Cyngor Llyfrau Cymru.

Dymuna'r cyhoeddwyr gydnabod cymorth
Adrannau Cyngor Llyfrau Cymru.

*Argraffwyd gan*
*Wasg Gomer, Llandysul, Ceredigion*

# 1

Roedd hi'n haws syllu drwy'r ffenest na wynebu Gail. Beth bynnag, roedd y cymylau duon oedd yn hel yr ochr arall i'r comin yn cynnig rhyw fath o gydymdeimlad. Popeth mor ddu ym mhob man.

Dywedodd Gail, yn y llais bychan hwnnw a ddefnyddiai pan fyddent yn ffraeo, 'Roedd y darllenwyr yn 'n licio i', ond gwingodd pan glywodd y sylw miniog gwawdlyd.

'Licio dy fronne di, wyt ti'n 'i feddwl. Pam na sefi di ar dy ben y tro nesa? Den nhw ddim 'di trio hynne.'

'Pam na wnei di drio deall? Dwi'n cael dwywaith gymaint â'r tro diwetha.'

'O! dyna ydi'r gêm, ia? Y pres.'

'Gwranda, mi fydda i'n hwyr.'

'O'r gore, well iti gael tacsi. Mae'n mynd i biso bwrw.'

Roedd Gail wedi ei llorio. Colli pob dadl fu ei hanes erioed. 'Falle bod gen ti galon fel aur, ond does gen ti fawr rhwng y ddwy glust 'ne.' Dyna ddywedodd Rob wrthi unwaith, ac ni fedrai byth anghofio hynny.

'Iawn, iawn. Os ydi pres yn rhywbeth mor fudr, dwed hynny wrtha i pan fydda i'n gyfoethog.'

'Fydda i ddim yma, cariad.'

Y tu allan rhedai dau efaill y tŷ pen ar draws y ffordd a'u hwynebau'n blastar o hufen iâ. Yn yr ystafell roedd Gail yn ei chwman, yn teimlo'n ddiflas a digalon. Heb droi i edrych arni, dywedodd Rob, 'Dy fywyd di ydi o—dy benderfyniad di. Gwna fel lici di. Ti piau'r dewis.'

5

Uwchben y comin coediog roedd y cymylau boliog yn isel a bron â chyffwrdd â choed uchaf y goedwig cyn i honno ddiflannu o'r golwg y tu ôl i'r bryn. Pe bai Gail yn dewis y llwybr drwy'r comin, byddai'n rhaid iddi fynd heibio'r goedwig, ac roedd meddwl am hynny'n ei phoeni.

'Erbyn iti gyrraedd yr ochr arall mi fyddi di'n wlyb domen.'

'Mi reda i.'

'Paid â bod mor wirion.'

'Wel, un wirion ydw i. Dyna ddwedest ti!' A chan daflu ei bag dros ei hysgwydd, ychwanegodd, 'Alla i ddim fforddio tacsi, beth bynnag. Wela i di heno.'

Erbyn iddi ddechrau bwrw roedd Gail hanner ffordd i'r goedwig. Disgynnai'r glaw yn ddafnau mawr ac roedd sŵn taran yn y pellter yn bygwth gwaeth. Daliodd ei hambarél ar ongl a hoelio'i sylw ar y llwybr, ond llithrodd ar garreg rydd nes bron â disgyn.

Roedd hi'n ddigon tywyll i fod yn nos—yn iasol o dywyll—ac ni fyddai byth yn croesi'r comin yn y nos; roedd yr ehangder yn ei dychryn. Na, nid yr ehangder a'i poenai, ond yr hyn a allai fod yn cuddio yno, yn ymdebygu i goeden neu lwyn.

Daeth sgrympiau o law gan daro'n galed yn erbyn deunydd neilon tyn yr ambarél, a chwythu'n oer ar ei choesau. Yn y goedwig ar ochr y llwybr torrodd brigyn, gan wneud twrw mawr ynghanol y tawelwch, a theimlodd yn nerfus am eiliad. Ci? Rhaid ei fod yn enfawr. Cofiai y byddai dau Rottweiler yn ymarfer ar y comin yn rheolaidd.

Roedd hi'n anodd dal ambarél wrth redeg, ac

efallai nad oedd hi'n ddoeth rhedeg o gwbl; efallai y byddai hynny'n herio'r anifail. Gallai ei glywed yn anadlu'n gryf ac yn ddwfn. Yna trodd ei phen a gweld nad ci oedd yno.

Pan welodd Gail y tywyllwch y tu ôl i'r llygaid, cododd arswyd ynddi. Trodd yr ambarél yn darian i'w hamddiffyn, ond ysgubwyd hi o'r neilltu yn ddiseremoni. Chwyrlïodd o'i llaw ac fe'i chwipiwyd i lawr y bryn gan y gwynt fel olwyn trol. O'r lle y safai gallai weld yr arhosfan bysys, ond ni allai weld a oedd unrhyw un yno. Daeth yr ysfa i sgrechian, ac ergyd drom y dwrn, bron yr un pryd.


Ymdroellai'r llwybr gwag ar letraws o'r goedwig at hen giât fetel yn ymyl yr arhosfan bysys, ac arweiniai at ffordd fechan a âi drwy ddau bentref bychan a heibio hanner dwsin o ffermydd. Ychydig o draffig a geid ar hyd-ddi. Am ryw reswm, gwnaeth y tawelwch y tu allan i'r cwpl oedd yn yr arhosfan bysys sibrwd, a'r sŵn cryfaf oedd y glaw yn taro ar do haearn y caban.

Roedd Lorraine yn parablu am ei hoff bwnc, tra oedd llygaid Malcolm yn dangos ei fod wedi hen ddiflasu. Yn ei farn ef, dylai'r ffaith eu bod yn mynd i briodi fod yn ddigon iddi, ond yn lle hynny rhygnai ymlaen am ffrogiau'r morynion. Er nad oedd yn gwrando dim ar yr hyn a ddywedai, ni allai lai na chlywed ei llais.

'Lliw eirin gwlanog, dwi'n meddwl. Wyt ti'n cytuno? Lliw eirin gwlanog, cynnes. Bydd Tina chi yn edrych yn ddigon o sioe a . . .'

Peidiodd ar ganol brawddeg, gan glirio twll bach â'i bys yn yr ager oedd wedi hel ar y ffenest, er mwyn medru gweld. 'Glywest ti hynne?'

'Rhywun yn chwarae o gwmpas.' Cydiodd yn dynnach amdani, gan deimlo braidd yn annifyr.

'Y tywydd yma?' Chwiliodd yn ei phoced am hances bapur i glirio darn mwy o'r ffenest. 'Roedd yn swnio . . .'

'Fel rhywun yn chwarae o gwmpas.' Ac er mwyn tynnu ei meddwl oddi ar y sŵn dywedodd, 'Beth am las? Dwi bob amser wedi licio glas.'

Yn anfoddog braidd, trodd ei llygaid duon i edrych arno a gadael iddo dynnu ei sylw. 'Glas piwslyd neu las golau?'

Baglodd braidd; iddo ef, glas oedd glas. 'Golau, glas golau fel y siwmper brynest ti wythnos diwetha.'

'O ia, wn i,' meddai'n ddidaro, gan ei bod eisoes wedi penderfynu ar liw eirin gwlanog.

Trwy'r darn clir o wydr gwelodd ambarél ddu yn powlio i lawr y bryn. I ddechrau, meddyliodd Lorraine mai bag sbwriel ydoedd, yna gwelodd ei fod yn grwn. 'Dyna ryfedd! Ambarél rhywun.' Yna, gan ymestyn ei gwddw i weld ymhellach, meddai, 'Wela i neb yn rhedeg ar ei hôl hi.'

'Od.'

Gwyliodd y ddau'r gwynt yn ei throelli tuag atynt.

Bellach roedd yr awyr i gyd yn llwyd.

'Does dim taw ar y glaw 'ma,' dywedodd Malcolm. 'Pe bawn i'n cael gafael ar yr ambarél yna, mi fedren ni 'i heglu hi.'

'Mae rhywun yn siŵr o ddod ar 'i hôl hi.'

'Arhoswn ni am bum munud.'

Ac felly y bu. Pan na ddaeth neb i'r golwg ar y comin, awgrymodd Lorraine, 'Gallen ni bob amser ei rhoi hi i mewn wedyn. Nid ei dwyn hi fydden ni, nage?'

Roedd yr ambarél wedi aros wrth fôn y gwrych, ac roedd gwaelod trowsus Malcolm yn wlyb domen ar ôl iddo redeg drwy'r glaswellt hir gwlyb i'w nôl hi. Cododd ei olygon i edrych ar y goedwig. Beth petai'r sgrech yn un go iawn? Ddylai o ddim mynd i edrych? Gan deimlo'n wirion braidd, symudodd i ffwrdd o'r gwrych.

O'r tu mewn i'r arhosfan, gwelai Lorraine ef yn dechrau cerdded i fyny'r bryn, ac aeth allan i'r glaw. 'Mal, tyrd, brysia!' Pan ddaeth yn ei ôl, cydiodd yn ei fraich â rhyddhad a dweud, 'Ffŵl gwirion!'

'Ro'n i'n meddwl y dylwn i . . .'

'Dwi'n gwybod dy fod ti, ond mi ddwedest ti dy hun—chwarae o gwmpas. Does 'na ddim pwynt gwlychu, oes 'ne?'

Dechreuodd ei dynnu i lawr y stryd. Allai dim byd drwg ddigwydd yng ngolau dydd. Er mwyn cael tawelwch meddwl, llwyddodd i'w hargyhoeddi ei hun mai rhyw bobl wirion oedd yno yn chwarae o gwmpas. Beth bynnag, doedd pethau ofnadwy ddim yn digwydd i ferched neis.


Cofnodwyd yr alwad i orsaf yr heddlu ym Malminster am ugain munud wedi pedwar, ac ymhen tri munud roedd car heddlu'n tynnu i mewn wrth yr arhosfan yn Ffordd Mortimer. Roedd y glaw wedi peidio, a'r haul yn dechrau ymegnïo gan dorri drwy'r awyr blwm.

Ar y codiad wrth y coed, disgwyliai dyn yn anesmwyth, a daeargi gwyn yn ubain yn ei ymyl. Pan gyrhaeddodd Cwnstabl Hicks a'i wynt yn ei ddwrn ar ôl rhedeg o'i gar, gwyddai nad galwad ofer oedd hon; roedd hynny'n glir ar wyneb gwelw'r hen ŵr. Ni chafodd Hicks gyfle i ofyn cwestiynau hyd yn oed, cyn cael ei dynnu gerfydd ei fraich at y coed. Ceisiodd y ci wrth eu traed ryw hanner chwyrnu.

Dywedodd ei berchennog yn fyr ei wynt, 'Wooster ddaeth o hyd iddi'n gorwedd ynghanol y coed. Y ci gwirion, ro'n i'n meddwl mai mynd ar ôl cwningen oedd o pan blannodd i mewn. Ond nage, gwaetha'r modd. Dwi'n edifar imi edrych.'

Tynnodd Hicks ei fraich yn rhydd. 'Well imi gymryd golwg fy hun, syr.'

Cael dyrchafiad oedd breuddwyd mawr Cwnstabl Hicks ar y pryd, felly camodd ymlaen yn ofalus. Gorweddai'r ferch a'i hwyneb tua'r llawr, o'r golwg braidd yng nghanol y tyfiant, a'i breichiau ar led. Heb feddwl, plygodd i deimlo am bŷls, ond camodd yn ôl yn sydyn pan deimlodd y croen oer. Ei gorff cyntaf. Wrth iddo ymestyn am ei radio ddwyffordd, teimlai'n wan a dechreuodd chwysu.

Mae'n rhaid mai dyma sut y teimlai'r hen ŵr, meddyliodd.

2

Rhuthrodd Morrissey o'i swyddfa, wedi iddo sylweddoli braidd yn hwyr pam roedd Margaret wedi ymddwyn yn oeraidd tuag ato amser brecwast. Diolch i Dduw am y siop flodau ar y gornel! Efallai y byddai rhosod cochion a chinio yn y lle Eidalaidd roedd hi'n ei hoffi yn gwneud iawn am bopeth.

Dros y misoedd diwethaf bu eu perthynas yn un weddol dawel, ac roedd yn dechrau mwynhau dedwyddwch cartref. Nid ei fod yn beio Margaret am y cyfnodau stormus; nid oedd yn hawdd bod yn briod â phlisman—gormod o swperau'n cael eu gadael ar eu hanner, gormod o gynlluniau'n cael eu canslo. Ac ni châi Margaret hi'n hawdd rheoli ei thymer bob tro, mwy nag yntau.

Ar ôl cawod drom y prynhawn, roedd tipyn o heulwen i'w gweld yma ac acw, ac roedd awel iach wedi chwalu'r awyrgylch stormus lethol. Hyd yn oed yma, yng nghanol y ddinas, roedd yr awyr i'w chlywed yn lân am unwaith, a chymerodd ei amser wrth gerdded ar hyd y pafin a oedd newydd ei olchi gan y glaw.

Gan chwibanu'n ddibryder ar ôl dewis y rhosod, talu amdanynt a'u hanfon i ben eu taith, dychwelodd i adeilad yr heddlu. Cerddodd drwy'r drysau siglo trwm ac yn ôl i mewn i'r awyr boeth, sych. Doedd y system awyru byth yn gweithio'n iawn, a gyda'r ffenestri newydd nad oedd yn agor yn ddigon llydan i alluogi dryw bach ddod i mewn drwyddynt hyd yn oed, roedd hi bron yn annioddefol.

Roedd wedi meddwl ffonio Florio's cyn gynted ag

y deuai'n ôl i'r swyddfa, ond roedd un olwg ar wyneb Barrett yn dweud y cwbl. Roedd sticer coch ar y ffeil newydd ar ei ddesg, a doedd sticeri coch ddim yn golygu nosweithiau cynnar. Tynnodd ei wynt ato.

'Ble?'

'Pen gorllewinol y comin. A ffoniodd Syr ychydig funudau'n ôl; eisiau gair â chi yn ddiweddarach. Roedd rhywbeth wedi ei gynhyrfu.'

'Dwi'n gwybod beth yw e. Mae o'n dychmygu be fydd yn y papurau ac yn gwingo'n barod.' Teimlai Morrissey ei wrychyn yn codi, fel y gwnâi yn aml, ac ar ben hynny roedd y diflastod o fethu â gwneud dim. Gwyddai beth oedd yn ei aros ar y comin, a pha mor boenus o fanwl y byddai'r chwilio am bob dernyn o dystiolaeth, ond gwyddai hefyd, gyda'r llofrudd hwn, mai'r unig obaith oedd y byddai'n gwneud camgymeriad bach. Cymerodd gipolwg ar yr adroddiad cryno.

Gan wgu ar Barrett, clywodd lais Margaret yn ei glust.

Eisteddodd Barrett yn y car i aros amdano. Gwell priodi na llosgi? Ni theimlai ef unrhyw awydd i ddilyn cyngor yr Apostol Paul; ei athroniaeth ef oedd, gwell llosgi'n gyflym na rhostio'n araf.

Nid oedd modd darllen wyneb caled Morrissey pan ddaeth i eistedd yn sedd y teithiwr, ac wrth i Barrett gychwyn y car a gyrru i ffwrdd yn araf, ymataliodd rhag gofyn beth fu ymateb Margaret.

Stopiodd y car yn Ffordd Mortimer y tu ôl i gar Hicks. Roedd hen ŵr yn eistedd yn y sedd gefn a daeargi yn ei ymyl, ac ysgyrnygodd hwnnw'n fygythiol pan edrychodd Barrett arno.

Roedd Hicks ar ben y bryn yn aros amdanynt. Pan welodd nhw'n dod, rhoddodd y cwnstabl ochenaid o ryddhad yn gymysg â rhywfaint o genfigen. Unwaith y bydden nhw'n cymryd drosodd, ni fyddai dim ar ôl iddo ef ei wneud ond ysgrifennu adroddiad ac, mae'n debyg, gyrru'r hen ŵr adref.

Saliwtiodd yn ddefodol. Dywedodd rhywun wrtho rywbryd mai'r ffordd gyflymaf o ddod allan o iwnifform oedd cael eich gweld, a dyma'i gyfle.

Nodiodd Morrissey, a daeth gwên ysgafn i'w wefusau. 'Pwy sy gen ti yn y car?'

'Ei gi o ffeindiodd y corff. Pan gyrhaeddes i roedd yn wyn fel y galchen, a theimlais mai gwell oedd iddo eistedd yn y car.'

'Wyt ti wedi ei holi?'

'Dwi wedi gofyn a welodd unrhyw un, ond dwedodd nad oedd neb arall ar y comin, dim ond y fo a'r ci.'

Cyrcydodd Morrissey yn y glaswellt a'r hen ddeiliach. Roedd yn amhosib gwybod sut un oedd y ddynes a'i hwyneb tua'r llawr, ond roedd yr un mor amhosib ei symud nes bod y ffotograffydd wedi gwneud ei waith.

Er hynny, trodd ei hwyneb oddi wrth y tir lleidiog. Awgrymai ei gwallt hir, llyfn, rywun ifanc. Pa mor ifanc? Deunaw? Ugain? Deunaw oed oedd Katie, a byddai Katie'n cerdded adref ar ei phen ei hun. Ceisiodd anghofio am Katie. Gartref yr oedd yn dad; yma, y peth gorau y gallai ei wneud er ei lles hi a phob dynes arall ym Malminster, oedd cadw ei ben yn glir.

Roedd yna rwyg yng nghot ddu sgleiniog y ferch

farw, lle'r oedd wedi bachu mewn cangen isel, ac roedd ei hesgidiau wedi dod i ffwrdd wrth iddi gael ei llusgo o'r golwg.

Camodd yn ôl o'r tyfiant yn ofalus a sefyll gyda Hicks a Barrett ar y llwybr.

'Mae'n debyg iti gymryd enw a chyfeiriad dy dyst?' gofynnodd i Hicks.

'Do, syr. Mr Charles Hodgson, 28 Grasmere Crescent. Cyfrifydd wedi ymddeol.'

'Mi gei di fynd â fo adre 'mhen dau funud.' Edrychodd ar Barrett. 'Cer i weld a oes gan Mr Hodgson rywbeth o werth i'w ddweud, wnei di?' Dechreuodd Hicks ei ddilyn, ond galwodd Morrissey ef yn ei ôl. Cyrhaeddodd mwy o geir, a fan heddlu.

'Hoffwn gael copi o d'adroddiad ar fy nesg ben bore fory.'

'Iawn, syr.'

'Tyrd di dy hun â fo imi, wnei di?' ychwanegodd, a gwyliodd Hicks yn pendroni ai cerydd ai canmoliaeth oedd hynny.


Roedd Barrett wedi meddwl ei fod yn adnabod y ferch. Dywedodd hynny pan drodd y patholegydd hi drosodd, ond nid oedd wedi medru cofio tan yn awr lle yn union na phryd y gwelsai hi o'r blaen.

Roedd Morrissey wedi dod ag ef i'r marwdy oer a llaith. Nid dyma'r tro cyntaf iddo fod yno, ond nid oedd ddim haws y tro yma na'r tro cyntaf. Anfonwyd dillad y ferch farw at yr arbenigwyr fforensig, ac roedd ei chorff, wedi i'r ffotograffydd dynnu lluniau o'r marciau a'r cleisiau, yn aros am y *post-mortem*.

Wrth dynnu'r gynfas oddi arni cilwenodd y gwyliwr nos a dweud, 'Am wastraff! Gallwn i fod wedi ffansïo hon.'

Edrychodd Morrissey arno'n sarrug a symud pen y ferch yn dyner, gan ddatgelu cleisiau ar ei hwyneb a gwrym dwfn yn ei gwddw. Bu'n farwolaeth egr.

Roedd y patholegydd wedi dweud unrhyw bryd rhwng deuddeg a dau. Byddai'r comin yn wag bryd hynny, ac yn glir o unrhyw rai yn mynd am dro gan ei bod hi'n bwrw'n galed. Beth barodd iddi gymryd y llwybr arbennig yna ar yr adeg arbennig yna?

'Tudalen tri!' meddai Barrett yn sydyn. Trodd Morrissey i edrych arno. 'Dyna lle dwi wedi ei gweld hi. Tudalen tri y *Sun*. Yr wythnos diwetha rywdro.' Yna wrth i lygaid Morrissey aros arno, eglurodd yn amddiffynnol, 'Roedd yne gopi yn ystafell y loceri. Dwi ddim yn ei brynu fy hun.'

Fel arfer byddai sylw fel hwn wedi gwneud i'r prif arolygydd wenu; ond nid y tro hwn.

Roedd y gwyliwr nos yn codi pwys ar y ddau dditectif. Hyd yn oed pan ddywedai rywbeth a allai ar yr wyneb fod yn ddefnyddiol. 'Choeliwch chi byth pa mor lwcus ydech chi'ch dau heno. Mae gen i holl luniau'r wythnos diwetha.' Rhoddodd y gynfas yn ei hôl dros y corff a cherdded i ffwrdd.

Aethant ar ei ôl ar hyd pwt o goridor i mewn i ryw gilfach lle'r oedd bwrdd llawn staeniau a chadair. Ar hyd un wal, glynwyd rhes o luniau merched tudalen tri â phinnau bawd.

Chwarddodd fel petai'r sefyllfa'n ddigrif tu hwnt.

'Feddyliais i 'rioed y cawn i un ohonyn nhw mewn fan hyn—a'i gweld hi yn y cnawd.'

Roedd Barrett yn gandryll; hoeliodd ei lygaid ar y wal. 'Hon,' dywedodd yn swta, gan dynnu'r pinnau bawd o'r llun.

'Chewch chi mohono fo. Dwi isio'i ddangos i'm ffrindiau.'

'Mi gei di o'n ôl. Pan ddaw'r amser.'

'O caf, siŵr. Wnaiff hynny ddim lles i mi 'mhen chwe mis, na wnaiff? Ddylwn i ddim fod wedi dweud dim.'

'Paid â phoeni, mae'n debyg y bydd mewn lliw yr wythnos nesa.'

Gloywodd ei lygaid swrth. 'Dach chi'n meddwl?'

'Dyna'r drefn, yndê?'

Sylwodd Morrissey arno'n trio dyfalu beth yn union yr oedd yn ei ddweud. Cyfarthodd. 'Mae hyn yn dal yn gyfrinachol. Os soni di amdano wrth unrhyw un mi gei dy gyhuddo o rwystro gwaith yr heddlu.'

''Yn llun i ydi o!'

'A dy dri mis o wyliau di fydd o hefyd!'

Gadawyd ef a'i ben yn ei blu, yn syllu ar y bwlch ar y wal.

'Dech chi'n meddwl y gwrandawith o?' gofynnodd Barrett pan oeddent yn ôl yn y car.

'Dwi bron â gobeithio na wnaiff.'


Am ddeg o'r gloch y noson honno, tystiodd y ferch a rannai fflat â Gail Latimer mai hi oedd y ferch a lofruddiwyd. Aeth Morrissey â'r ferch yn ôl i'w swyddfa a cheisio bod yn addfwyn.

'Mae angen inni wybod mwy amdani—sut y

treuliai ei hamser, y llefydd roedd hi'n arfer eu mynychu, ac yn arbennig y dynion roedd hi'n eu nabod. A oedd yna un dyn yn arbennig?'

Un fain yn hytrach na siapus oedd Susan Reed, gyda gwallt hir brown wedi ei dynnu'n ôl yn frysiog ac eisoes yn dechrau disgyn. Edrychai fel petai ar fin llewygu wrth iddi ysgwyd ei phen, a gobeithiai Morrissey y bydda'r te a archebodd yn cyrraedd yn fuan.

'Roedd yn ferch ddeniadol,' dywedodd Barrett. 'Mi faswn i'n meddwl . . .'

'Y byddai ganddi fwy nag un dyn ar y gweill. Dyna roeddech chi'n mynd i'w ddweud, yndê? Wel, doedd 'ne ddim. Nid un fel yne oedd Gail.' Roedd Susan yn crynu braidd, ac yn sydyn plethodd ei breichiau dros ei bronnau a chydio'n dynn yn ei hysgwyddau.

'Allai hi fod wedi trefnu cyfarfod â rhywun ar y comin?' gofynnodd Morrissey.

'Na.'

Nid oedd unrhyw amheuaeth ganddi, a rhyfeddodd Morrissey at ei phendantrwydd, ond yna cyrhaeddodd y te, a pheidiodd â'i holi am ychydig. Gadawodd iddi gael llonydd i yfed, ei dwylo'n cydio'n dynn am y gwpan. Pan ddaeth tipyn o liw yn ôl i'w hwyneb, rhoddodd ail gynnig arni. 'Y mae'r peth lleia, y peth mwya annhebygol yn helpu weithiau,' meddai, a cheisiodd feddwl pam roedd ei llygaid yn gwneud iddo deimlo'n anghyfforddus. 'Dyna pam mae angen inni wybod popeth amdani, hyd yn oed os ydych chi'n meddwl ein bod ni'n ymyrryd.'

'Dwi'n gwybod hynne. Does dim angen ichi egluro.' Rhoddodd y gwpan i lawr ac eistedd i fyny'n syth. 'Fel arfer bydd llofrudd yn nabod ei ysglyfaeth. Dyna'r sylfaen i'ch ymholiadau chi, yndê? Wel, nid Gail.'

'Roeddech chi'n ei nabod hi cystal â hynny? Am faint y buoch chi'n rhannu fflat?'

'Dwy flynedd. Roeddwn—yn ffond iawn ohoni. Roedden ni'n siarad lot ac yn ymddiried yn ein gilydd—nid dim ond rhyw fân siarad—ac oeddwn, roeddwn i'n ei nabod hi'n dda. Yn ddigon da i wybod petai hi'n cael problemau gyda rhyw ddyn.'

'Fedrwch chi roi cyfeiriad ei rhieni imi? Hoffwn dorri'r newydd iddynt mor fuan ag y bo modd rhag ofn iddynt glywed o rywle arall.'

'Doedd ganddi ddim rhieni. Roedd ganddi frawd priod ym Manceinion, ond doedden nhw ddim mor agos â hynny. Mae o tua deng mlynedd yn hŷn na hi. Dduw mawr!' Edrychodd Susan ar ei dwylo aflonydd. 'Dydi hyn ddim yn iawn, eistedd yn fan hyn yn siarad ac yn yfed te—dwi'n teimlo'n hollol afreal, fel pe na bai hyn yn digwydd go iawn.'

'Ydych chi'n nerfus ynglŷn â mynd yn ôl i'r fflat? Oes yna rywle arall y byddai'n well gennych chi fynd iddo, neu a oes yna rywun yr hoffech chi ei gael yn gwmni?'

'Na, mi fydda i'n iawn. Diolch, ond dwi ddim yn poeni, ddim am hynne.'

'Beth sy'n eich gwneud chi'n anesmwyth?'

Edrychodd arnynt gan bwyso a mesur. Tybed, meddyliai Morrissey, a fyddai hi'n eu cael yn brin. Yna dywedodd y ferch, 'Y gwacter y bydda i'n ei

18

deimlo fory, a thrannoeth, a thradwy. Mae'n debyg mai symud wna i.'

'Bydd rhaid inni edrych drwy ei phethau,' dywedodd Morrissey yn gwta. 'Pan fyddwch chi'n teimlo y gellwch chi ddiodde hynny.' Rhyfedd mor chwithig y teimlai gyda'r ferch yma.

O leiaf ni ddywedodd hi'r hyn roedd hi siŵr o fod yn ei feddwl mewn gwirionedd, sef nad oedd ef yn credu ei bod hi'n gwybod popeth am ei ffrind marw; bod yna rywbeth ymhlith eiddo Gail a fyddai'n arwain at ddyn.

Yn lle hynny, dywedodd, 'Unrhyw bryd dech chi isio.'

Ac arhosodd iddo benderfynu.

3

Roedd hi bron yn hanner nos erbyn i Morrissey gyrraedd adref. I fyny'r grisiau yn yr ystafell wely dywyll, roedd Margaret yn gwylio golau mawr y car yn creu cylch llachar wrth iddo ddod i fyny'r dreif, yna trodd drosodd a throi ei chefn at y drws.

Nid oedd yn llyfu'i briwiau, oherwydd nid oedd wedi ei brifo; roedd wedi . . . ni allai feddwl am y gair a gyfleai'r hyn a deimlai. Teimlai fel rhyw forgrugyn bychan yn cael ei gladdu'n raddol bach gan lif cyson o dywod.

Roedd y rhosod mewn fas ar fwrdd isel yn yr ystafell fyw; yn eu hymyl roedd ei hanrheg hi iddo ef, anrheg roedd hi wedi chwilio'n ofalus amdani, ac wedi ei lapio'n drylwyr. Byddai'n dod o hyd iddo naill ai heno neu fory; doedd dim ots rŵan. Pen blwydd priodas arall wedi mynd heibio.

Diffoddodd golau mawr y car, a gorweddai'n syth fel corff yn ei gwely, yn aros am sŵn y goriad yn y drws ffrynt. Pan ddaeth, roedd yn groes i'r graen iddi beidio â chodi. Roedd un rhan ohoni am godi a mynd ato, er mwyn clywed y rhyddhad wrth iddo ddweud 'Margaret?'

Safai Morrissey yn y cyntedd tawel. Roedd golau'r ystafell fyw ynghynn, a gwyddai y byddai brechdanau a fflasgaid o goffi'n ei ddisgwyl. Heno o bob noson byddent yn edliw iddo'n ysgafn. Tyst-iolaeth, pe bai ei hangen, bod Margaret yn wraig dda, tra oedd ef . . .?

Damio, gwyddai hi fod y pethau hyn yn rhan o'r gwaith.

Yna aeth i mewn a gweld y rhosod; a'r un pryd y parsel rubanog. Cyhuddiad arall. Cwbl haeddiannol.

Ni allai feio'r swydd am iddo anghofio; ei ddiofalwch ef a dim arall oedd yn gyfrifol am hynny. Ni wnaeth hynny'n fwriadol, ond nid yw diffyg bwriad yn lleihau'r drosedd. Roedd priodasau wedi chwalu ar lai.

Gadawodd y parsel yn y fan lle'r oedd hyd nes iddo glirio briwsionyn olaf ei swper unig. Yna, pan na fedrai osgoi gwneud hynny dim mwy, rhwygodd y papur.

*Portrait of the Artist as a Young Dog,* Dylan Thomas. Cydiodd yn ofalus ynddo, gan wybod yn iawn y byddai Margaret wedi chwilio bob twll a chornel am yr argraffiad cyntaf hwn. Nid rhuthro'r funud olaf am rywbeth yn siop y gornel a wnaethai hi. Heb unrhyw reswm digonol, teimlai'n filain ei bod hi wedi cofio ac yntau wedi anghofio. Aeth ag ef at y silff a'i roi rhwng *Death and Entrances* a *The Map of Love*, yna diffoddodd y golau a cherdded yn dawel i fyny'r grisiau.

Roedd drws Katie ar agor a golau'r landin yn goleuo'i hwyneb. Daeth yr atgof am Gail Latimer yn y goedwig wlyb yn ôl iddo. Doedd fawr o wahaniaeth rhyngddynt o ran oed. Cerddai Katie hithau ar draws y comin ar brydiau. Nid oedd ei ferch ef ddim diogelach nag unrhyw ferch arall. Yn yr ystafell ar draws y landin roedd ei fab yn chwyrnu'n ysgafn, ei freichiau wedi eu taflu ar led a hanner y *duvet* ar y llawr. Wrth i Morrissey ei godi i'w le, deffrôdd Mike am eiliad cyn ailddechrau chwyrnu'n ysgafn unwaith eto.

Yn eu llofft gorweddai Margaret yn llonydd fel pren. Dadwisgodd yn dawel er mwyn peidio â tharfu arni, a llithrodd i mewn i'r gwely. Pan glywodd Margaret ei gŵr yn anadlu'n fwy rheolaidd, gwyddai ei fod yn cysgu, ac aeth i lawr y grisiau i dwymo cwpanaid o lefrith a llyncu dwy aspirin.

Prin wyth o'r gloch oedd hi pan gyrhaeddodd ei swyddfa. Roedd Margaret wedi cysgu'n hwyr ac roedd ef wedi mynd â chwpanaid o de iddi, yn falch bod unrhyw ddannod wedi ei ohirio tan yn hwyrach.

Roedd Hicks eisoes yn ei ddisgwyl, yn amlwg yn awyddus i ddechrau ar waith y dydd, a gorfodwyd Morrissey i feddwl am y mater dan sylw. Ychwanegodd adroddiad y cwnstabl at ffeil Latimer ac amneidio.

'Wedi ei ysgrifennu'n dda. Mae'n braf darllen adroddiad clir.'

Symudodd Hicks ymlaen yn ei gadair yn awchus ar ôl bod ar bigau'r drain tra darllenai'r arolygydd ei adroddiad. 'Diolch, syr.'

Heb wenu dim, daliodd Morrissey lygad y cwnstabl, a chymeradwyodd y ffordd y syllodd y cwnstabl yn ôl arno heb geisio ei osgoi. 'Reit. Mi ro i air da drosot ti. Ffwrdd â thi.'

Pan gaeodd y drws, dywedodd Barrett, 'Dringwr bach awchus arall.'

'Mae'u hangen nhw arnon ni,' atebodd Morrissey. 'Po fwya ohonyn nhw sydd, lleia yn y byd o waith caib a rhaw gawn ni.' Cydiodd yn y ffeil a chodi o'i gadair. 'Tyrd. Damia, mae hanner y diwrnod bron â mynd yn barod. Os doi di â'r car at ddrws y swyddfa, mi awn ni i gael sgwrs arall efo Susan Reed.'

Nid aeth Barrett i ddadlau ag ef; roedd yn nabod Morrissey'n ddigon da i wybod ei fod yn teimlo'n rhwystredig. Roedd hi'n amlwg nad oedd pethau wedi mynd yn hwylus gartref neithiwr, ond gwyddai'n well na holi.

Roedd y fflat ar y llawr gwaelod ar ben pellaf y comin. Wrth edrych drwy'r ffenest sash henffasiwn, gallai Morrissey weld rhan o'r llwybr. Roedd yna lofftydd yn atig y tŷ hwn hefyd—ac yn y chwech neu saith tŷ arall yn y rhes. Gallasai unrhyw un oedd yn edrych allan drwy ffenest uchel fod wedi gweld rhywun yn llechu yn y coed.

Awgrymai'r düwch dan lygaid Susan Reed nad oedd wedi cysgu ryw lawer. Mae'n siŵr mai golwg bur debyg oedd ar frawd Gail. Byddai wedi bod ymhell wedi hanner nos erbyn i heddlu Manceinion dorri'r newydd iddo.

Trodd draw oddi wrth y ffenest a mynd at Barrett yn yr ystafell wely. Roedd pâr o welyau yno, a *duvets* blodeuog ar y ddau.

'Roeddech chi'n rhannu stafell wely, felly,' meddai. 'Nid dwy stafell ar wahân.'

'Fflat un stafell wely ydi hi,' atebodd Susan, gan wylio Barrett yn agor dreiriau. Mae'n siŵr mai ar soffa'r ystafell fyw y cysgodd hi neithiwr, meddyliodd Morrissey. Tybed pryd byddai'r teimlad o annifyrrwch yn cilio, a hithau'n medru cysgu yn ei gwely unwaith eto.

Nid oedd yn hoffi mynd trwy eiddo personol

23

cyfrinachol, ond wrth wneud hynny gellid taro ar rywbeth yn gwbl annisgwyl a fyddai'n awgrymu pa gyfeiriad i'w gymryd. Dywedai ei reddf na ddigwyddai hynny'r tro hwn, ond mynnai'r rheolau ei fod yn chwilio.

Pwysai Susan yn erbyn ffrâm y drws a'i llygaid duon yn wag. Daeth Barrett ar draws proflen o'r llun tudalen tri.

'Fyddai hi ddim yn gwneud y math yne o beth fel arfer, ond choeliech chi byth faint mwy o arian a gafodd am wneud hynne nag am fodelu dillad. Am wirion! Bronne a phenole. Am wirion!' Gadawodd nhw, ac eiliad yn ddiweddarach fe glywson nhw hi'n llenwi'r tegell yn y gegin. Edrychodd Barrett yn lletchwith.

'Beth am Gail? Oedd y math yne o waith yn ei phoeni hi?' Aeth Morrissey i sefyll wrth ddrws y gegin. 'Yn groes i'r graen iddi?'

Codi ei hysgwyddau wnaeth Susan. 'Roedd y pres yn gwneud iawn am hynny. Neu mi fase, pe bydde hi wedi cael cyfle i'w wario.'

'A chi?' gofynnodd. 'Dach chi'n modlo hefyd?'

Cochodd, a chafodd yr argraff mai gwylltio a wnaeth yn hytrach na theimlo cywilydd. 'Nac ydw,' dywedodd yn gwta. 'Dwi'n gynllunydd graffig.'

'Oedd Gail yn gwybod nad oeddech chi'n cymeradwyo?'

'Ddwedes i mo hynny.'

'Wel, ddim yn hollol, ond does dim angen dweud popeth yn blwmp ac yn blaen.'

'Dwi'n meddwl mai defnyddio merched maen

nhw. Ac mae llawer o ferched yn teimlo'r un fath,' meddai â llygaid cyhuddgar.

'Y syndod, falle, yw bod rhai dynion yn cytuno â chi; ond dech chi'n gwybod hynny hefyd, wrth gwrs.'

'Dim digon i newid pethau.' Trodd ar ei sawdl. 'Dwi'n mynd i wneud coffi; fasech chi'n licio peth?'

'Diolch. Y ddau yn ddu.'

Llenwodd dri mẁg. Daeth Barrett i mewn gyda dyddiadur yn ei law, a rhoddodd y llyfr bach glas clawr lledr ar y bwrdd. 'Mi ddwedoch chi nad oedd ganddi gariad. Mae dyddiaduron yn bethau preifat, felly does dim rheswm i gredu eich bod chi wedi gweld hwn.'

Edrychodd Susan ar y bwrdd, a chollodd goffi arno. 'Damio.' Estynnodd am dywel papur. 'Beth faswn i wedi ei weld taswn i wedi edrych?' gofynnodd wrth sychu'r bwrdd.

'Lot am rywun o'r enw Rob, nad oedd yn rhy hapus ynglŷn â'r llun,' dywedodd Morrissey.

'O.'

'Dach chi ddim yn 'i nabod o?'

'Wnaeth Gail ddim trafod yr un dyn efo fi, a wnes i ddim busnesa yn ei dyddiadur.'

Cafodd yr ateb a ddisgwyliai, ond eto teimlai rywfaint yn siomedig.

'Mae'n ddrwg gen i,' meddai Susan, 'ond ydi o mor bwysig â hynne?'

'Mi fyddai'n ddefnyddiol gallu siarad efo fo ac yna'i hepgor o'r ymholiadau.'

'Base, mae'n debyg.' Roedd ei llais, fel ei llygaid, yn gwbl ddifynegiant.

'Rhaid ei bod yn ei nabod yn dda,' dywedodd Barrett. Rhoddodd daflen gwerthwr tai o'i blaen. 'Mi ddes i o hyd i hwn hefyd. Os edrychwch chi arno mi welwch fod ysgrifen arno.'

Edrychodd ar y llun calon a dynnwyd yn fras o gwmpas y llun sepia o'r tŷ. Oddi tano roedd y geiriau, 'Cartref Rob a Gail.'

'Mae'n ymddangos fel petai hi'n gwneud cynlluniau,' dywedodd Morrissey, 'ac mae hynny'n peri imi holi pam roedd hi'n cadw popeth mor dawel, a pham cadw'r peth rhagoch chi? Pam hynny, a chithau'n ffrindiau mor agos?'

Cydiodd Susan yn dynn yn y bwrdd. 'Dwi ddim yn gwybod. Alla i ddim dweud wrthoch chi pam.'

Roedd yna boen ingol yn ei llygaid, a cheisiai Morrissey ddyfalu beth roedd yn ei gelu. Beth bynnag ydoedd, byddai'n rhaid iddo durio amdano fesul tipyn, oherwydd roedd hi'n amlwg nad oedd Susan Reed am ddweud wrtho o'i gwirfodd.

4

'Wel, o leia mae gynnon ni ryw drywydd i'w ddilyn,' dywedodd Barrett wrth iddyn nhw gerdded. 'Roedd hi'n cadw rhywbeth yn gyfrinach. Rob. Robert, falle. Byddai'n werth edrych ar y ffeiliau eraill.'

'Mm.'

'Falle'i fod yn dod i'w nabod nhw gynta, ac yna'n cael gwared ohonyn nhw pan aen nhw'n rhy ffond ohono.' Craffodd ar wyneb difynegiant Morrissey. 'Be dech chi'n 'i feddwl?'

'Biti na fase pethe mor hawdd â hynne.'

Caeodd Barrett ei geg; doedd o ddim wedi awgrymu ei bod yn mynd i fod yn hawdd. Yr hyn a awgrymodd oedd y byddai'n werth edrych i weld a oedd a wnelo Rob rywbeth â'r ddwy arall a lofruddiwyd. Pan fyddai ef yn brif arolygydd . . . a dechreuodd freuddwydio.

Roedd hi'n dal yn wlyb dan draed yn y goedwig, a glynai hen ddail wrth eu hesgidiau fel bysedd marw. Ni fedrai Morrissey egluro pam y daeth yn ôl. Ni fyddai unrhyw beth yno i'w ddarganfod; roedd tîm archwilio man-y-drosedd wedi bod drwy'r lle â chrib mân. Ond roedd rhywbeth yn ei flino, ac ni wyddai beth ydoedd. Edrychodd yn ddiamcan o'i gwmpas. Roedd ei esgidiau brôg a'u gwadnau trwchus yn llwyddo i gadw uwchlaw'r gwlybaniaeth, ond roedd llinell laith fodfedd o drwch hyd esgidiau du sgleiniog Barrett. Cododd un droed i archwilio'r difrod, gan ysgyrnygu yng nghefn Morrissey.

Pe gwyddai y byddent yn trampio drwy'r gwlybaniaeth hwn, byddai wedi gwisgo welingtons.

Roeddynt yng nghist y car. Rhywbeth arall i deimlo'n flin amdano, a phenderfynodd yn y fan a'r lle, beth bynnag fu achos y ffrae, ei fod yn ochri â gwraig Morrissey.

Trodd y prif arolygydd a'i ddal yn sefyll ar un droed. 'Dylet ti fod wedi gwisgo dy welingtons.'

Gadawodd Barrett i'w droed chwith ddisgyn. 'Damio,' meddai dan ei wynt.

Yr ochr bellaf i'r goedwig, hynny yw yr ochr bellaf oddi wrth y llwybr, diflannai'r tir dan yr eithin blêr a'r rhawcwellt i lawr at y fan lle amgylchynai Ffordd Mortimer ymyl y comin cyn troi am bentrefi Norton a Manorfield.

Safai Morrissey ar ymyl y goedwig ac edrych dros y ffordd at y cilgant o dai a adeiladwyd ychydig ar ôl y rhyfel; grŵp o dai ar eu pennau eu hunain, wedi eu cuddio'n dda, ac ymhlith y tai drutaf ar y farchnad—neu o leiaf dyna beth feddyliai'r bobl oedd yn byw ynddynt. Cofiai Morrissey am ei dad yn cyfeirio atynt yn wawdlyd fel tai 'Jerry built' pan godwyd hwy gyntaf.

Roedd y daeargi a ddarganfu gorff Gail Latimer yn byw gyda'i berchennog yn un ohonynt. Cododd Mortimer ei aeliau pan welodd arwydd 'Ar Werth' yng ngardd un arall; adnabu ef ar unwaith. Doedd yna ddim cyfeiriad ar y daflen gwerthwr tai y daeth Barrett o hyd iddo yn ystafell wely'r ferch, dim ond llun a disgrifiad o'r tŷ a'r cyfleusterau, ond roedd Morrissey'n berffaith sicr mai hwn oedd y tŷ y syllai arno nawr. Tynnodd sylw Barrett ato.

'Waeth inni dorri llwybr tarw,' dywedodd, gan

gychwyn ar draws y tir garw. Dilynodd Barrett ef, gan ddal i ddiawlio dan ei wynt.

Roedd y ddynes a agorodd y drws yn amheus ohonynt, a gadawodd y gadwyn ddiogelwch yn ei lle nes iddi weld cerdyn gwarant Morrissey. Doeth iawn, meddyliodd hwnnw. Pe bai ef yn ferch, a llofrudd ar hyd y lle, byddai yntau'n ofalus hefyd. Dangosodd lun Gail.

'Mae 'ne blisman eisoes wedi bod yma'n holi am honne,' meddai. 'Dwedes i wrtho nad oeddwn i'n ei nabod.'

'Dwi'n gwybod,' meddai Morrissey yn amynedd-gar, 'ond cwestiwn arall sy gen i. Mae'n bosib ei bod hi wedi bod i weld eich tŷ chi. Efo dyn, falle.'

Aeth ei llygaid yn fawr a llenwi â dychryn, fel petai ei diogelwch mewn perygl. 'Dech chi'n meddwl mai'r dyn hwnnw a . . .' Ni allai orffen y frawddeg.

'Den ni ddim yn gwybod,' dywedodd Morrissey. 'Ond os fedrwch chi gofio rhywbeth.'

Cymerodd hi'r llun a chraffu arno y tro hwn. 'Mae ei hwyneb ychydig yn gyfarwydd,' cyfadd-efodd. 'Roedd hi'n ddel, yn doedd? Ond dwi'n gweld cymaint o bobl, ac os oedd hi'n byw yn ymyl y comin gallwn fod wedi ei gweld yn unrhyw le. Dwi ddim yn ei chofio hi'n dod yma. Ond falle mai Brian a'i gwelodd hi. Brian ydi'r gŵr,' esboniodd pan ddechreuodd Morrissey godi ei aeliau. 'Os daethon nhw yn ystod y penwythnos, faswn i ddim yn gwybod. Dwi'n gweithio yn yr ysbyty ar y Sadwrn a'r Sul, ac felly Brian fyddai wedi dangos y tŷ iddyn nhw.'

'Dydi o ddim adre rŵan?'

'Nac ydi, ddim tan chwech.' Edrychodd yn amheus arno. 'Mae'n debyg eich bod chi'n mynd i ofyn lle mae o'n gweithio?'

Amneidiodd Morrissey. 'Os nad oes ots gennych chi; mi fyddai hynny'n help. Os ydi o'n ei chofio hi.'

Yna cyfaddefodd ei hofn yn sydyn. 'Mae fy merch yn byw yn Swydd Gaer rŵan. Roedd hi ym Mhrifysgol Bradford pan oedd y Ripper . . .' Cloffodd unwaith eto. 'Roedden ni'n poeni'n arw,' aeth ymlaen yn ddwys, 'a rŵan mae'r cyfan yn dechrau eto. Wrth gwrs y dweda i wrthoch chi lle i ddod o hyd i Brian. Fo ydi rheolwr gwerthiant ffatri fisgedi Crawford. Brian Appleby.' Rhoddodd y llun yn ôl iddynt. 'Mi ro' i ganiad iddo i ddeud eich bod chi'n dod.'

Amneidiodd Morrissey. 'Diolch ichi am eich help.' Gwenodd hi'n ansicr arno, ac wrth i Barrett ac ef droi oddi wrthi clywodd y drws yn cael ei gloi o'r tu ôl iddynt.

'Dyna dipyn o lwc,' meddai Barrett, wrth iddyn nhw gerdded yn ôl at y car. 'Mae'n arbed siwrne inni i swyddfa'r gwerthwr tai.'

'Dim o gwbl,' meddai'r prif arolygydd rhwng ei ddannedd. 'Dwi isio gwybod am bawb a oedd ag unrhyw ddiddordeb o gwbl yn y tŷ. Wedi inni alw yn ffatri Crawford, dyna fydd dy dasg gynta di.'

Ni ddywedodd Barrett air; yn wir, ni ddywedodd air yr holl ffordd i'r ffatri, ond os synhwyrodd Morrissey fod ei ringyll yn cadw'i bellter, ni ddangosodd hynny.

Roedd yna oglau hen dybaco. Dyna sylwodd

Morrissey gyntaf, ac ni fedrai'r gwynt oer a ddeuai i mewn drwy'r ffenest agored ei chwalu o gwbl. Roedd swyddfa Appleby'n gyfforddus, ac ôl defnydd helaeth arni, nid yn newydd a chrand. Roedd hi'n amlwg nad oedd y cwmni'n afradlon, ac roedd hynny'n arwydd da yn ei olwg ef. Disgwyliai'r dyn amdanynt; roedd ei wraig wedi cadw at ei gair. Craffodd yn fanwl ar y llun.

'Wrth gwrs, bydd ei henw ar ffeil gan y swyddfa dai os daeth hi i weld y tŷ,' meddai. Rhoddodd y llun ar y ddesg o'i flaen a phwyso drosto. 'Dwi'n meddwl 'mod i'n ei chofio hi. Os mai hi yw'r ferch dwi'n meddwl amdani, ar ei phen ei hun y daeth hi, brynhawn dydd Sul tua phythefnos yn ôl. Yn freuddwydiol a brwdfrydig. Mi fasech wedi meddwl ei bod am ruthro'n ôl at y gwerthwyr a phrynu'r tŷ yn y fan a'r lle. Holais am ei chariad, ond newidiodd y pwnc.'

'Grybwyllodd hi ei henw o gwbl?'

'Dim i mi ei gofio. Ac ni ddwedodd lle'r oedd yn byw, chwaith. Dwi'n casglu oddi wrth y newyddion mai rhywle yn ymyl y comin . . .'

'Ddim ymhell o'ch lle chi, a deud y gwir,' dywedodd Morrissey. 'Fe allech chi fod wedi ei gweld o bryd i'w gilydd, yn cerdded ar draws . . .'

'Den ni ddim yn defnyddio'r comin ryw lawer rŵan, ddim wedi i'r plant dyfu a gadael y nyth.'

'Dwedodd y wraig fod gennych chi ferch.'

'Dwy,' meddai, ond nid ymhelaethodd.

Rhoddodd Barrett ei big i mewn. 'Felly dech chi ddim weld gweld y ferch yn unman arall, syr? Y ferch yn y llun. Ar wahân i un ymweliad posib â'ch tŷ chi un prynhawn dydd Sul, welsoch chi mohoni erioed o'r blaen?'

'Rioed,' dywedodd Appleby'n bendant. 'Ro'n i'n meddwl 'mod i wedi cadarnhau hynny efo'r prif arolygydd.'

'Do, mi wnaethoch chi,' dywedodd Barrett. 'Dim ond gwneud yn siŵr 'mod i wedi deall yn iawn. Ga i ofyn pa bapur dyddiol y byddwch chi'n ei ddarllen?' Edrychodd Morrissey arno'n llym.

'Y *Telegraph*. Mae 'na groesair da ynddo.'

'Ac yn y swyddfa?' parhaodd Barrett. 'Fyddwch chi'n cael un arall i'w ddarllen amser cinio, falle? Rhywbeth ysgafnach?'

Gan symud yn anfoddog yn ei gadair dywedodd Appleby, 'Weithiau.'

'Llawer ysgafnach? Y *Sun*, falle?'

Meddyliodd Morrissey fod Appleby'n mynd i wadu hynny, cyn i lygaid y dyn ddilyn llygaid Barrett tuag at y fasged sbwriel, nad oedd i'w gweld o'r fan lle'r eisteddai'r prif arolygydd. Yna cododd Barrett a gwyro ymlaen. 'Papur ddoe,' dywedodd, gan ei ysgwyd ar agor. 'Gawsoch chi bapur ddydd Mercher diwetha hefyd?'

Edrychodd Morrissey'n fodlon iawn ar Barrett.

Gofynnodd y rhingyll, 'Gyda llaw, fedrwch chi roi eich enw llawn inni, ar gyfer ein cofnodion?' Agorodd ei lyfr nodiadau.

'Appleby,' dywedodd y rheolwr gwerthiant yn anfoddog. 'Brian Robert Appleby.'

5

'Dwi'n credu y dylen ni fod wedi pwyso mwy arno,' meddai Barrett, wrth iddynt adael swyddfeydd y cwmni bisgedi.

'Dydi o ddim yn debyg o fynd i nunlle,' dywedodd Morrissey'n dawel. 'Beth bynnag, mewn tref fawr fel Malminster, faint o ddynion wyt ti'n 'i feddwl sy'n darllen y *Sun*?' Nid atebodd Barrett. 'A Robert fydd enw nifer ohonyn nhw. Enw poblogaidd.'

'Ond roedd hwn wedi cyfarfod â'r ferch,' dadleuai Barrett. 'Gwybodaeth a chyfle.'

Ebychodd Morrissey. Pryd y dysgai Barrett i beidio â dilyn y sgwarnog gyntaf? 'Gad inni weld a oedd ganddo wybodaeth a chyfle gyda'r ddwy gynta cyn ei grogi,' awgrymodd. 'Bydd yn arbed ymddiheuriad cyhoeddus.' Aeth i mewn i'r car. 'Gollynga fi wrth y swyddfa tra byddi di'n ceisio cael trefn ar restr y rhai fu'n gweld y tŷ. Dwi ddim wedi bod i fyny'r grisiau eto i weld yr uwch arolygydd, a bydd hwnnw ar fin ffrwydro.'

Wrth iddo yrru allan o'r stad ddiwydiannol a throi am Ffordd Middlebrook, roedd yn gysur i Barrett wybod bod Morrissey hefyd yn cael ambell i frathiad oddi uchod. Uwchben y tŷ golchi ynghanol y rhes o siopau, roedd y *maisonnette* yn wag, ei ffenestri noeth yn rhythu'n gyhuddgar.

Gwelodd Morrissey'r cipolwg sydyn i fyny. Cydwybod, gobeithiai, o gofio mai diddordeb Barrett yng ngwraig David Pace fu'r prif reswm dros i'r Cynorthwywr CID ofyn am gael ei drosglwyddo.

Bu'r golled i Malminster yn ennill i Lincoln. Byddai Pace wedi gwneud DC da.

Gollyngodd Barrett y prif arolygydd o flaen prif fynedfa swyddfa'r heddlu. Aeth Morrissey i mewn drwy'r drysau siglo a dringo'r grisiau ddwy ar y tro. Roedd yn meddwl am Appleby a sut y byddai'r hinsawdd yn gwella pe gallai ddweud wrth Osgodby fod ganddynt drywydd, waeth pa mor ansicr. Y syniad hwnnw a barodd iddo ohirio mynd i swyddfa'r prif uwcharolygydd am ychydig eto.

Ar ddesg y prif arolygydd roedd terfynell cyfrifiadur a osodwyd yn ddiweddar yn addewid o effeithiolrwydd. Roedd clywed nad oedd ei dad yn rhy hen i ddysgu cyfrinion cyfrifiaduron wedi creu argraff ar Mike, mab Morrissey. Ond credai Mike, fel bron pob hogyn pedair ar ddeg oed arall, fod unrhyw un dros bump ar hugain ag un droed yn y bedd.

Aeth Morrissey i mewn i ffeil Susan Howarth, y gyntaf o'r tair a lofruddiwyd, cynorthwyydd ugain oed mewn siop dybaco. Chwiliodd am wybodaeth dan yr enwau Appleby, Rob, Robert neu Robin, ond yr un ateb a gafodd gan y cyfrifiadur bob tro—*Sorry no information*. Teipiodd Crowther's Biscuits. Dim. Damio, doedd hyn ddim cyflymach na darllen drwy'r ffeil ei hun. Yn flin, dechreuodd ar yr ail ffeil.

Yr ail ferch oedd Diane Anderson, teipydd ugain oed a weithiai i Asiantaeth Redfearn. Ymhlith enwau'r cleientiaid a restrwyd gan yr asiantaeth yr oedd Crowther's Biscuits. Y llynedd roedd wedi bod yn gwneud gwaith dros dro iddynt. Dyna welltyn i gynnal gobaith; un main, ond efallai'n ddigon.

Felly y tybiai Osgodby wrth neidio am yr abwyd. Dywedodd, 'Paid â meddwl 'mod i'n mynd i ofyn a wyt ti'n credu bod yna unrhyw sail i dy amheuon, achos wna i ddim; wna i ddim mentro cael ateb negyddol. O leia bydda i'n medru dweud wrth y prif gwnstabl, pan fydd yn neidio ar fy nghefn, fod gennym drywydd da.' Sugnodd ei ddannedd. 'Wyt ti'n mynd i ddod ag Appleby i mewn, felly?'

'Dim eto,' atebodd Morrissey'n ofalus.

'Ro'n i'n meddwl y baset ti'n deud hynne,' atebodd Osgodby. 'Mae'n rhaid 'mod i'n datblygu ychydig o'r chweched synnwyr yna rwyt ti'n enwog amdano. Gad imi wybod pan ddigwyddith rhywbeth.'

Roedd Barrett wrth ei ddesg pan aeth Morrissey'n ôl i lawr y grisiau. Roedd yn edrych yn ddiflas, ac ychwanegwyd at ei ddiflastod pan ddywedodd y prif arolygydd yn ddilornus, 'Roedd hynne'n gyflym.'

'Mae popeth ar gyfrifiadur erbyn hyn. Gwasgwch fotwm a chewch allbrint. *Magic*. Mae peiriannau'n ein rheoli ni.'

'Yr hyn rwyt ti'n 'i olygu,' dywedodd Morrissey yn wybodus, 'ydi na chest ti amser i asesu'r dalent,' a gwenodd pan drawodd Barrett restr o enwau a chyfeiriadau ar ei ddesg yn flin.

'Aeth Gail Latimer i weld y tŷ ar ei phen ei hun,' meddai'r rhingyll. 'Mae hynne'n difetha pethau braidd, dwi'n meddwl. Os oedd hi'n gwybod mai tŷ Appleby oedd o, pam aeth hi i'r drafferth i gael caniatâd?'

'Byw'n beryglus?' awgrymodd Morrissey. 'Ychwanegu ychydig o bwysau? Fel ti'n gweld, aeth hi i weld y lle pan nad oedd Mrs Appleby yno.'

'Felly rydech chi'n meddwl mai y fo ydi o?' gofynnodd Barrett yn syn, fel plentyn diniwed, a gwingodd Morrissey.

'Nac ydw,' atebodd, 'nid dyne ydw i'n ei feddwl. Dwi'n trio dangos mor hawdd ydi hi i greu tystiolaeth amgylchiadol heb unrhyw ronyn o'r hyn a allai fod yn dystiolaeth go iawn.' Ciliodd pob teimlad o wyneb y rhingyll. Rhoddodd Morrissey rithyn o obaith iddo. 'Ond mae 'ne gyswllt rhwng Crowther's a Diane Anderson. Mi fuodd hi'n gweithio iddyn nhw. Tria gael rhyw wybodaeth gan Redfearn, ac yna mi siaradwn ni ag Appleby eto. Os dychrynwn ni o ddigon, ac yntau'n euog, mi ddaw hynny i'r amlwg.'

Cododd Barrett ei siaced ac aeth allan eto. Cododd Morrissey dderbynnydd y ffôn at ei glust a cheisio ffonio'i gartref. Roedd y sŵn canu undonog yn swnio'n uchel. Yn y diwedd rhoddodd y gorau iddi.

Daeth cwnstabl â dwy dudalen ffacs. Doedden nhw'n fawr o help. Ni chafodd y Met unrhyw wybodaeth o werth gan swyddfeydd y *Sun* yn Wapping. A dangosai'r ail ffacs gan heddlu Manceinion fod yr asiantaeth a ddeliai â gyrfa fodelu Gail yn ddilychwin ac yn gymeradwy. Ond dim ond enw ar lyfr oedd hi iddyn nhw. Dibynadwy, a gallai fod wedi gwneud yn dda gydag amser. Ond roedd amser wedi cael ei gipio oddi arni.

Nid oedd y darlun a ymffurfiai ym meddwl Morrissey'n cyd-fynd â'r darlun a gawsai o Appleby. Roedd Appleby'n briod, roedd ganddo blant, roedd ei fywyd yn llwyddiannus—nid oedd hyn yn ffitio'r patrwm. Siaradodd dros y ffôn am hir â seiciatrydd yr heddlu, ond pan orffennodd, roedd ganddo fwy o gwestiynau nag o atebion o hyd. Anallu rhywiol! Sut goblyn oedd disgwyl iddo fo wybod a oedd Appleby'n methu perfformio?

Roedd hi bron yn un o'r gloch pan ddaeth Barrett yn ei ôl. Roedd Morrissey eisoes wedi cael cinio, er mai dim ond pastai gig ydoedd ac roedd honno'n pwyso'n drwm ar ei stumog erbyn hyn. Rhybudd-iodd y rhingyll ei bod yn farwol. 'Beth bynnag gei di,' dywedodd, 'bwyta fo'n gyflym; dwi isio mynd yn ôl i Crowther's.'

Aeth Barrett i'w boced. 'Ydech chi isio fy llyfr nodiadau?' Ysgydwodd y prif arolygydd ei ben. 'Gad hynny nes iti orffen bwyta. Alla i ddim darllen dy ysgrifen flêr di.'

Deialodd Morrissey rif ei gartref eto, ond ni chafodd ateb y tro hwn chwaith. Onid yw hi'n rhyfedd sut y gall distawrwydd fod yn gysur ac yn gyhuddiad ar yr un pryd.

Yna cyrhaeddodd brawd Gail Latimer, ac fe'i hebryngwyd i swyddfa Morrissey. Edrychai'r gŵr ifanc yn afiach o lwyd, a chanhwyllau ei lygaid yn llawer rhy ddisglair. Roedd ei wallt brown golau eisoes yn teneuo, a phan eisteddodd o flaen desg Morrissey a rhoi ei ben yn ei ddwylo, gwelodd y prif arolygydd fod ei gorun bron yn foel.

Roedd Susan Reed wedi dweud nad oedd y brawd a'r chwaer mor agos â hynny, ond edrychai'r dyn hwn yn gwbl ddiymadferth a blinedig wrth ddweud, 'Fedrwn i ddim dod dim cynt. Gwaith. Roedd rhaid imi aros i rywun gymryd fy lle.'

'Pa fath o waith?'

'Ffitiwr nwy. Dwi i fod ar alwadau brys. Mae'n

debyg nad ydw i wedi rhoi argraff dda drwy beidio
â dod ar unwaith, ond allwn i ddim.'

'Fase hynny ddim wedi newid dim. Mae'n ddrwg
gen i am eich chwaer. Faint sydd 'ne ers ichi ei
gweld?'

'Mis neu ddau. Dech chi'n siŵr mai Gail ydi hi?'
Roedd yna awgrym o obaith gwan yn ei gwestiwn,
ond bu raid i Morrissey ei ladd. 'Dwi'n siŵr;
tystiodd y ferch oedd yn rhannu fflat â hi mai hi
ydoedd. A rŵan eich bod chi yma, bydd yn rhaid
imi ofyn i chi gadarnhau mai hi yw'r corff gan mai
chi yw'r perthynas agosa.'

Ffrwydrodd Latimer. 'Alla i ddim credu'r peth.
Roedd pethau'n dechrau argoeli'n dda iddi, a rŵan
hyn. Sut gallai peth fel hyn ddigwydd iddi?'

'Argoeli'n dda?' gofynnodd Morrissey. 'Modelu,
dech chi'n ei feddwl?'

'Popeth. Ro'n ni'n dechrau dod i nabod 'yn
gilydd. Ro'n i'n meddwl, roedd y ddau ohonon ni'n
meddwl, bod gynnon ni ddigonedd o amser.'

'Ond eich chwaer oedd hi,' dywedodd Morrissey.
'Pam bod angen amser i ddod i'w nabod?'

'Cartrefi maeth gwahanol. Ro'n i'n meddwl y
byddech chi'n gwybod hynny. Ddwy flynedd yn ôl
y daethom o hyd i'n gilydd. Byddech chi'n synnu
pa mor styfnig y gall y gwasanaethau cymdeithasol
fod.'

'Na, fydde hynne ddim yn fy synnu,' dywedodd
Morrissey o'i brofiad yn y gorffennol. 'Beth am ei
theulu maeth? Ble maen nhw'n byw?'

'Malminster,' meddai Latimer. 'Pam arall y byddai
hi'n byw yma?'

Ie, pam tybed? meddyliodd Morrissey. Ac os oedd Susan Reed a Gail mor agos â hynny, pam nad oedd Susan yn gwybod am y rhieni maeth? Neu efallai ei bod hi'n gwybod—ac wedi dewis peidio â dweud?

Gofynnodd, 'A oedd hi'n dal i weld llawer arnyn nhw?'

'Nag oedd, ddim os gallai beidio. Gadawodd adre pan oedd hi'n un ar bymtheg, a gwrthododd fynd yn ôl. Wn i ddim pam. Ddwedodd Gail ddim wrtha i'n iawn. Dwedodd y bydden nhw'n ei chloi hi mewn cwpwrdd pan fydde hi'n camfihafio. Roedd hi wedi symud cyn imi ddod o hyd iddi neu mi faswn i wedi cael trefn arnyn nhw.'

'A sut y daethoch chi o hyd iddi yn y diwedd?'

Tynnodd Latimer wyneb. 'Mae gen i ffrind agos sy'n gweithio efo chi; boi da. Roedd ganddo fwy o ddylanwad na fi. Dylwn i fod wedi gwneud iddi symud i Fanceinion yn syth, i fyw efo ni. Mi fyddai hi wedi bod yn iawn wedyn.'

'Doeddech chi ddim i wybod,' meddai Morrissey. 'Does gynnoch chi ddim lle i feio'ch hun.'

'Nagoes wir?' gofynnodd Latimer yn chwerw. 'Diawl o frawd da fues i iddi, yndê?'

Ond felly'r oedd hi bob amser pan fyddai rhywun yn marw; euogrwydd am bethau na wnaed. 'Y teulu yma roedd hi'n byw efo nhw,' meddai Morrissey. 'Ellwch chi roi eu cyfeiriad imi?'

'Galla, mi sgwennes i o lawr rhag ofn.' Tynnodd bapur wedi ei blygu o'i boced a'i wthio ar draws y ddesg. 'Mi es i edrych ar y lle unwaith. Doedd Gail ddim yn gwybod hynny. Mae'n edrych yn iawn o'r tu allan. Weles i neb, chwaith.'

Gwyddai Morrissey am y lle. Roedd yn un o'r stadau preifat newydd hynny a adeiladwyd yn ystod yr adeiladu mawr bymtheng mlynedd ynghynt. Tai rhad a brynwyd gan grefftwyr. Rhoddodd y darn papur ar ei ddesg. 'Bydd raid imi fynd i'w gweld, hyd yn oed os mai dim ond mater o ffurfioldeb yn unig ydi o,' dywedodd.

'Craffwch yn fanwl tra byddwch chi yna,' awgrymodd Latimer. 'Dwi'n gwybod bod yna lawer o bethau na ddwedodd Gail wrtha i.' Eisteddodd yn ôl a'i figyrnau'n wyn lle cydiai yn y gadair. 'Dwi'n meddwl yr hoffwn ei gweld hi rŵan i'w gael o drosodd.'

'Un cwestiwn arall. Soniodd hi am ryw Rob o gwbl?'

'Rob? Naddo, dwi ddim yn meddwl. Ydi hynny'n bwysig?'

'Go brin.' Rhoddodd y prif arolygydd gyfeiriad y rhieni maeth yn ei boced a chodi. 'Mi ga i rywun i fynd â chi i'r mortiwari,' dywedodd, gan adael Latimer yn syllu ar y wal.

Yn y swyddfa allanol roedd DC Smythe ar ei ben ei hun yn teipio'n araf â dau fys. Roedd yn edrych yn ddigon hapus i roi'r gorau i hynny i fynd efo Latimer.

Dywedodd Morrissey, 'Ar ôl iddo'i gweld, wnei di ddod ag o'n ôl a gofalu amdano yn y cantîn? Mae o'n edrych fel petai angen tipyn o fwyd arno. Mi fydda i isio'i weld o cyn iddo adael.' I lawr y grisiau yn yr ystafell wybodaeth, roedd y blismones Janet

Yarby'n defnyddio'r prif gyfrifiadur. Rhoddodd y prif arolygydd gyfeiriad y rhieni maeth iddi ac edrychodd arni'n bwydo'r wybodaeth i'r cyfrifiadur, gan feddwl tybed a oedd Barrett yn dal i redeg ar ei hôl hi. Ar un adeg doedd dim modd ei rwystro, er mai 'Na' oedd yr ateb a gâi bob tro.

Parablodd y printiwr, a daeth Janet â'r daflen iddo. 'Dim byd diweddar,' dywedodd, 'a dim byd yn Malminster, ond mae yna hen achos o ymosod yn anweddus ymhell yn ôl, yn ardal Leeds, yn saith deg dau.'

Cymerodd Morrisey'r allbrint a dringodd yn ôl i fyny'r grisiau. Ai dyna pam roedd Gail wedi bod mor awyddus i adael? Daeth i'w feddwl y gallai gwaith yr heddlu fod yn debyg iawn i weithio mewn system garthffosiaeth.

Roedd Barrett yn aros amdano. 'Yden ni . . .'

'Yden,' brathodd Morrissey, yn flin unwaith eto. 'Be gest ti gan Redfearn's?'

Gan geisio meddwl beth roedd o wedi ei wneud o'i le, dywedodd y rhingyll, 'Dim ond bod Diane wedi gofyn am gael ei symud o'r swydd.' Edrychodd yn ddiniwed ar wyneb dirmygus y prif arolygydd, gan gelu ei foddhad. 'Ymyrraeth rywiol, ond gwrthododd enwi'r dyn. Dyna sydd yn ei ffeil bersonél, beth bynnag.'

'Ie wir?' meddai Morrissey'n dawel. 'Ie wir?'

6

Doedd Appleby ddim yno. Dywedodd ei ysgrifen-yddes ei fod yn rhoi sgwrs i rai o'i werthwyr ac na fyddai'n ôl tan y diwrnod canlynol.

Llygadodd Morrissey hi. Doedd ei golwg ifanc ddim yn cyd-fynd â'r argraff o effeithlonrwydd di-lol a roddai, ac amheuai mai dyna'r rheswm pam y tynnai ei gwallt yn ôl mor dynn. Pe gadawai i'r cudynnau cyrliog syrthio'n naturiol, byddai'n edrych fel hogan ysgol. Gofynnodd, 'Ai dyna'r arfer, iddo fo fynd atyn nhw ac nid fel arall, Miss . . .?'

'Karen Breen.' Gwenodd. 'Pam lai? Mae'n gyfle iddo gael symud tipyn. Biti na faswn i'n gallu mynd efo fo.'

'Beth am ddoe, gyda'r holl law yne? Mae'n debyg y byddai hwnnw wedi ei gadw i mewn yn gynnes ac yn sych dan do.'

'Dydech chi ddim yn gwlychu pan mae gynnoch chi gar,' dywedodd y ferch, 'ond oedd, roedd o yn y swyddfa drwy'r dydd ddoe.'

'Aeth o ddim allan o gwbl?'

'Dim ond am ginio.'

'A faint o'r gloch oedd hynny?'

'Dwi ddim yn gwybod. Mi es i'n gynnar, tua hanner awr wedi deuddeg, a doedd o ddim yma pan ddes i'n f'ôl, diolch byth.' Cododd Morrissey ei aeliau. Yna cyfaddefodd hi, 'Ro'n i'n hwyr.'

'A daeth Mr Appleby yn ôl am . . .?'

'Hanner awr wedi dau. Daeth yn ôl gyda Ken Fields o'r Adran Gyfrifon, a buon nhw yma yn ei swyddfa tan ar ôl tri.'

Dywedodd Barrett, 'Mae'n debyg ei fod yn cadw dyddiadur o'r adegau pan mae o i mewn a phan mae o allan. Y math yne o beth.'

'Ddim bob amser, ddim bob munud.'

'Felly fyddech chi ddim yn gwybod lle'r oedd o ar ddiwrnod arbennig—dwedwch bump wythnos yn ôl?'

Gwyliodd Morrissey'r rhingyll yn gwisgo'i wên orau; yr un y dywedodd Janet Yarby unwaith y byddai Casanova wedi cenfigennu wrthi. Y tro yma, gobeithiai Morrissey ei bod yno ar gyfer dibenion gwaith yn unig. Toddodd yr ysgrifenyddes yn llwyr dan ei swyn.

'Dibynnu,' meddai, gan eu harwain i swyddfa'r rheolwr gwerthiant. A'r ffenest ar gau, roedd yr oglau hen sigaréts yn waeth byth. Y tu ôl i'r ddesg, i'r chwith o'r ffenest, yr oedd siart blwyddyn yn ymestyn ar draws y wal. Edrychodd arno. 'Pum wythnos yn ôl i heddiw roedd o yn ei swyddfa. Edrychwch, bydd bob amser yn nodi pan fydd i mewn.'

Crychodd Morrissey ei aeliau ar Barrett. Rhedodd y rhingyll ei fys ar hyd y siart nes iddo gyrraedd y pymthegfed o Fawrth.

'Mae 'na D fan hyn,' dywedodd. 'Be fyddai ystyr hynny?'

'D am Durham. Roedd ganddo gynhadledd ar werthu, felly roedd o allan drwy'r dydd.'

Roedd llygaid Morrissey ar y pumed o Chwefror. Dywedodd, 'A beth mae llinell syth yn ei olygu?'

'Ei fod wedi cymryd diwrnod o wyliau.'

Gofynnodd Barrett yn gyfrinachol, 'Bòs da, bòs

clên, ydi o? Ydech chi wedi gweithio iddo fo am yn hir?'

'Tair blynedd, ac mae o'n iawn, ydi, yn iawn.'

'Mae'n rhaid 'ych bod chi'n nabod Diane Anderson, felly,' dywedodd Morrissey. 'Mi wnaeth hi waith dros dro yma tua deunaw mis yn ôl. Fydde hi wedi gweithio i Mr Appleby o gwbl?'

Gan ysgwyd ei phen, dywedodd Karen Breen yn gyflym, 'Na, doeddwn i ddim yn ei nabod hi. Teipio anfonebau oedd ei gwaith hi, dyna'r cwbl.' Plethodd ei breichiau a chydio yn ei hysgwyddau. 'Mae'n codi ofn ar rywun. Dwi'n falch 'mod i'n byw efo 'nghariad; faswn i ddim yn licio mynd allan ar fy mhen fy hun.'

Ond roedd llawer o ferched yn gorfod gwneud hynny; yn dewis gwneud hynny. Fel Katie. Margaret hefyd, erbyn meddwl. Rhwystrodd ei hun rhag meddwl a gofynnodd, 'Siaradoch chi lawer efo hi?'

'Ddim go iawn; dim ond dweud helô ac ati yn y cantîn. Gofynnoch chi hynny o'r blaen pan ddigwyddodd . . . pan fuodd hi farw. Ddim chi, falle. Rhywun arall ddaeth.'

'Dwi'n gwybod,' meddai Morrissey, 'ond weithiau mae rhywun yn anghofio pethau, pethau bach a allai fod yn ddefnyddiol. Does dim drwg mewn gofyn eto. Er enghraifft, pam gadawodd hi? Ofynnodd rhywun pam?'

'Dwi ddim yn cofio. Mae'n debyg nad oedd angen gwaith dros dro arni dim mwy.'

Gofynnodd Barrett yn ddidaro, 'Ydech chi'n nabod rhywun o'r enw Rob?'

Chwarddodd, ychydig yn grynedig, ond yn falch

44

o gael newid y pwnc. 'Pwy sydd ddim? Mae 'na Robby Clamp yn yr adran bacio, a Robert Hall yn y lle cyflogau, ac wedyn mae fy Rob inne.'

'Eich Rob chi?' gofynnodd Morrissey. 'Pwy yw hwnnw?'

'Rob Wells. 'Nghariad i.'

'A be 'di'i waith o?' gofynnodd Barrett, yn eiddgar rŵan, a'r wên wedi diflannu. 'Ydi o'n gweithio yma?'

Ysgydwodd ei phen a gwenodd fel petai'n rhannu jôc efo nhw.

'Plisman ydi o,' dywedodd. 'Fel chi.'


'Mae'n syndod faint o Robertiaid a Robs sy'n troi i fyny,' dywedodd Morrissey'n ddifater wrth iddynt yrru i ffwrdd o Crowther's.

Syllodd Barrett ar y ffordd. Roedd y prif yn hoffi rhwbio halen i'r briw. Beth oedd yr ots faint o Robs oedd yna pan oeddynt newydd ganfod nad oedd Appleby yn ei swyddfa pan fu farw pob un o'r tair merch? Wrth gwrs, byddai Morrissey'n dweud mai tystiolaeth ymylol oedd hynny hefyd, ond ym marn Barrett dyna'r trywydd i'w ddilyn. Yn lle hynny roedden nhw'n mynd i fynd ar ôl pob Rob, Robert a Robin ar y rhestr gyflogi. Ac nid yn unig yn Crowther's, ond ym mhob man arall lle'r oedd y merched hynny wedi gweithio.

Dywedodd Morrissey, 'Dylai fod yn ddiwrnod llawn o waith iti fory; mi drefna i fod Smythe a Copeland yn rhoi help llaw iti.'

Yn ffurfiol a chwrtais, gofynnodd Barrett, 'Beth am Appleby, syr?'

'Mi a' i i'w weld o,' dywedodd Morrissey. 'Fydd dim rhaid iti boeni am hynny.' Ond bydda i'n gwneud hynny'n dawel, fel na fydda i'n codi braw, meddyliodd y prif arolygydd. Gwell felly na ffrwydro.

Dywedodd Barrett, 'Dwi ddim yn deall pam na ffeindiodd neb allan cyn hyn bod Diane Anderson wedi gofyn am gael symud. Holwyd Redfearn's a Crowther's o'r blaen.'

'Ond ni ofynnwyd y cwestiwn iawn,' dywedodd Morrissey. 'Felly gwell iti wneud yn siŵr pan ddoi di'n ôl fory fod hynny ar ben dy restr.'

Ond nid dyna'r unig gwestiwn, meddyliodd Barrett. Roedd ganddo ef ei gwestiwn ei hun i'w ofyn. Am Appleby.

7

Roedd Smythe a Latimer yn dal yn y cantîn. Roedd Latimer yn fwy gwelw byth, ac roedd plataid o fwyd heb ei gyffwrdd ar y bwrdd o'i flaen. Aeth Morrissey i eistedd ar y gadair wag.

Dywedodd Smythe yn gwrtais, 'Coffi, syr?'

'Te.' A chan dynnu wyneb ychwanegodd, 'A dwi ddim isio te fel triog.'

Gwenodd Smythe, ac wrth fynd at y cownter meddyliodd tybed a oedd helynt stumog yn rhan anochel o'r gwaith.

Ac yntau ar ei ben ei hun efo Latimer, gofynnodd Morrissey, 'Efo be daethoch chi? Car? Trên?'

'Trên. Mae'r fan yn yr orsaf. Doeddwn i ddim yn ddigon da i yrru ar y draffordd; dwi ddim yn rhy hoff o'r M62 ar y gorau.'

'Call iawn; dydi hi ddim yn hawdd cadw'ch meddwl ar y gyrru pan dech chi'n wynebu rhywbeth annifyr. Bydd yne bethau eraill ar ôl yr incwest.'

Gwyddai Latimer beth oedd ganddo mewn golwg. 'Mi drefna i'r claddu. Dwi ddim isio'i gadael hi yma. Mi a' i â hi adre.'

Dyma ddyn sy'n ei boenydio'i hun am beidio â gwneud rhywbeth, meddyliodd Morrissey. 'Beth bynnag dech chi isio,' meddai, 'bydd iawndal yn y pen draw, dim llawer, ond bydd yn help i wynebu'r costau.' Swniai'n drwsgl, a ffieiddiai at y ffaith bod rhaid sôn am hynny.

'Pres?' Daeth gwrid yn ôl i'r wyneb gwelw unwaith eto. 'Be goblyn sydd gan bres i'w wneud â'r peth?'

'Dim,' ymddiheurodd Morrissey. 'Dyna un o'r pethau dwi i fod i'w ddweud wrthoch chi. Mae yna rywbeth arall. Wyddoch chi am y llun tudalen tri? Mi ddywedodd Gail wrthoch chi?'

Amneidiodd Latimer. 'Ai dyna pam wnaeth y diawl . . .?'

'Na, does yne ddim i awgrymu hynny, ond, os daw'r wasg—rhai adrannau ohoni—i wybod mai chi ydi'i brawd hi, byddant ar garreg eich drws. Fyddwn ni yma ddim yn datgelu'r wybodaeth honno, a byddwch chi'n ofalus efo pwy y siaradwch chi ar ôl mynd adre. Rhybuddiwch eich gwraig . . .'

'Pan ddowch chi o hyd iddo . . .' dywedodd Latimer yn ddwys.

'Mi wna i'n siŵr y cewch chi wybod ymhell cyn ichi ddarllen am y peth yn y papurau,' addawodd Morrissey.

Daeth Smythe â the lliw cochlyd. 'Diolch,' meddai'r prif arolygydd yn flinedig, a chymerodd lowciad. Roedd blas tannin pur arno, a gwthiodd y mwg hanner peint ar draws y bwrdd.


Ni chlywodd Lorraine am y llofruddiaeth nes iddi gyrraedd y gwaith, a chael y lle yn fwrlwm o siarad.

'Alla i ddim deall sut y gallet ti fod wedi peidio â chlywed am y peth tan rŵan!' meddai Joni Thompson yn wawdlyd. 'Rhaid dy fod mewn cariad. Hen bryd iti gael y briodas yne drosodd er mwyn i dy ymennydd ddechrau gweithio unwaith eto.'

Roedd Lorraine wedi aros yn nhŷ Malcolm dros nos ac roedd wedi gorfod rhedeg am y bws heb frecwast.

'Nefoedd fawr, dwi'n meddwl imi glywed y peth yn digwydd!' llefodd. 'Mae'n rhaid mai hi druan oedd yn gweiddi pan oedd Mal a minnau yn yr arhosfan yn Ffordd Mortimer. Dwedodd o mai chwarae o gwmpas oedden nhw. O daria, mae gen i 'i hambarél hi. O, be wna i!' Disgynnodd yn llipa i'r gadair o flaen ei pheiriant gwnïo ac aeth yn oer drosti.

'Mi faswn i'n cadw'n dawel am hynny pe bawn i'n dy le di,' dywedodd Joni, 'gan fod gan Mal y fath enw efo merched. Dyna ti dair rŵan, ac mae unrhyw fwch dihangol yn well na dim.'

'Fasen nhw byth!' dywedodd Lorraine.

'Mentra hi, 'te,' meddai Joni. 'Mae gynnon nhw ddyddiau ymweld.' Ac aeth i eistedd wrth ei pheiriant ei hun.

Ceisiodd Lorraine gael yr edau drwy grau'r nodwydd, gan fethu dro ar ôl tro. Roedd yr ambarél yn nhŷ Malcolm. Byddai olion ei fysedd drosti.

Bu'n poeni drwy'r dydd hyd nes daeth yn amser iddi redeg am y bws, ac aros hyd nes i Malcolm gyrraedd adre.

Roedd Barrett bron â gorffen paratoi'r drefn holi ar gyfer trannoeth, a Morrissey ar fin gadael. Roedd bron yn chwech, ac roedd arno flys dal Appleby ar ei dir ei hun. Drwy wneud hynny efallai y byddai'n gweld rhai arwyddion o dyndra, rhywbeth a awgrymai nad oedd popeth yn dda rhyngddo a'i wraig. Roedd seiciatrydd yr heddlu wedi awgrymu hynny. Nid oedd wedi gwrthod y syniad y gallai Appleby fod wedi ymosod ar rywun, dim ond wedi codi rhai cwestiynau y dylai Morrissey eu gofyn . . . rywsut.

Canodd y ffôn mewnol gan gynnig seibiant iddo am ychydig. Dywedodd y rhingyll wrth y ddesg, 'Mae yne gwpl ifanc yma yn honni bod ganddyn nhw wybodaeth am lofruddiaeth Latimer: Malcolm Livesey a Lorraine Shaw. Mae'n debyg eu bod nhw'n agos i'r comin ar y pryd. Ydech chi isio imi eu hanfon i fyny?'

'Os gwelwch yn dda, Bill.'

Cododd Barrett ei olygon oddi ar y pentyrrau o ffurflenni.

'Unrhyw beth?'

'Gobeithiol.'

Aileisteddodd y prif arolygydd a chlywodd y gadair yn ochneidio. Anwybyddodd y rhybudd.

Pan agorwyd y drws, daeth Lorraine i mewn yn gyntaf yn edrych yn llawn ofn. Gafaelai Malcolm Livesey yn ei llaw yn dynn. Gwelodd Morrissey'r bag plastig wedi ei rowlio yn y llaw arall, a cheisiodd feddwl beth oedd ynddo.

Siaradodd yn gartrefol. 'Wna i ddim brathu. Eisteddwch, a dwedwch beth sy'n eich poeni.' Symudodd y cwpl ymlaen. Tynnodd y dyn ei gadair yn nes at gadair y ferch yn amddiffynnol.

Sbonciodd ei chlustdlysau hir, coch llachar. Â llygaid diniwed, dywedodd, 'Ro'n ni yne. Ro'dd Mal yn meddwl . . . Ro'n i'n meddwl . . .'

Dywedodd Malcolm, 'Mai rhywun oedd yn chwarae o gwmpas. Sŵn tebyg i hynne oedd o.'

Torrodd Lorraine ar ei draws. 'Fi stopiodd o. Roedd gen i ofn iddo gael ei frifo.'

'Pam dylai o, os mai dim ond chwarae o gwmpas

50

oedden nhw?' dywedodd Morrissey'n rhesymol. 'Faint o'r gloch oedd hi?'

'Tua dau.'

'Chwarter i,' cywirodd Malcolm. 'Aeth y bws heibio inni ychydig cyn iddi ddechrau bwrw.' Edrychodd ar Morrissey. 'Roedd yn bum munud ar hugain i. Oni bai 'mod i'n meddwl y byddai'n cadw'n sych, byddwn wedi dal y bws.'

'Biti na fasen ni,' dywedodd Lorraine.

Meddai Morrissey, 'Beth yn union welsoch chi?'

'Clywed,' meddai Lorraine. 'Roedd y ddau ohonon ni wedi cael hanner diwrnod o'r gwaith, dach chi'n gweld . . . i fynd i siopa. Den ni'n priodi, ac roedd Mal yn mynd â fi i ddewis modrwy briodas. Yna, pan ddechreuodd hi fwrw, mi aethon ni i gysgodi i'r arhosfan am dipyn, ac roeddwn i'n siarad efo Mal am ffrogiau'r morynion ac ati . . .'

Amneidiodd Morrissey yn ddiamynedd, a thorrodd Malcolm ar ei thraws yn sydyn. 'Sgrech glywson ni.' Estynnodd am law Lorraine. 'Doedden ni ddim yn medru gweld dim, ac mi ddwedes i mae'n rhaid mai rhywun yn chwarae o gwmpas oedd yno. Dach chi ddim yn disgwyl . . . Wel, ddim gefn dydd golau. Ond wedyn welson ni'r ambarél.' Pwysodd ymlaen a rhoi'r bag plastig ar ddesg Morrissey. 'Roedd hi ar agor. Yn powlio i lawr y llechwedd ar ei phen ei hun. Mi arhoson ni am sbel i weld a fasai rhywun yn dod ar ei hôl.'

'Ond welsoch chi neb?'

'Naddo.'

'Be ddigwyddodd wedyn?' Gwyliodd Morrissey'r

51

ddau bâr o lygaid yn cyfarfod. 'Gallai fod o gymorth i ni,' anogodd.

'Mi es i allan i nôl yr ambarél,' cyfaddefodd Malcolm.

Dywedodd Lorraine, 'Roedden ni'n mynd i ddod â hi i mewn. Doedden ni ddim yn mynd i'w chadw. Ond pan na ddaeth neb i'w nôl, roedd yn biti . . . wel, mi feddylies i y cadwai hi ni'n sych wrth inni redeg i'r dre . . . i'r arhosfan nesa.'

'Dalion ni fws chwarter wedi dau ar y briffordd,' meddai Malcolm. 'Pan es i i nôl yr ambarél, roeddwn i'n mynd i fynd i fyny'r allt i edrych, ond . . .'

'Mi stopies i o,' meddai Lorraine eto, ei llais yn uwch y tro hwn. 'Mi fasai wedi mynd oni bai am hynny. Dwi'n edifar, dwi'n edifar . . .' Stopiodd, heb wybod yn hollol beth roedd hi'n edifar amdano. Gobeithiai glywed, mae'n debyg, na fyddai hynny wedi gwneud unrhyw wahaniaeth, ond ofnai glywed Morrissey'n dweud i'r gwrthwyneb.

Dadrowliodd Morrissey'r bag plastig ond ni chyffyrddodd â'r cynnwys. 'Dech chi'ch dau wedi cydio yn hon?'

'Do.'

'Unrhyw un arall?'

'Naddo.'

'Fydd dim ots gennych chi roi olion eich bysedd inni? Bydd raid inni eu cymharu â beth bynnag arall welwn ni arni. Byddwn ni'n eu dinistrio wedyn.'

'Rŵan?' gofynnodd Malcolm.

'Cyn ichi adael. Ar hyd pa ffordd y cerddoch chi at y comin?'

'I lawr Ffordd Manorfield o gyfeiriad bythynnod

Pearce—mae mam a thad Lorraine yn byw yne. Yna heibio i ben y comin ac i lawr Ffordd Mortimer. Aeth y bws heibio inni, a dau neu dri char.'

'Neb wedi parcio?'

'Dwi ddim yn meddwl.'

'Roedd yna gar heddlu,' meddai Lorraine. 'Ar Ffordd Moorfield, jest cyn lle mae hi'n troi am Ffordd Mortimer. Roedd o'n edrych fel pe bai o'n ysgrifennu.'

'A'r gyrrwr? Ar ei ben ei hun, oedd o?'

Amneidiodd Lorraine.

'Ond welson ni neb arall,' meddai Malcolm.

'Do, do,' meddai Lorraine yn sydyn. 'Rington's Tea.'

'Be?'

'Yn y tai yne ar y cilgant.'

'O ie, ro'n i wedi anghofio amdano fo. Ond doedd neb yn cerdded.'

'Nag oedd,' cytunodd. 'Neb yn cerdded.'

'A ddaeth neb oddi ar y bws?'

'Naddo, ond aeth llawer arno.'

Ac roedd Gail Latimer wedi bod ar ei ffordd i ddal y bws. Ond nid hwnnw, chwaith. 'Faint o'r gloch oedd y bws nesa?' gofynnodd Morrissey.

'Pum munud i.'

'Pam na fasech chi 'di dal hwnnw yn lle cerdded i'r ffordd fawr?'

Edrychodd Lorraine arno gan grychu'i thalcen. 'Mae'n ugain ceiniog yn fwy o fanne,' dywedodd. 'Den ni ddim yn gwastraffu arian, ddim pan allwn ni gerdded.'

8

Camgymeriad oedd y ferch gyntaf, ond erbyn iddo weld ei hwyneb roedd hi'n rhy hwyr, oherwydd roedd hi wedi gweld ei wyneb ef hefyd, a byddai wedi gallu ei adnabod rywbryd eto. Merched! Pam roedd rhaid iddyn nhw ddrysu popeth? Yr hen ast wirion. Wrth bwyso drosti a thynhau'r cortyn am ei gwddf, cafodd godiad.

Pan gyrhaeddodd adref roedd yn sâl, yn sâl fel ci, ond unwaith y ciliodd y pwys roedd yn yr uchel-fannau. Ni allai gofio pryd y teimlodd mor ymwybodol o'i fodolaeth ef ei hun, o'i allu i reoli popeth, hyd yn oed bywyd a marwolaeth. Roedd yn hollalluog fel Duw.

A thrannoeth yr un modd . . . wrth weld yr heddlu'n ymlwybro ar eu pennau gliniau, gan wybod na ddeuai neb i wybod gan nad oedd unrhyw gysylltiad rhyngddo ef a'r ferch. Dim cysylltiad y gellid ei brofi, dyna oedd y pwynt.

Daeth y teimlad o ryddhad yn ôl iddo, a heb feddwl, dechreuodd chwerthin yn uchel. Roedd merch fach o'i flaen a'i cheg yn felyn i gyd ar ôl bwyta loli iâ, ei llygaid yn fawr a chrwn, yn rhythu arno'n chwerthin. Gorfododd ei hun i wincio arni a gwenu, a gwyliodd hi wrth iddi sgipio ymlaen ar ei thaith. Wrth iddi neidio i fyny ac i lawr codai ei sgert fach binc uwchben ei nicers bach gwyn gan beri i'w feddwl grwydro hyd nes iddi fynd o'i olwg. Cadwodd y darlun ohoni yn ei feddwl hyd oni ddechreuodd feddwl am yr ail lofruddiaeth.

Nid merch wirion yn gwisgo cot yr un lliw oedd yr ail ferch.

Gadawodd i Diane ei weld, gan sefyll yn fwriadol o'i blaen er mwyn iddi ei adnabod, a gadael iddi ddyfalu beth oedd arno'i eisiau. Gwelodd yn ei llygaid ei bod yn meddwl ei fod yn mynd i'w threisio. Cafodd godiad egr wrth i'w ddwylo dynnu'r cortyn oedd am ei gwddw yn ffyrnig, a gwyrodd drosti am rai munudau hyd oni chiliodd, gan deimlo'n hyderus a sicr. Tybed, meddyliodd yn awr, fel y gwnaethai ar ôl cyflawni'r weithred, a wyddai hi, y funud olaf honno, pam roedd hi'n mynd i farw. Gwylltiodd, fel y gwnaethai bryd hynny, am mai syndod ac nid braw oedd ar ei hwyneb, a chofiodd y siom a deimlodd ar y pryd.

Fel pe bai hi wedi meiddio meddwl na allai ef gyflawni'r fath beth.

Ar y newyddion teledu drannoeth, roedd lluniau o'r heddlu yn cribinio drwy'r fan, yn edrych fel pryfaid glas ar fwrdd y cigydd, ac yn ymbalfalu gan godi darnau dibwys o sbwriel a'u rhoi mewn bagiau plastig.

Dim cliw!

Ar draws y ffordd roedd y ferch fach â'r nicers bach gwyn yn ei hôl yn syllu arno, ei llygaid yn fawr fel merch Price y dydd Sul y dilynodd ef hi adref ar hyd y llwybr. Roedd hi'n gwisgo nicers bach gwyn, hefyd. Deuddeg oed oedd ef bryd hynny, dwywaith ei hoed hi, dwywaith ei maint hi, ac roedd wedi rhoi ei law i fyny ei sgert. Roedd wedi cicio a gwingo a bygwth dweud. Lol wirion. Fel Diane. Roedd wedi ei gwthio'n ôl i'w chadw'n dawel ac roedd ei hwyneb yn llawn syndod wrth iddi ddisgyn i'r gamlas. Am funud poenodd efallai y gallai nofio, ond allai hi ddim, a boddodd fel y cathod hynny y gorfododd ei fam iddo eu boddi mewn bwcedaid o ddŵr flynyddoedd cyn hynny.

Roedd lladd yn hawdd; gallai wneud hynny unrhyw adeg y deuai'r awydd, ac ni châi ei ddal byth. Roedd wedi gwneud hynny eto pan gododd storm ar y comin a phan welodd y ferch yn y got ddu sgleiniog yn rhuthro yn ei blaen ar ei phen ei hun fel rhyw chwilen ddu. Bonws fu hi. Cofiodd am yr ambarél yn troelli i lawr y cae, a lledodd ei ysgwyddau a chodi ei freichiau i ddangos ei gryfder.

Pan aeth y car glas tywyll heibio'r tro ar waelod y comin, adnabu Morrissey y tu ôl i'r olwyn. Gwenodd, a symudodd i ffwrdd.

9

Wrth iddo droi i mewn i Ffordd Mortimer, gwelodd Morrissey Appleby ac fe'i hadwaenodd yn syth, a thybiodd i Appleby ei adnabod yntau. Arhosodd y tu allan i'r tŷ a'i arwydd *Ar Werth* gwyrdd a gwyn, a chamodd o'r car.

Pan gafodd ei ddal hanner ffordd rhwng y giât a'r drws ffrynt, petrusodd Appleby. 'Brif Arolygydd. Oeddech chi isio 'ngweld i?'

'Os nad yw hynny'n anghyfleus?'

Neu hyd yn oed os *oedd* hi'n anghyfleus, ond doedd hi ddim yn talu dangos hynny. Ddim eto. Rhaid bod gwraig Appleby wedi bod yn gwylio o'r ffenest oherwydd agorodd y drws cyn i'w gŵr ei gyrraedd, gan edrych heibio iddo ar Morrissey. Rhoddai'r argraff ei bod yn nerfus, ond wedi'r cwbl, oni wnâi llawer o bobl hynny pan fyddent yn gorfod delio efo'r heddlu? Atgoffodd ei hun nad oedd gwraig bryderus o reidrwydd yn arwydd o euogrwydd.

'Brif Arolygydd. Ro'n i'n meddwl eich bod eisoes wedi siarad â Brian.'

'Ydw, Mrs Appleby, ond mae rhywbeth arall wedi codi dwi'n gobeithio y gall fy helpu i'w ddatrys. Mi dria i beidio â tharfu gormod ar eich noson.'

'Mae'n iawn, Gwen. Dwi ddim yn mynd i gael fy arestio!' Gwelodd Morrissey fraich y dyn yn gafael am ysgwyddau ei wraig. Doedd yna ddim tyndra. Neu o leiaf dim i'w ganfod ar yr wyneb. Atgoffodd y prif arolygydd ei hun fod y dosbarth canol yn feistri ar guddio anghydfod priodasol dan gochl cwrteisi. Camodd ymlaen i'r cyntedd.

Roedd gan Appleby becyn o hufen iâ yn ei law, a chymerodd ei wraig ef oddi arno. Mi rodda i hwn yn y rhewgell,' meddai, a'u gadael.

'Mi siaradwn ni yn y fan yma.'

Dilynodd Morrissey ef i ystafell dawel henffasiwn. Roedd toreth o luniau yno, o'r un dau blentyn yn bennaf, mewn hwyliau gwahanol ac ar wahanol adegau. Yn tyfu i fyny, yn llithro i ffwrdd. Ni hoffai'r syniad, a daeth rhyw chwithdod drosto. Byddai Katie'n gadael yn fuan, hefyd. Symudodd i edrych ar y silffoedd llyfrau.

'Cymysgedd,' dywedodd Appleby o'r tu ôl iddo. 'Rhai'n perthyn i fi, a rhai i Gwen, a rhai'n dal yno ar ôl y plant. Does dim math o drefn, ac eithrio yn ôl awdur.'

Beth mae o'n ei ddweud wrtha i? meddyliodd Morrissey. Na fyddai edrych ar y gwahanol lyfrau yn ddim help i gael darlun ohono?

'A'r Highsmiths?' dywedodd. 'Chi sy pia nhw?'

Petrusodd Appleby. 'Y ddau ohonon ni,' atebodd. 'Rhywbeth mae'r ddau ohonon ni'n ei fwynhau. Dech chi wedi darllen rhai ohonyn nhw eich hun?'

'Rhai,' cyfaddefodd Morrissey. 'Dwi'n cael Ripley'n gymeriad anodd ei dderbyn. Rhagfarn broffesiynol, mae'n debyg.'

Cafodd wên o gyd-ddealltwriaeth. 'Fel pysgodyn a lwyddodd i ddianc?'

'Falle.' Trodd Morrissey. 'Roedd merch o'r enw Diane Anderson yn gweithio yn Crowther's am gyfnod yn ystod haf llynedd, merch dros dro o Redfearn's. Fu gynnoch chi unrhyw beth i'w wneud â hi?'

'Cawson ni fflyd o weithwyr dros dro'r llynedd. Gormod i mi fedru cofio, hyd yn oed petawn i wedi dod i gysylltiad â nhw i gyd—ond wnes i ddim. Mae'n ddrwg gen i, Brif Arolygydd, ond pe baech chi wedi gofyn i fy ysgrifenyddes pan oeddech chi yne'r prynhawn 'ma, byddai hi wedi medru dweud mai hi ei hun sy'n rhannu gwaith pan fydd yne ormod.'

Felly dyna ddangos fod Appleby'n gwybod yn iawn pa gwestiynau a ofynnwyd yn ei absenoldeb; ac yn gwybod pam roedd Morrissey wedi dod i'w holi nawr.

'Dwi ddim yn deall yn iawn pam rydech chi wedi dod yma, Brif Arolygydd, a finne wedi clywed bod holl staff Crowther's i gael eu holi fory.'

'Digwyddodd y drydedd lofruddiaeth bron ar draws y ffordd i'ch tŷ chi. Os oeddech chi gartre'r diwrnod hwnnw, gallech chi fod wedi sylwi ar gar wedi ei barcio.'

'Ond doeddwn i ddim gartre, ac mae 'ngwraig eisoes wedi dweud na welodd hi ac na chlywodd hi ddim byd.'

Cerddodd Morrissey at y ffenest ac edrych tuag at y comin. Roedd y coed i'w gweld yn amlwg ar dop y llechwedd blêr, ond ni ellid gweld dim heibio'r twr cyntaf o lwyni. Dywedodd mewn tôn gartrefol, 'Beth oeddech chi'n ei wneud rhwng deuddeg a dau o'r gloch ddoe?' a throdd i syllu ar Appleby. Daeth rhyw fin i'w lais. 'Bydd rhaid imi gael gwybod yn union.'

'Dwi ddim yn meddwl bod rhaid imi . . .'

'Yn achos archwiliad i lofruddiaeth, y mae'n rhaid i bawb. Yn arbennig rhywun y gellir profi iddo fod mewn cysylltiad â dwy o'r merched. Gofynnodd Diane Anderson am gael ei symud o Crowther's oherwydd i rywun aflonyddu'n rhywiol arni. Gwyddom fod Gail Latimer, yr olaf, wedi dod i'ch tŷ, a'ch bod chi ar eich pen eich hun efo hi.'

'Dduw mawr! Ydech chi'n meddwl 'mod i'n rhyw fath o anghenfil? Doeddwn i ddim yn nabod Diane Anderson—weles i rioed moni—a chyddigwyddiad pur oedd y llall.'

'Felly does yna ddim rheswm pam na fedrwch chi ddweud wrtha i yn union beth roeddech chi'n ei wneud rhwng deuddeg a dau o'r gloch ddoe.'

Eisteddodd Appleby'n llipa yn un o'r cadeiriau esmwyth. 'Steddwch, er mwyn Duw,' dywedodd, 'a rhowch gyfle imi arfer â'r syniad o gael fy amau o lofruddiaeth.'

Eisteddodd Morrissey ar y soffa. 'Aeth eich ysgrifenyddes am ginio am hanner awr wedi deuddeg,' meddai.

'Dwi'n gwybod; mi aeth hi'n gynnar. Mi es i'n fuan wedyn; tua chwarter i un, ddyliwn i. Mi gerddes i lawr i'r Crown a chael pryd yn y bar. Mae'n rhaid ei bod oddeutu hanner awr wedi un pan adawes i. Yna mi gerddes i i'r dref. Roeddwn eisiau chwilio am rywbeth arbennig i Gwen; mae'n ben blwydd priodas arnon ni'r wythnos nesa.'

Gwingodd Morrissey. Gŵr da a ffyddlon. 'A phryd gyrhaeddoch chi'n ôl yn Crowther's?'

'Ychydig cyn hanner awr wedi dau.'

'Awr ginio hir?'

'Mae Crowther's yn ennill mwy nag y maen nhw'n ei golli, Brif Arolygydd.'

'Gawsoch chi ddiod yn y Crown?'

'Hanner peint o gwrw go iawn.'

'A fydden nhw'n eich cofio pe bai rhaid imi eu holi?'

'Ro'n i'n rhannu bwrdd gyda Bob Crane; mae o'n aelod o'r Rotary hefyd.'

'Beth wedyn, wedi i chi orffen siopa ym Malminster? Welsoch chi rywun yno a fyddai'n 'ch cofio?'

'Naddo,' dywedodd Appleby. 'Dim un enaid byw.' Edrychodd ar Morrissey. 'Felly dyna chi, dim alibi.'

'Y pumed o Chwefror a'r pymthegfed o Fawrth.'

'Dech chi isio imi gofio'r rheiny?'

'Os medrwch chi.' Nid oedd yn amau dim nad oedd Karen Bree eisoes wedi dweud wrth Appleby am y dyddiadau oedd ganddyn nhw dan sylw.

'Y dyddiad ym mis Chwefror, roedd Gwen yn sâl, felly mi gymres i ddiwrnod i ofalu amdani . . . ac alla i ddim dweud wrthoch chi be wnes i efo bob munud o'm hamser. Ar y pymthegfed o Fawrth ro'n i mewn cynhadledd ar werthu yn Durham, ac oeddwn, mi roeddwn i'n hwyr yn dod adre, yn hwyr iawn. Mi ges i deiar fflat, a fedrwn i yn fy myw ag agor un o nytiau'r olwyn.'

Roedd sŵn y tu allan i'r drws. Plygodd Appleby ymlaen a dweud yn frysiog, 'Peidiwch â dweud dim o flaen Gwen, mae hi'n mynd yn isel ar ddim.'

Roedd seiciatrydd yr heddlu wedi dweud, 'Os na fedrwch ofyn y cwestiwn mawr, chwiliwch am wraig ddigalon. Mae problemau ar y llawr uchaf yn aml yn codi o helynt yn y gwaelodion.'

Daeth Gwen Appleby i mewn yn cario hambwrdd.

Dywedodd yn siriol, 'Meddyliais y byddai'n neis inni i gyd gael paned o goffi.' Roedd yna ryw ddireidi yn y wên a roddodd i Morrissey. 'Trueni na fasech chi yma mewn amgylchiadau brafiach, Brif Arolygydd. Mae llai o bobl yn galw rŵan a'r plant wedi gadael. Dim partïon dim mwy, dim miwsig pop i fyddaru dyn.'

'Tŷ mawr,' dywedodd Morrissey, 'ar gyfer dim ond dau ohonoch.'

'Rhy fawr a rhy wag. Dyna pam den ni isio gwerthu.' Gwgodd ar ei gŵr. 'Falle dylen ni roi'r tŷ yn nwylo rhywun arall.'

'Rho amser iddyn nhw. Maen nhw'n gwneud eu gore glas. Mae hi'n anodd gwerthu y dyddie yma.'

'Y drwg ydi, ar ôl y peth ofnadwy a ddigwyddodd ddoe, fydd gan bobl ddim diddordeb.' Gwenodd ar Morrissey unwaith eto a thywallt paned arall o goffi iddo. 'Er, os cofia i'n iawn, pan aeth tŷ y Black Panther ar werth yn Bradford roedd tomen o bobl am ei brynu.'

Llyncodd Morrissey ei goffi mor sydyn nes iddo bron â thagu. A'i lygaid yn dyfrio, meddyliodd a oedd gan wraig Appleby unrhyw syniad o arwydd-ocâd posibl yr hyn a ddywedodd.

Roedd gan Appleby syniad go dda, ac roedd fel petai wedi rhewi yn ei gadair.

A'i gwên yn pylu, edrychodd ei wraig o un i'r llall. 'Dwi wedi dychryn y ddau ohonoch,' meddai, 'ond mae'n berffaith wir. Dwi'n cofio darllen hynny yn y papur.'

10

Roedd Morrissey wedi bwriadu mynd adref ar ei union pan adawodd Appleby, ond yn lle hynny aeth yn ôl i'w swyddfa, gan ddweud wrtho'i hun fod y gwaith papur yn ddigon pwysig iddo orfod ei wneud ar unwaith, ond gan wybod nad dyna'r gwir reswm.

Am hanner awr wedi naw rhoddodd y gorau i'w dwyllo ei hun ac aeth adref, gan adael i'r car gofio'i ffordd i fyny Ffordd Middlebrook ac oddi amgylch y gylchfan yn y pen. Roedd un o oleuadau'r stryd wedi diffodd hanner ffordd i lawr Rhodfa'r Coed, ychydig cyn y tŷ pâr cadarn lle byddai Margaret yn aros. Roedd y darn tywyll yn ei aflonyddu, a chyneuodd ei olau mawr. Gwelai gasgliad o ddail sych a llwch yn chwyrlïo wrth i gath ddu a gwyn Mr a Mrs Peebles neidio i ben y ffens bren ac i mewn i'r ardd drws nesaf. Trodd i mewn i'w ddreif ei hun, yn falch o weld llewyrch o olau drwy'r llenni caeedig.

Roedd Margaret yn ei hoff gadair, yn gwnïo'r siwmper mohair y bu'n ei gwau ar gyfer Katie. Roedd honno'n un pentwr o wlân blewog piws llachar fel cath fach ar ei glin. Edrychodd ar ei gŵr heb ddweud gair, yn gweld blinder ond, am unwaith, yn gwrthod gadael i hynny amharu arni.

'Del iawn,' meddai yntau.

Daliodd y gwau hyd braich oddi wrthi, ei phen ar un ochr, yn feirniadol o'i gwaith ei hun. 'Ddim yn ddrwg, mae'n debyg; mae'n licio piws.'

'Byddai'n dy siwtio di.'

Edrychodd Margaret arno, yn dawel eto. Roedd

mohair hir sidanog yn golygu gwisgo i fyny. Mynd allan. Ddim yn addas i'w wisgo mewn pwyllgorau ac archfarchnadoedd. Mudferwai'r chwerwder a gronnai ynddi am mai pur anaml y byddai'n cael bod yn un o gwpl. Plygodd ei phen a dechrau gwnïo unwaith eto.

'Mae 'ne gaserol yn y popty. Y cwbl sydd raid ei wneud yw ei roi ar blât. Mi wna i goffi yn y munud ar ôl gorffen hon.'

Rhoddodd ei law ar ei hysgwydd yn betrus a theimlodd oerni ei hymwrthod. Ni chododd Margaret ei golygon. Aeth Morrissey i'r gegin a llosgi ei fawd wrth dynnu'r caserol allan o'r popty. Sugnodd ei fawd a rhegi gan deimlo fel petai rhyw gynllwyn yn ei erbyn. Dim ond wedi iddo ddechrau bwyta ac i'w stumog ddechrau llenwi y cyfaddefodd nad bai ei wraig ydoedd.

Daeth Margaret i mewn a dechrau gwneud y coffi cyn iddo orffen bwyta. 'Biti na fase gan Katie gariad,' meddai, 'rhywun fyddai'n medru dod â hi adre. Diolch i Dduw bod yr haf o'n blaenau a'r dydd yn ymestyn.'

Yr wythnos cynt roedd Katie wedi sôn am gael gwersi gyrru, ac am gael ei char ei hun i fynd a dod o'r coleg. Roedd wedi cytuno y câi wersi ond nid car. Byddai'n rhaid iddi rannu'r Fiat bach efo'i mam, a golygai hynny na fyddai hi byth yn cael ei yrru. Os byddai Katie'n mynd allan, pur anaml y byddai'n dod adref gyntaf, ond yn hytrach yn mynd yn syth o'r coleg.

Roedd Katie wedi sôn am hynny. Y cwbl a ddywedodd Morrissey yn goeglyd oedd mai ei waith ef oedd amddiffyn banciau nid dwyn ohonynt.

Oddi ar hynny, roedd merch arall wedi marw, ac roedd geiriau Margaret yn ei atgoffa bod ei ferch ef ei hun mewn perygl hefyd. Ymwrthododd â'r demtasiwn i ddweud nad oedd tywyllwch bob amser yn beryglus, gan fod Gail Latimer wedi ei lladd yng ngolau dydd.

'Mi siarada i efo hi,' dywedodd.

'Pryd?' gofynnodd ei wraig yn bigog, gan wybod bod yr ymchwiliad newydd wedi dechrau, ac na fyddai llawer o gyfle i'r tad a'r ferch gyfarfod am gyfnod digon hir i drafod y peth.

Am y tro cyntaf, sylweddolodd bod y tŷ'n dawel. 'Pan ddaw hi i mewn?' awgrymodd.

'Nid heno, felly; mae disgo'r coleg yn mynd ymlaen tan ddau, ac mae hi'n aros efo ffrind.' Rhoddodd gwpanaid o goffi yn ei ymyl gan sefyll i sipian ei choffi ei hun. 'A galla i ddim mynnu ei bod hi'n fy ffonio pan gyrhaeddith hi yno gan y byddai hynny'n codi cywilydd arni.'

Dywedodd Morrissey, 'Mae'r siawns . . .'

Torrodd Margaret ar ei draws. 'Dwi'n gwybod. Mae'n rhywbeth dwi wedi bod yn ei ddweud wrthyf fi fy hun bob hanner awr.' Ac roedd Mike i ffwrdd ar drip gyda'r ysgol. Golygai hynny fod Margaret wedi bod yn eistedd ar ei phen ei hun yn y tŷ tra oedd ef wedi bod yn creu rhesymau dros beidio â bod yno. Pigai ei gydwybod yn awr. 'Y llyfr . . .' dywedodd yn lletchwith. 'Y Dylan Thomas. Dwi ddim wedi diolch eto.'

Cododd ei hysgwyddau. 'Dim ond llyfr oedd o. Ac mae'r rhosod yn neis.'

Gwingodd y tu mewn. *Neis.* Ac roeddynt yn

gwywo'n barod; roedd wedi sylwi ar betal neu ddau yn gorwedd wrth y fas. Crwydrodd ei feddwl yn ôl at Katie. 'Ydi hi wedi trefnu ei gwersi gyrru eto, wedi penderfynu at bwy mae am fynd?'

'Katie?' dywedodd Margaret yn ddiamynedd, wedi cael llond bol ar ei gŵr a'i merch. 'Duw a ŵyr. Mae hi'n dweud nad oes unrhyw bwynt os nad oes ganddi gar. Mae hi'n dweud hynny'n hollol resymegol, a dwi'n teimlo awydd ei hysgwyd hi.' Eisteddodd yn y diwedd a rhoi ei phenelinoedd ar y bwrdd, a'r gwpan yn dal yn ei dwylo. 'Den ni'n medi'r hyn a heuwyd,' dywedodd yn dawel. 'Dwi'n dysgu iddi fod yn rhesymegol ac mae hi'n defnyddio hynny yn fy erbyn i. Alla i ddim ennill.'

Ond mae hi eisoes wedi ennill, meddyliodd Morrissey, hi a Katie hefyd. Gwthiodd ei blât gwag i ffwrdd. 'Mi fydde'n rhaid iddi weithio ar ddydd Sadwrn i dalu am betrol,' meddai. 'Dwed hynny wrthi.'

Gloywodd llygaid Margaret; rhoddodd y mŵg i lawr ac estyn am ei law. 'John . . .'

'Ydw, dwi'n gwybod 'mod i'n feddal,' cytunodd, gan feddwl na fyddai'r gost yn ddim petai'n llwyddo i dawelu'r dyfroedd unwaith eto.

Yr hyn na ddywedodd oedd mai rŵan oedd yr amser peryclaf i Katie a phob merch arall ym Malminster, ac na allai gwersi gyrru wneud dim i ddileu hynny.


Cychwynnodd Barrett yn gynnar yn Crowther's. Pan gyrhaeddodd y gweithwyr cyntaf ychydig cyn hanner awr wedi wyth, roedd ef a'i ddau dditectif gwnstabl mewn swyddfa oedd wedi ei chlirio ar frys ar y llawr cyntaf. Roedd rhywun wedi bod yn ddigon meddylgar i ddarparu tegell; safai hwnnw ar hambwrdd tun yn ymyl y ffenest ar ben cist ffeilio fawr, y drws nesaf i jar o goffi parod rhad a dwsin o fagiau te mewn cwpan wedi torri.

'Allan o be yden ni i fod i'w yfed o?' gofynnodd Smythe.

'Mae'r cantîn i lawr y grisiau,' cynigiodd Copeland. 'Mi bicia i lawr i nôl cwpanau cyn inni ddechrau.'

'Sut wyt ti'n gwybod?' gofynnodd Barrett.

'Ro'n i yma'r tro diwetha, ond chawsom ni'r un tegell bryd hynny.'

'Ofynsoch chi mo'r cwestiynau iawn, chwaith. Pe baech chi wedi gwneud, byddwn i'n gwneud rhywbeth mwy diddorol rŵan.'

Roedd Barrett yn dal yn anfodlon â'r dasg a gawsai am y dydd. Byddai'r prif wedi ei atgoffa bod y rhan fwyaf o waith ditectif naw deg y cant yn waith didoli, ond roedd Barrett am fwy o gyfle i ddilyn ei reddf.

'Mi ddylech chi fod wedi dweud wrthon ni ein bod ni'n chwilio am rywun o'r enw Rob,' atebodd Smythe, 'yna mi fydden ni wedi dilyn y trywydd yne, 'n bydden?'

Cymer honne i gnoi cil arni, meddyliodd Smythe, gan wrthod yr awgrym ei bod yn fraint cael y ditectif ringyll yn bresennol.

'Pe bait ti wedi ffeindio allan bod Diane Anderson wedi gadael oherwydd aflonyddu rhywiol, falle y byddet ti wedi darganfod hynny dy hun.' Ac wrth

67

Copeland, dywedodd, 'Edrycha fedri di gael dwy neu dair bisgeden tra wyt ti i lawr yne.'

Wrth i Copeland fynd allan, taflodd gipolwg ar wasgod streipen fain lwyd a thyn Barrett. Roedd y DS yn ei ffansïo'i hun; a merched yn disgyn i'w hafflau. Dydi bywyd ddim yn deg, meddyliodd y ditectif gwnstabl. Yna cofiodd dipyn o seicoleg: symbol o gysur oedd bwyd. Gwnaeth y cysylltiad a dechreuodd chwibanu'n llawen.

Ni chafwyd dim byd newydd wrth ailholi yn Crowther's, ac ni ddaeth cwestiynau didaro Barrett am agwedd Appleby tuag at ferched â dim goleuni. Roedd y rheolwr gwerthiant yn sant i bob golwg. Ac wynebau difynegiant oedd yr unig ymateb a gafwyd i'w gwestiynau am gŵyn Diane Anderson i rywun aflonyddu'n rhywiol arni. Doedd ond un llygedyn o oleuni.

Dywedodd un clerc cyflogau, merch hwyliog a brychni dros ei hwyneb, 'Dylech chi gael gair â Lucy Foster. Hi oedd yn ffrindie efo Diane tra oedd hi yma. Y tro diwetha y daethoch chi heibio inni roedd hi wedi cynhyrfu cymaint fel na fedrai wneud dim byd ond crio. Os oedd yne ryw ddrwg yn y caws, hi fydde'n gwybod.' Gwenodd yn braf ar Barrett. 'Y drwg ydi, bydd yn rhaid ichi aros ychydig. Mae hi yn Acapulco ar ei mis mêl.'

'Pryd fydd hi'n ôl?'

'Ymhen deng niwrnod arall.' Gwenodd eto. 'Bydd raid ichi ddod yn ôl, 'n bydd? Byddwch wedi gwneud eich nyth yma cyn bo hir.'

Os na fyddwn ni wedi cael Appleby i'r fagl yn y cyfamser, meddyliodd Barrett wrth iddi adael, a'i sgert gwta'n siglo'n ddireidus.

'Dwi'n meddwl bod honne'n eich ffansïo chi,' meddai Copeland o ddyfnderoedd ei wybodaeth newydd. Estynnodd llaw Barrett am ei dei. Efallai bod yna drywydd arall gwerth ei ddilyn.

Roedd bron yn ddeuddeg erbyn iddyn nhw orffen. Pan oeddynt wrthi'n hel eu pethau, galwodd y swyddog personél heibio. 'Bydd yne fwyd yn y cantîn os ydech chi isio bwyta yma.'

'Dwi'n meddwl ga i ginio mewn tafarn,' meddai Barrett, 'ond diolch yr un fath. P'run ydi'r dafarn orau a'r agosa?'

'O, y Crown, dim amheuaeth am hynny. Dwi'n bwyta yne'n aml. Cerwch allan drwy'r cefn ac ar draws yr iard; yna croeswch y ffordd ac mi ddewch chi i Ffordd Burton. Trowch i'r dde, croeswch y ffordd eto, ac ewch i lawr Ffordd Carter a byddwch yn Heol y Frenhines. Mae'r Crown yn 'ch wynebu chi. Pastai cig eidion ydi'r peth gorau.' Tawelodd gan sylweddoli fod Barrett ar bigau'r drain.

'Ffordd Carter,' meddai'r ditectif ringyll yn araf. 'I lawr Ffordd Carter. Oes yne siop bapur yne?'

'Oes, Bowlby's.' Deallodd yn sydyn. 'Wrth gwrs . . . cyd-ddigwyddiad, yndê? Roedd y gynta'n gweithio yne. Merch neis; doedd hi ddim yn haeddu hynne.'

'Does neb,' meddai Smythe.

'Nag oes, wrth gwrs. Yr hyn ro'n i'n ei feddwl oedd . . .'

Wrth iddo chwilio am eiriau, dywedodd Barrett

yn groyw, 'Mae'n debyg bod llawer o bobl sy'n gweithio yma yn galw yno i brynu papur wrth fynd i'r Crown?'

'Wel, yden, mae hi mor gyfleus. Mi fydda i'n gwneud fy hun.'

'A dwi'n gwybod bod Mr Appleby yn prynu un weithiau; mi ddwedodd wrtha i. Fydd o'n cael papur yne?'

'Bydd, fel arfer. Byddwn ni'n cerdded i lawr efo'n gilydd yn reit aml . . . Siop gyfeillgar.'

Ar ôl cael trywydd, roedd Barrett yn fodlon. Roedd y cylch yn grwn. Beth oedd yr ots os mai tystiolaeth amgylchiadol ydoedd? Roedd Appleby yno ynghanol y darlun, ac ni allai Morrissey lai na chyfaddef hynny rŵan.

11

Roedd Morrissey wedi cychwyn y diwrnod yn ddigon hapus, gan neidio i fyny'r grisiau i'w swyddfa ddwy ris ar y tro fel arfer. Gyda phob naid saethai ei freichiau allan o'u llewys a bochiai ei siaced fel sach. Gwyddai y digwyddai hyn, ond pur anaml yr arhosai i feddwl am y peth, a phan wnâi, gwnâi hynny gan gilwenu a dannod i'r teiliwr nad oedd yn darparu ar gyfer rhai â breichiau a choesau hir fel ei rai ef.

Weithiau awgrymai Margaret yn ddiamynedd y dylai gael siwt wedi ei gwneud yn arbennig iddo; ond yn ddi-feth, prynu siwt oddi ar y bachyn a wnâi, a hynny fel arfer mewn sêl. Wrth gofio hyn sylweddolodd mai dyma'r tro cyntaf am dri diwrnod iddo feddwl am ei wraig heb deimlo'n euog.

Parhaodd yr hwyliau da hyd nes iddo gael gŵys gan Osgodby. Aeth i fyny'r grisiau gan synhwyro na fyddai'n hoffi'r rheswm am y wŷs.

Bradychai sŵn bysedd y prif uwcharolygydd yn tapio'r ddesg ei anniddigrwydd. 'Dwi'n falch 'mod i wedi'ch dal chi, John. Mi fyddwch chi wedi gweld y papurau, fel pawb arall, gan gynnwys y prif gwnstabl. Mae o wedi bod ar fy ôl i'n barod yn gofyn cwestiynau pigog ac yn cyfeirio at y Sgwad Dditectif Ranbarthol.'

'Dyden nhw ddim yn hollalluog,' dywedodd Morrissey'n chwerw. 'Dwi'n amau a fasen nhw'n gwneud yn well.'

'Na fasen, mae hynny'n wir. Mi ddwedes i hynny fy hun, ond dech chi'n gwybod fel mae pethau;

maen nhw'n debygol o gael eu galw.' Edrychai Osgodby fel petai wedi cael ei fwrw oddi ar ei echel go iawn. Crebachodd ei wefusau ac yna eu tynnu'n llinell fain. 'Mae 'ne rywbeth arall.' Curodd y bysedd yn galetach. 'Mae'r prif gwnstabl isio ichi fod ar gael ar gyfer cynhadledd i'r wasg am hanner awr wedi deg.'

Pwysodd Morrissey yn ôl yn ei gadair. 'Gwastraff amser llwyr.' Ond roedd protestio'r un mor ofer â mynychu'r gynhadledd i'r wasg. Byddai'r prif gwnstabl yn sôn am gynnydd a thrywydd newydd pwysig. Byddai Osgodby yn ei gefnogi, ac ni fyddai angen iddo ef, Morrissey, ddweud dim ar wahân i gytuno eu bod yn ymholiadau hynod bwysig.

Ond pan ddaeth ei gwestiwn ef, cafodd ei holi nid am yr ymholiadau, ond am feddwl y dyn roedden nhw'n chwilio amdano. Gan honni rhoi barn seiciatrydd, awgrymodd newyddiadurwr bod diffyg unrhyw arwydd o ymosodiad rhywiol yn dangos bod ar y llofrudd ofn merched. Onid oedd hynny yn ei dro yn dangos rhyw lwfrdra yn y dyn roedden nhw'n chwilio amdano?

Ceisiodd Morrissey osgoi rhoi ateb pendant, gan ddweud nad oedd ganddo unrhyw reswm i anghytuno â barn y seiciatrydd. Tybiodd fod hwnnw'n ateb saff.

Pan ddaeth y cyfarfod i ben am un ar ddeg, roedd yn ysu am gael gadael. Pe na bai Osgodby wedi ymyrryd byddai wedi gallu bod yn curo ar ddrws rhieni maeth Gail Latimer awr a mwy yn ôl. Rŵan, byddai'n lwcus petai'n cael gafael arnyn nhw. Rhuai ei stumog a gweiddi am fwyd.

Roedd yn ddryswch iddo nad oedd gan y ferch unrhyw fywyd cymdeithasol; nid oedd yn perthyn i unrhyw glybiau na dosbarthiadau nos. Yn ôl Susan Reed, ar wahân i'r adegau pan oedd yn gweithio, byddai Gail yn aros gartref ac nid oedd ganddi unrhyw ffrindiau o ddynion. Ond ni allai hynny fod yn gwbl wir. Beth am Rob? Neu a oedd yna Rob? A fyddai merch unig yn creu cariad?

Arweiniai hynny at gwestiwn arall. Pam fyddai merch mor ddeniadol â Gail yn unig? Nid oedd hynny'n gwneud synnwyr, ac roedd yr anghysondeb yn ei boeni.

Aeth â'r cwestiynau gydag ef i'r tŷ mewn stad o dai unffurf lle roedd rhieni maeth Gail yn byw, gan obeithio ar y gorau gael Mrs Nolan i mewn, a synnu gweld y ddau yno.

Tueddu i ddiystyru popeth a wnâi Nolan, gŵr main, esgyrnog, a stribed o wallt du yn disgyn dros ei dalcen. Symudai'r afal breuant yn ei wddw wrth iddo chwerthin.

'Os ydech chi'n meddwl fod Gail yn un swil, dech chi'n methu. Roedd yn rêl un.' Rhoddod winc fawr ar Morrissey fel petaen nhw'n rhannu rhyw jôcs a berthynai iddyn nhw, ddynion. 'Wel, mae'n rhaid eich bod yn gwybod; mi fyddwch wedi cael adroddiadau meddygol. Doedd hi ddim yn forwyn, oedd hi? Heb fod ers amser, oedd hi?'

Edrychodd y prif arolygydd arno'n oeraidd gan weld aderyn ysglyfaethus yn yr wyneb pigfain milain. Byddai Nolan yn hoffi clywed y manylion i gyd, gan ymdrybaeddu ynddynt a dod yn ôl i ofyn am fwy. 'Felly pan oedd hi'n byw yma roeddech chi'n gwybod bod ganddi gariadon,' dywedodd Morrissey. 'Mae'n debyg ei bod hi'n dod â nhw adre.'

'O na, ddim yma, fase hi ddim, na fase, rhag ofn inni ddweud wrth ei gweithiwr cymdeithasol.'

'Pa wahaniaeth wnâi hynny?' gofynnodd Morrissey, gan nad oedd erioed wedi cwrdd â gweithiwr cymdeithasol fyddai'n gosod y fath reolau. 'Falle y byddai wedi cael sesiwn gynghori, ond dyna i gyd. Ro'n i'n meddwl mai dyna beth a olygir wrth faethu; gwneud y gorau dros y plentyn. Dod i wybod pa fath o helyntion a gâi, a phwy oedd ei ffrindiau.'

'Dyna be oedden ni'n drio'i wneud, yndê, Jeannie?'

Cytunodd ei wraig, a oedd yn denau mewn ffordd wahanol i'w gŵr, gan nodio'i phen yn beiriannol. Roedd wedi aros ym mhen pellaf yr ystafell, wedi ei fframio yn nrws y gegin, lle roedd yn cymysgu rhywbeth mewn bowlen. Chwiliai Morrissey am air i'w disgrifio, a'r unig air a ddeuai iddo oedd prennaidd.

'Ond dech chi eisoes wedi dweud wrtha i na châi ddod â chariadon adre, felly sut y gallech fod yn gwybod be oedd hi'n ei wneud? Pa mor hir ydech chi wedi bod yn rhieni maeth?'

'Wyth neu naw mlynedd, ers i Sharon dyfu i fyny.'

'Sharon ydi'ch merch chi eich hun?'

Rhoddodd Jeannie'r gorau i gymysgu ac edrychodd arno. Dywedodd ei gŵr, 'Dech chi'n gwybod fel mae pobl ifanc yr oes yma. Mi symudodd i ffwrdd cyn gynted ag y gadawodd hi'r ysgol. Mae Jeannie'n dal i'w gweld, yn dwyt ti, cariad?'

Nodiodd eto.

'Ond nid y chi?'

'Merch ei mam oedd Sharon.'

Oedd, nid ydi. Doedd Sharon ddim yn rhan o fywyd Nolan bellach. 'Mi hoffwn i gael ei chyfeiriad,' dywedodd Morrissey.

'I be? Doedd hi ddim yn nabod Gail.'

'Dim ots am hynny.'

'Mae'n rhaid ichi gael rheswm dros ofyn, a dwi ddim yn meddwl bod gynnoch chi un. Na, mae'n ddrwg gen i, wna i mo'i roi o i chi.'

'Dech chi'n rhieni maeth ar y funud, ydech chi, Mr Nolan?' gofynnodd y prif arolygydd yn fwyn. 'Mae'n debyg fod hynny yn rhoi lot o foddhad.'

'Os mai pres dech chi'n feddwl, nac ydi. Lot llai na'r hyn den ni'n ei wario, faswn i'n meddwl. Jeannie sy'n gwybod hynne.' Edrychodd ar ei wraig. 'Llai, yn dydi, cariad?'

Oni wnâi'r wraig hon rywbeth heblaw nodio'i phen?

Dywedodd Morrissey'n glên, 'Mae'n debyg eich bod yn mwynhau bod yn fam faeth, yn gwybod y bydd yna blentyn o gwmpas drwy'r amser. Yn eu gwylio nhw'n tyfu ac yn rhannu pethau.'

Sylwodd y prif arolygydd ar ychydig o wrid yn dod i'w gruddiau, yna heb ddweud gair, trodd ei chefn tuag ato ac aeth i'r gegin.

Trodd Morrissey ei olygon at y gŵr esgyrnog a syllu'n galed arno. Edrychai hwnnw'n anghyfforddus. Roedd yr ystafell eistedd yn eithafol o dwt a dilwch, heb unrhyw degan na chomics na chreonau yn agos i'r lle.

'Pwy ddeudoch chi sy gynnoch chi rŵan?'

'Merch arall. Tracy Lambton. Mae hi yn yr ysgol.'

'Fisher's?'

'Eskdale Road.'

'Ysgol Ganol. Felly un ifanc?'

'Deg. Mae hi wedi bod yn byw efo ni ers blwyddyn.'

Gwnaeth Morrissey nodyn o hynny, a dywedodd yn ddidaro, 'Ydech chi wedi ystyried symud 'nôl i Leeds?'

Dychrynodd hynny Nolan, ac meddai'n wyliadwrus, 'Leeds? Yn ôl i Leeds? Ydi hynne i fod i olygu rhywbeth?'

'Roeddech chi'n byw yne ym mil naw saith dau, cyn dod yma. Burley, yndê?'

Dywedodd Nolan, 'Ro'n i'n meddwl eich bod chi wedi dod i holi am Gail. Dwi ddim wedi ei gweld hi ers iddi adael ddwy flynedd 'nôl. Ddim i siarad â hi, beth bynnag. Dwi wedi ei gweld hi yn y stryd unwaith neu ddwy, ac mi weles i ei llun hi yn y *Sun*, dyna'r cwbl.'

'A does gynnoch chi ddim syniad pwy oedd ei chariadon, ddim hyd yn oed pan oedd hi'n byw yma?'

'Wnaeth hi erioed ddeud.'

Symudodd Morrissey ar draws yr ystafell i'r gegin. Trodd Mrs Nolan pan welodd gorff Morrissey'n llenwi'r drws.

'Ddwedodd hi ddim wrtha i pwy oedden nhw

chwaith, felly does dim pwynt gofyn.' Siaradai fel parot yn ailadrodd yn fecanyddol.

Edrychodd Morrissey o un i'r llall. 'Ydech chi ddim yn poeni be maen nhw'n ei wneud y tu allan i'r tŷ?' Edrychodd ar Nolan. 'Ble dech chi'n gweithio?'

'Middleton Soft Drinks. Fi ydi'r fforman nos. Mi fyddwn i yn fy ngwely erbyn hyn pe baech chi heb alw.'

Symudodd Morrissey o'r gegin yn ôl i'r ystafell eistedd. 'Mae Middleton's i fyny ar y stad ddiwydiannol yn ymyl Crowther's. Dwi'n cofio sylwi eu bod wedi symud i fanne.' Edrychodd yn oeraidd ar Nolan. 'Mae yna dair llofruddiaeth wedi bod, a merch o'r enw Diane Anderson oedd yr ail. Roedd hi'n gweithio yn Crowther's. Falle'ch bod chi wedi ei gweld hi? Wrth fynd a dod o'ch gwaith. Wedi ei chyfarfod hyd yn oed? Siarad? Cyd-ddigwyddiad, hwyrach.'

Dechreuodd yr afal yng ngwddw Nolan symud yn ddi-baid.

'Cyd-ddigwyddiad fase hynny hefyd, dim byd arall. Mae yna resi o ferched yn gweithio yne; dwi ddim yn mynd i gofio unrhyw un yn arbennig, ydw i? Oni bai bod gen i reswm dros wneud hynny.'

'Mae *rhywun* yn cofio,' atgoffodd Morrissey ef, 'am ei fod wedi eu lladd nhw. Mae hynne'n rhywbeth ichi feddwl amdano, yn dydi, Mr Nolan? Yn ofalus, pe bawn i yn eich lle chi.' Trodd y prif arolygydd ei gefn ac aeth allan drwy'r drws ac i lawr y llwybr at ei gar.

Doedd y plentyn yng ngofal Nolan a'i wraig yn

ddim o fusnes Morrissey. Nid yn swyddogol. Ond roedd stori brawd Gail a gwybod am y busnes yna yn Leeds wedi dechrau ei boeni. Ac ar ôl cyfarfod â'r Nolans, roedd yn poeni mwy. Fodd bynnag, pe bai wedi bod yn unrhyw ysgol ar wahân i Eskdale byddai wedi gadael i'r peth fynd heibio am y tro, ond Mathew Haines oedd y prifathro, ac roedd Matt yn ffrind personol.

Daeth o hyd iddo yn yr ystafell athrawon, yn eistedd ar flaen ei gadair a'r teledu ymlaen. Gwnâi ei osgo iddo edrych fel pe bai'n blentyn yn chwarae triwant yn hytrach nag yn athro wrth ei waith, a phan welodd Morrissey cododd ei law ac ysgwyd ei ben.

'Well iti wrando,' meddai. 'Mae'r darn yma amdanat ti.'

Caeodd Morrissey'r drws a mynd i eistedd, gan edrych ar y bwletin newyddion. Ar y sgrin y tu ôl i'r darllenwr newyddion roedd llun o gynhadledd y wasg y bore hwnnw a'r golau'n dangos croen pinc sgleiniog Osgodby drwy ei wallt melyn tenau.

'*Dywedodd y prif gwnstabl eu bod yn dilyn sawl trywydd addawol.*' Edrychiad llym. '*Y mae'r swyddog sy'n arwain yr ymchwiliad, y Prif Arolygydd John Morrissey, yn cytuno â barn un seiciatrydd, sef mai llwfrgi yw'r dyn maen nhw'n chwilio amdano.*' Edrychiad awdurdodol. '*Efallai y byddai'n gywirach dweud mai llwfrgi peryglus ydyw. Cynghorir merched i beidio â mynd i fannau unig, ac i geisio sicrhau bod dyn hefo nhw ar bob achlysur posibl.*'

Cododd Morrissey ei lygaid at y nenfwd wrth i'r bwletin orffen.

Caeodd Haines geg y teledu, gan ddweud, 'Dwi bob amser yn gwylio'r newyddion lleol yr adeg yma pan ga i gyfle. Wedi gwneud hynny byth ers inni gael ein dal gan streic y gyrwyr bysys.'

'Dwi'n gobeithio'i fod yn fwy cywir na hynne fel arfer.'

'Camddyfynnu?'

'Allan o'i gyd-destun, hefyd. Gawn ni bum munud yn dy swyddfa?'

'Mor hir â lici di, neu o leia . . .' edrychodd ar ei wats, 'tan hanner awr wedi, wedyn dwi ar ddyletswydd ar yr iard. Gei di ddod efo fi os lici di. Mi gyflwyna i di i rai o "droseddwyr y dyfodol".'

'Mae anwybodaeth yn fendith weithiau,' dywedodd Morrissey. Wrth iddyn nhw groesi'r coridor dechreuodd siarad am Tracy Lambton a Nolan a'i wraig, gan wybod mai'r cyfan y gallai ei gynnig i Matt oedd ei deimladau personol ef; roedd yn rhaid iddo beidio â chrybwyll yr helynt yn Leeds.

Ond roedd y prifathro eisoes yn poeni. 'Mae Tracy'n bendant wedi bod yn cadw fwyfwy iddi ei hun dros y misoedd diwetha. Gofynnais i'w swyddog lles alw heibio, ond y drafferth yw nad yw'r broblem yn weladwy; mae fel baw o dan y carped.' Cododd ei ddwylo. 'I'r diawl ag o, mae'r plant yn cael profion meddygol fory. Mi ga i air efo'r swyddog meddygol. Mi ro i wybod os daw rhywbeth i'r golwg.'

'Byddwn yn gwerthfawrogi hynny,' meddai Morrissey gan ochneidio a syllu allan drwy'r ffenest ar yr iard chwarae wag. Nid dyma'r tro cyntaf iddo ddechrau amau bod dynoliaeth yn dychwelyd i'r goedwig.

Y gwaith a wnâi iddo deimlo fel hyn, wrth gwrs. Roedd y bobl roedd ef yn delio â nhw yn droseddwyr, yn ysgymun cymdeithas, ac roedd hi'n anodd cadw mewn cof bod y mwyafrif o bobl yn cadw'r heddwch ac yn byw yn onest.

Bu damwain olew rai blynyddoedd ynghynt oddi ar arfordir Swydd Lincoln, nid un ddrwg, ond anarferol bryd hynny. Roedd yr olew wedi lledu dros y traeth, gan adael marc llanw du. Roedd wedi ei wylio'n tyfu bob bore, yn graddol ddod yn uwch i fyny'r traeth. Aeth y darn glân lle gallai'r plant chwarae yn llai ac yn llai, ac ni allent drochi eu traed yn y dŵr heb gael haen o olew dros eu coesau.

Dyna'i deimlad rŵan, ei fod yn gwylio llanw du yn dod i mewn ac nad oedd dim y gallai ef ei wneud i'w atal.

12

Roedd Barrett yn y swyddfa, yn pwyso dros y ddesg ac yn astudio map. Cododd aeliau'r prif arolygydd.

'Wedi gorffen yn gynnar?' Edrychodd dros ysgwydd y rhingyll a gweld mai map o strydoedd Malminster ydoedd.

'Mae'n hen bryd inni gael un newydd. Dydi hwn ddim yn dangos y stad ddiwydiannol,' dywedodd Barrett, gan ddefnyddio pensil i nodi'r ffyrdd mynediad ac amlinellu ffiniau'r stad ddiwydiannol. 'Dydi hwn ddim yn gywir, ond mi wneith y tro. Mae Crowther's yma ar y gornel gyda ffordd fynediad y tu cefn iddo.' Cuchiodd ar Morrissey. 'Aethon ni i mewn drwy'r ffrynt ond yn y cefn maen nhw'n llwytho. Dyne lle mae'r giatiau.' Aeth ymlaen i gywiro'r map. 'Holais i ba dafarn yr aent os nad oeddent yn ffansïo'r cantîn. Y Crown yn Heol y Frenhines oedd y ffefryn. Gryn bellter i ffwrdd.'

Crwydrodd llygaid Morrissey yn ôl i lawr y ffordd fynediad a thrwy'r plethwaith o strydoedd. 'Rhy bell os wyt ti'n cerdded, a dim ond hanner awr i ginio. Lle mae'r llwybr tarw?'

'Fan hyn,' dangosodd Barrett. 'Ffordd Clifford oedd y ffordd fynediad hon cyn iddyn nhw dynnu'r tai i lawr, ac mae yna entri yn ymyl y giatiau cefn.'

Rhoddodd Morrissey ei fys arno. 'Ac yn dod allan yn Ffordd Burton . . .'

'Ac os trowch chi i'r dde a chroesi'r ffordd, byddwch chi'n mynd i lawr Stryd Carter, ac mae siop bapur Bowlby's hanner ffordd i lawr y stryd.'

Gwenodd ar y prif arolygydd. 'Mae'r rhan fwyaf o'r rheolwyr yn bwyta yn y Crown unwaith neu ddwy yr wythnos, ac mae rhai ohonyn nhw'n prynu papur yn Bowlby's i fynd efo nhw.'

'Gan gynnwys Appleby.'

Ag ochenaid a ddywedai'r cwbl, cytunodd Barrett. 'Gan gynnwys Appleby. A dyna chi wedyn gysylltiad rhyngddo fo a phob un o'r tair merch.'

Symudodd bysedd Morrissey ymlaen, dod o hyd i Heol y Frenhines a throi i ffwrdd o'r Crown i lle'r oedd Ffordd Ladbrook yn ffurfio cyffordd T, yna symudodd eto mewn tro bychan at ystad breifat Nolan a'i wraig. Roedd Toyota lled newydd yn y dreif pan aeth ef yno, ac ychydig y tu hwnt iddo feic yn pwyso yn erbyn y wal. Roedd wedi sylwi arno ond heb roi fawr o bwys arno tan rŵan.

'Nid fo ydi'r unig un,' dywedodd Morrissey'n bwyllog, ac aeth ymlaen i ddweud wrtho am Nolan.


Roedd wedi cysgu'n hwyr y bore hwnnw, a bu'n rhaid iddo fynd i'w waith heb frecwast, gan yrru fel cath i gythraul er mwyn bod yno mewn pryd. Ac felly rŵan, pan welodd yr arwydd 'Bwyd', tynnodd i mewn i'r maes parcio. Doedd arno ddim eisiau dim byd yn arbennig, dim ond brechdan a glasaid o gwrw, felly doedd dim ots nad oedden nhw wedi dechrau gwerthu prydau poeth. Roedd y lolfa bron yn wag ac eisteddodd lle y gallai gael golwg dda ar y teledu. Roedd wedi mynd yn rheidrwydd arno wylio'r bwletin newyddion gan mai ef a gâi'r prif sylw bellach.

Pan welodd y gynhadledd i'r wasg ar y sgrin, teimlodd ei hun yn dechrau gwenu a chymerodd gegaid fawr o'i frechdan er mwyn cuddio'i ddifyrrwch. Ffyliaid, pob un ohonyn nhw. Yna arhosodd y camera ar wyneb Morrissey, a chlywodd lot o falu awyr seiciatryddol. Roedd ei law yn ysu am gael taflu'r cwrw.

Llwfrgi!

Bu ganddo dipyn o barch tuag at Morrissey, ond rŵan cafodd ei siomi. Dyma gamgymeriad y byddai'n rhaid talu amdano, a dechreuodd feddwl sut yn hollol i wneud hynny.

Doedd dim amdani ond gwirio alibis, a doedd hynny ddim bob amser yn profi rhywbeth; gallai Morrissey feddwl am nifer o adegau yn ei fywyd pan na fedrai brofi lle'r oedd neu beth y bu'n ei wneud. Roedd hynny'n siŵr o fod yn wir amdanynt hwythau, Appleby a Nolan.

Roedd Appleby'n dal yn sicr ynghylch ei symudiadau pan aeth y prif arolygydd a Barrett yn ôl i'w holi, ond y tro hwn roedd ar bigau'r drain, yn sefyll wrth y ffenest yn tanio sigarét, gan chwythu'r mwg allan yn galed a diamynedd. Ond nid oedd yng nghwmni neb ar yr adegau perthnasol, dim ond rhwng dau le, a golygai hynny gryn lawer o waith cadarnhau manwl.

Doedd gan Nolan, ar y llaw arall, fawr o syniad lle'r roedd wedi bod. Neu o leiaf honnai nad oedd ganddo fawr o syniad. 'Dwi ddim yn cadw dyddiadur ddiawl!' cyfarthodd. 'Gofalwr nos ydw i, nid rheolwr gyfarwyddwr. Os oeddwn i'n gweithio nos yne mi fyddwn wedi bod yn 'y ngwely, ac os nad oeddwn, byddwn i wedi bod adre neu'n chware darts. Y diwrnod y lladdwyd Gail, ro'n i yn y gwely, alla i ddweud hynny wrthoch chi. Drannoeth y clywais mai Gail oedd hi.'

'A gall eich gwraig gadarnhau hynny?' gofynnodd Barrett, a'i lygaid yn symud tuag ati.

Y tro yma roedd Mrs Nolan yn eistedd, nid ar y soffa gyda'i gŵr, ond ar y gadair gefn uchel ychydig allan o'i olwg. Symudodd ei llygaid i ffwrdd oddi wrth lygaid Barrett.

Trodd Nolan ei ben er mwyn medru ei gweld hi. 'Jeannie . . .?'

Gan syllu ar y wal ymhell i ffwrdd oddi wrth lygaid neb, dywedodd, 'Ro'n i wedi mynd i dŷ Mam, 'ndoeddwn?'

'Faint o'r gloch, Mrs Nolan?' Gwyliodd Morrissey hi.

'Tua deuddeg. Aeth Gavin i'r gwely ychydig cyn hynny ac mi ges i damaid o ginio bryd hynny. Dim ond rhyw unwaith bob pythefnos,' dywedodd yn amddiffynnol. 'Ellwch chi ddim disgwyl imi aros adre drwy'r amser.'

'Na fedrwch, wir. Ac mi ddaethoch chi adre faint o'r gloch . . .?'

'Ychydig cyn i'r ferch ddod adre o'r ysgol. Mae'n rhaid imi fod adre erbyn hynny er mwyn iddi beidio â deffro Gavin . . .'

Roedd hi'n dal i syllu ar y wal. Llygaid pwy mae hi'n ceisio'u hosgoi, tybed? meddyliodd y prif arolygydd.

Symudai'r afal yng ngwddw Nolan yn ddi-baid. 'Nid y diwrnod yne oedd hi,' meddai. 'Y diwrnod cynt.'

'Does dim pwynt. Mi fyddai Mam yn cofio pa ddiwrnod oedd hi pe baen nhw'n gofyn iddi.'

''Rhen sguthan wirion! Mi fyddai'n siŵr ddiawl o gofio unrhyw beth petai'n meddwl y byddai'n fy nghael i i drwbwl.' Sychodd ei ddwylo ar goesau ei byjamas a dweud gan brotestio, 'Edrychwch, dech chi wedi fy nghodi allan o'r gwely ar gyfer hyn, ac mae'n rhaid imi fynd i weithio heno. Mi fydda i'n syrthio i gysgu.'

'Alwodd unrhyw un?'

Trodd llygaid Mrs Nolan at y silff ben tân ac yna symud i ffwrdd. Gwelodd Morrissey gornel bil nwy yn pipian o'r tu ôl i'r cloc. Os mai dyna'r diwrnod y darllenwyd y mesurydd, doedd hi ddim yn ymddangos bod Nolan yn gwybod hynny. Gadawodd Morrissey iddo fynd yn ôl i'r gwely, ond amheuai, rywsut, a fyddai'n mynd yn ôl i gysgu.

Wrth iddynt yrru i ffwrdd, roedd Barrett yn teimlo'n reit sicr mai Appleby oedd eu dyn. 'Does dim cysylltiad rhwng Nolan a Rob,' dywedodd, gan wibio heibio bws deulawr yn ddeheuig. 'Ond mae 'ne rhwng . . .'

'Does dim rheol euraid bod rhaid cael unrhyw gysylltiad â Rob. Ac mi allet ti ei chael hi am yrru fel yne.'

'Yna pam nad ydi o wedi dod ymlaen?' gofynnodd Barrett, gan gymryd arno nad oedd wedi clywed y cerydd. 'Os oedd ef a'r ferch Latimer yne mor agos at brynu tŷ efo'i gilydd, pam nad ydi o wedi cynhyrfu a gwylltio digon i roi gwybod inni? A'i enw ef wedi ei sgwennu mewn llun o galon, gellwch fod yn siŵr eu bod nhw wedi gwneud rhywbeth amgenach na dal dwylo.'

Cofiodd Morrissey am hen goeden sycamor-wydden, a galarodd am ddiniweidrwydd a gollwyd. Ond ni allai ddod o hyd i ateb.

'Gollynga fi, ac yna dos at Smythe a Copeland,' dywedodd yn chwyrn, gan feddwl am yr holl ddynion y byddai eu hangen i fynd ar ôl yr alibis a mesur y pellterau. Gosodwyd hysbysiadau yn yr orsaf fysys ac yn ymyl y comin, yn gofyn i deithwyr oedd ar y bws chwarter wedi un o Manorfield i Malminster ddod ymlaen, ac yn y ddau le roedd swyddog mewn lifrai yn barod i gymryd datganiadau.

Wedyn roedd y gyrrwr Rington Tea's hwnnw. Roedd fel jig-so diddiwedd, a'r gosb am fethu un darn fyddai marwolaeth dynes arall.

Dywedodd wrth Barrett, 'Stopia yn Middleton's ac edrycha i weld a all personél gadarnhau bod Nolan yn gweithio nos ar y tri dyddiad. Ddylai hynny ddim cymryd yn rhy hir.'

Roedd hi bron yn dri o'r gloch, ac wrth iddo ollwng y prif arolygydd o'r car, meddyliodd Barrett y byddai galw heibio Middleton's yn cymryd llawer rhy hir.

Wrth iddo fynd i mewn i swyddfa'r heddlu roedd Morrissey'n ingol ymwybodol nad oedd wedi bwyta ers ben bore. Gofynnodd i'r cantîn anfon brechdanau i fyny, a thra oedd yn aros dechreuodd ddarllen drwy'r papurau oedd wedi ymddangos ar ei ddesg.

Nid oedd unrhyw wybodaeth newydd yn yr

adroddiad maith am y *post-mortem*—marw drwy gael ei thagu â chortyn plethedig, y math y mae garddwyr yn ei ddefnyddio i glymu cansenni. Yr un math ag a ddefnyddiai Morrissey ei hun, y math y gellid ei brynu mewn unrhyw un o ddwsin o siopau ym Malminster. Tenau, gwyrdd a diniwed, hyd oni fyddai rhywun yn ei blethu ac yn gwneud cwlwm yn y ddau ben i lunio magl.

Cofiodd Morrissey am Nolan a'i wyneb main eiddgar.

Roedd gormod o wybodaeth wedi dod o fforensig, digon i ddrysu dyn. Gosodwyd popeth y gellid ei symud o'r ardal o gwmpas y corff mewn bag du ar gyfer ei archwilio—bagiau fferins, bonion sigaréts, priciau lolipops a darnau o hancesi papur budr. Ochneidiodd. A chwe chondom wedi eu defnyddio.

Ond nid cymhelliad rhywiol oedd i'r llofruddiaethau. O gofio hynny, a'r ffaith bod trigolion Malminster yn gadael sbwriel ym mhobman, go brin y deuai dim i'r amlwg ar ôl yr holl waith. Oni bai y byddent, efallai, a dim ond efallai, yn darganfod yr un math o fonion sigaréts a'r un ôl poer arnynt yn y tri lle, neu'r un papur fferins, neu rywbeth mwy esoterig a allai arwain at drywydd newydd.

Ychwanegodd y papurau at y ffeil oedd yn prysur lenwi, gan ofidio nad oedd yna unrhyw beth hyd yma.

Roedd Barrett wedi nabod y sgert gwta, a phan edrychodd yn ei ddrych gwelodd ei fod yn iawn. Tynnodd at ochr y ffordd ac aros. Ni newidiodd hi ei cherddediad, dim ond symud oddi wrth ymyl y pafin a cherdded yn nes at y wal. Hogan gall.

Weindiodd y ffenest i lawr. 'Gorffen yn gynnar neu fynd ar neges?'

Goleuodd ei hwyneb. 'O chi sy 'ne? Ro'n i'n meddwl mai chwilio am damaid oeddech chi.'

'Yn fan 'ma, ganol dydd?'

'Synnech chi.' Llygadodd hi ef. 'Dwi'n mynd i'r swyddfa bost. Busnesa ydech chi, neu gynnig lifft?'

'Y ddau.' Plygodd Barrett ymlaen i agor y drws iddi, a llithrodd hithau i'r sedd. Datgelai'r sgert fer dipyn go lew o glun, mwy na phan oedd yn cerdded, ac roedd gan Barrett lygad i werthfawrogi hynny.

Dywedodd y ferch yn gyfrwys, 'Maen nhw'n union fel eich rhai chi—hyd nes y dowch chi i'r top, beth bynnag,' a gosododd ei bag llaw ar draws ei glin.

Tynnodd Barrett i ffwrdd o'r pafin a dweud yn gynnil, 'Gwregys'.

'Dech chi ddim wedi bod yn Crowther's eto, nac'dech? Dwi'n dechrau poeni braidd; os oes gynnon ni rywun sy ddim hanner call yn gweithio yne, hoffwn i wybod. Dwi i ddim yn ffansïo marw.'

'Dwi ddim wedi bod yne. Ddim y tro yma.' Edrychodd arni. 'Ydi'ch cariad chi ddim yn eich cerdded chi adre?'

'Pam dech chi'n meddwl fod gen i un? Trowch i'r chwith, dwi ond yn mynd i'r is-swyddfa, nid yr un fawr. Dyna hi efo'r afalau a phethau y tu allan.'

Stopiodd Barrett y car a gadawodd y ferch i'w gwregys lithro'n ôl i'w le. 'Go brin y ca i lifft yn ôl efo chi?'

Ysgydwodd ei ben, gan feddwl beth ddywedai pe awgrymai eu bod yn mynd allan ryw noson. Ymledodd y brychni'n wên unwaith eto. Oedd hi'n ei ffansïo? Roedd Copeland yn meddwl ei bod hi, a doedd hi'n bendant ddim ar frys i fynd allan o'r car.

Copeland. Cymerodd gip sydyn ar ei wats.

Dywedodd hi, 'Mi fydda i lawr yn Gadfly's fory, o gwmpas naw. Gewch chi brynu diod imi yno, os liciwch chi. Diolch am y lifft,' a chan swingio'i choesau allan o'r car, roedd ar y pafin ac yn anelu am ddrws y siop.

Wrth i Barrett yrru i ffwrdd, dechreuodd chwibanu'n siriol.

13

Roedd bronfraith yn canu rywle yng ngwaelod yr ardd, gan ei hailadrodd ei hun yn ddiddiwedd. Nid oedd unrhyw gysur i Morrissey yn ei chân heddiw, yn wir roedd yn ddigon o fwrn.

Bore llaith oedd hi, ac ias barrug yn yr awyr fain, ond roedd yr haul eisoes yn ceisio ymddangos ac roedd yna addewid o ddiwrnod brafiach. Byddai hynny'n unig wedi bod yn ddigon i godi ei galon fel arfer, ond nid heddiw. Heddiw nid oedd codi i gael gweithio yn ei annwyl ardd cyn i weddill y stryd ddeffro yn codi dim ar ei galon. Ceisiodd gael gwared â'i rwystredigaeth drwy hyrddio'r fforch i'r pridd. Trawodd honno garreg. Parodd hynny i boen fel gweill poeth fynd i fyny ei fraich a'i ysgwydd a thaflodd y fforch o'r neilltu.

Damia hi! I'r diawl â hi! dywedodd dan ei wynt, ond ni theimlai'n ddim gwell ar ôl gwneud hynny, chwaith.

Y gwir amdani oedd ei fod yn methu cael unrhyw ymdeimlad o sut un oedd y dyn y chwiliai amdano. Lladdwr ar hap, un yn cymryd ei gyfle, ond nid llofrudd rhywiol—nid hyd yn hyn. Yn ôl seiciatrydd yr heddlu, gallai hynny newid. Yn ôl papur lleol, ni fyddai rhaid i hynny ddigwydd; os mai merched oedd yr ysglyfaeth yna roedd y llofruddiaethau'n rhywiol.

Clywodd yr hogyn papurau newydd yn chwibanu yr ochr draw i'r gwrych; tawodd y fronfraith, wedi ei dychryn gan y sŵn aflafar. Cododd Morrissey ei fforch ac ailgydio yn ei waith, gan droi pridd yn ddidrugaredd, ac ar ôl cael y border yn barod, aeth i'r tŷ gwydr i nôl dau focs o blanhigion i'w plannu.

Yr ardd oedd ei nefoedd, y lle a gâi iddo'i hun i feddwl, ond nid heddiw. Heddiw ni fedrai wneud i'w fysedd weithio drwy'r pridd meddal heb feddwl am bydredd, a rhoddodd y planhigion yn eu lle yn ddiseremoni.

Roedd Margaret yn y gegin yn dylyfu gên pan aeth yn ôl i'r tŷ. Uwchben gellid clywed sŵn curo dibaid stereo Katie. Petai Mike gartref, fel y byddai fory, byddai eu lleisiau'n dadlau'n torri ar draws y sŵn; Mike yn gweiddi ar Katie a Katie'n arthio arno fo yn ei ffordd ddihafal ei hun.

Dywedodd Margaret, 'Paid ag anghofio lledaenu'r gair heddiw.' Gwgodd ef. 'Y farchnad,' ysgyrnygodd hi. 'Dwi'n gobeithio gweld rhes o brynwyr o heddlu Malminster.'

Gwawriodd arno. Stondin yr NSPCC. Roedd wedi anghofio y byddai Margaret yn troi'n fasnachwr ar gyfer y diwrnod codi arian. Dywedodd, 'A pham fod yn rhaid i Fadam Cadeirydd sefyll wrth y stondin yn gwerthu?' gan wybod yr hoffai gael ei hatgoffa o'i statws newydd. Wedi iddi weithio'n galed yn y cefndir cyn ei hethol i'r pwyllgor, roedd Margaret yn awr wedi cael ei gwobr, ac yn ei mwynhau.

'Oherwydd bod Madam Cadeirydd yn mwynhau sefyll yn y farchnad,' atebodd Margaret yn llawen, 'a dwi ddim yn bwriadu rhoi'r gorau i brif fantais y gwaith. Wyt ti isio bwyta cyn newid neu wedyn?'

'Well imi wneud cyn newid,' meddai Morrissey, gan estyn ei law i gydio yn y papur lleol y bu Margaret yn ei ddarllen. Yr un hen gân; os nad oedd llofrudd yn cael ei ddal, ar yr heddlu roedd y bai. Fe'i trawyd gan y pennawd: 'LLOFRUDDIAETH RYWIOL MALMINSTER: DEWCH Â'R ARBEN-IGWYR I MEWN.' Ac oddi tano mewn llythrennau llai: 'Y Mae'r Llwfrgi'n Rhydd i Daro Eto.'

Rhoddodd Margaret y fowlen o wy wedi'i guro i lawr. 'Sothach,' meddai. 'Sut gall Neville Harding fod mor hunangyfiawn yn ei sefyllfa fo, wn i ddim!' Roedd yn goch gan dymer, a chododd Morrissey ei galon wrth wrando arni'n taranu. Rhoddodd ei fraich amdani'n dyner, a chofleidiodd hithau ef.

Ceisiodd swnio'n swyddogol. 'A beth yw'r sefyllfa honno y gŵyr merched Malminster amdani mor dda, a minnau'n gwybod dim?'

'O, wel. Wel, wyddon ni ddim beth yn hollol yw'r sefyllfa, ond mae pawb yn gwybod ei fod yn cadw dau gartref.' Malodd bupur ar ben yr wyau. 'Wrth gwrs, does neb yn dweud dim wrth Louise, ac mae hithau mor driw iddo, ond fel yne y mae hi. Fo ddylai fod yr un olaf i foesoli.' Craffodd ar ei gŵr a dweud, 'Falle y dylet ti ddweud wrtho fo. Cyfeiria at y peth wrth fynd heibio a hola sut mae Natalie, iti gael gweld ei wyneb.'

Syllodd arni'n feddylgar. Nid oedd Margaret yn un i hel straeon. Oedd y papur newydd wedi ei chynhyrfu cymaint â hynny? Yna daeth Katie i'r gegin yn gwisgo coban fer a edrychai fwy fel crys-T enfawr. Cymerodd garton o oren o'r oergell a gwydr o'r cwpwrdd a syrthio'n un swp i gadair esmwyth.

Ochneidiodd ei thad. Roedd gwallt du pigog y llynedd wedi tyfu'n rhywbeth tebyg i fop golchi llestri a ddisgynnai'n llipa dros ei thalcen.

Edrychodd ar ei rhieni, ac wrth weld wyneb Margaret yn goch a Morrissey'n crychu ei aeliau, tybiodd eu bod wedi ffraeo. Gan bwyso'i dwylo ar y bwrdd, dywedodd, 'Yn ôl i'r gwely, Katie. Mae yna ryfel yn fan hyn.'

Disgynnodd llaw Morrissey ar ei hysgwydd a'i chadw ar y gadair. 'Dyden ni ddim yn ffraeo,' meddai. 'Dy fam sy'n flin am nad oes yna lawer o gefnogaeth i ni'r heddlu.'

'O, sut hynny?' meddai, gan adael i'w llygaid ddisgyn ar y pennawd a dechrau darllen. Yna meddai, 'Ffŵl gwirion. Dim ond un peth sy ar feddwl hwnne.'

Cyfarfu llygaid Morrissey â llygaid ei wraig a gwelodd yr un difyrrwch ag a deimlai yntau. Wrth iddo fynd i fyny'r grisiau i newid, hymiai ryw gân yn ysgafn.


Roedd Louise Harding wedi bod yn ceisio cadw wyneb am dros flwyddyn, ond roedd yn mynd yn fwyfwy anodd, ac ar adegau holai ei hun pam yn y byd y bu iddi erioed briodi Neville. Yr unig beth da i ddod allan o'r uniad oedd y plant, ond anaml iawn y deuai Nigel nac Anne adref, a Mark . . . Doedd hi ddim yn deg bod Mark wedi colli cymaint, a beiai ei hun am hynny—roedd bob amser wedi ei beio ei hun am hynny; a byddai'n gwneud hynny am weddill ei hoes. Roedd yna wastad rhyw 'pe'. Pe na fyddai wedi bod mewn cymaint o frys; pe na bai wedi troi i godi llaw ar Anne; pe na bai wedi disgyn i lawr y grisiau.

Pe na bai wedi poeni cymaint am gadw Neville i aros.

Cymerodd y doctor safbwynt arall a dweud bod Marc yn lwcus; efallai na fyddai'n Einstein arall, ond gallai ei ymennydd fod wedi ei chael hi'n waeth oherwydd y diffyg ocsigen. Ac roedd wedi gwneud yn dda ac wedi mynd i'r un ysgol â phawb arall, a phe bai wedi dod o gefndir gwahanol byddai'r hyn a gyflawnodd wedi bod yn ddigon.

Ond nid felly ac yntau'n fab i Neville.

Yna roedd busnes Natalie. Tybed sut roedd Neville yn ei thrin hi; yn dyner ac yn annwyl, fel y dymunai Louise iddo ei thrin hi?

Ond roedd un peth roedd Neville yn arbennig o ofalus yn ei gylch, a hynny oedd barn pobl eraill. Hoffai fod yn fawr ei barch yn y cylchoedd iawn, a than rŵan golygai hynny beidio â phechu neb â rhyw sylwadau beiddgar yn ei bapur newydd. Cafodd Louise fraw wrth ddarllen y pennawd.

Pam, holodd ei gŵr wrth i hwnnw fwyta'i frecwast, yr oedd yn ymosod ar yr heddlu a hwythau'n gwneud eu gorau glas?

'Oherwydd bod yn rhaid imi werthu mwy o bapurau i wneud mwy o bres,' dywedodd. 'I dy gadw di a fo mewn dillad ffasiynol ac i roi bwyd yn eich bolie. Byddai pethau'n gwella pe bait ti'n rhoi'r gorau i hau syniadau rhamantus yn ei ben ac yn dweud wrtho am fynd allan i chwilio am waith. Bu'n rhaid i mi weithio a chodi fy hun o'r gwaelod, ac mae'n bryd iddo fo ddechrau.'

Roedd Mark wedi hen arfer bod yn 'fo', a daliodd ati i fwyta. Ceisiai Louise ddyfalu a gâi ei frifo pan siaradai ei dad amdano fel hyn, heb geisio siarad yn uniongyrchol ag ef byth. Ni fentrodd hi ofyn iddo erioed. Beth oedd i gyfrif am y duedd greulon hon yn Neville i anwybyddu'r ffaith bod gan ei fab yr oedd ganddo gymaint cywilydd ohono un dalent fawr. Cafodd Mark le yn y coleg celf lleol, nid oherwydd ei waith academaidd ond oherwydd ei allu i'w fynegi ei hun ar bapur a chanfas. Yn ei ddwylo byddai'r byd yn cael ei drawsnewid yn ddelweddau a syfrdanai Louise. Efallai bod hynny'n rhyw fath o iawn am yr hyn a gymerwyd oddi arno.

Gwylltiodd, a methodd â brathu ei thafod. 'Pe na bait ti'n cadw Natalie wedi ei gwisgo fel model, fyddet ti ddim yn brin o arian! Pam na ddywedi di wrthi hi am gynilo tipyn!'

'Os mai fi sy'n ennill yr arian, fi sy'n ei wario, ac mi ddweda i hyn wrthot ti—dydi *hi* byth yn cwyno efo cur yn ei phen.'

Go brin, meddai Louise wrthi ei hun. Llafur diwrnod yw ei thynged hi, nid carchar am oes.

Roedd atal dweud Mark yn waeth pan oedd ei dad o gwmpas. Weithiau yn y coleg, neu pan fyddai ar ei ben ei hun gyda'i fam, prin y byddai neb yn sylwi arno, ond pan oedd Neville Harding o gwmpas byddai ei dafod yn cloi. Gwyddai Mark am Natalie a gwyddai'r gwahaniaeth rhwng ymennydd a weithiai'n araf, a thwpdra. Credai ei dad ei fod yn dwp. Gwnaeth ymdrech arbennig. 'M-m-m-mae hi'n sgriwio Bill Thompson,' meddai'n fuddugoliaethus. 'Na-Na-Natalie.' Ffrwydrodd ei dad.

Ddywedodd Mark ddim mwy, a gadawodd i'r rhegfeydd lifo drosto. Doedd dim ots bellach; roedd wedi cael dweud ei ddweud.

14

'Oni bai ei fod yn anweledig,' meddai Barrett, gan ddweud yr amlwg yn ôl ei arfer, 'mae'n rhaid ei fod wedi gadael rhyw olion ohono'i hun.'

'Digon gwir,' cytunodd y prif arolygydd yn oeraidd. 'Ac yn ddiamau gallai Sherlock Holmes ddod o hyd iddynt, ond dwi ddim mor glyfar â hynny. Wyt ti?'

'O leia ryden ni wedi gweld cysylltiad rhwng Appleby a Susan Howarth,' dywedodd Barrett yn bwdlyd. 'Ac mae honne sy ar ei mis mêl yn Acapulco.'

Atgoffai'r sôn am Acapulco y rhingyll am y ferch a'r brychni, a Gadfly's. Yn bendant, roedd yr edrychiad a roddodd iddo yn addawol.

Torrodd Morrissey ar draws ei synfyfyrio. 'Dwi isio gwybod mwy am Sharon Nolan, ac yn arbennig pam nad ydi hi'n cysylltu â'i thad,' meddai. 'Dylai hynny dy gadw di'n brysur am sbel.'

Gwelodd Barrett ei hun yn cael ei anfon ar drywydd ofer unwaith eto. Wedi ei frifo braidd, protestiodd, 'Go brin mai Nolan oedd o. Den ni'n gwybod 'i fod o'n gweithio'r nos.'

Anwybyddodd Morrissey'r mân ddadlau a gofyn, 'Ydi Smythe yn gallu reidio beic?'

Cododd Barrett ei ysgwyddau. Sut oedd o i fod i wybod?

'Neu Copeland, o ran hynny? Bydd raid i rywun weld pa mor hir y cymerai hi i Nolan fynd ar ei feic o Middleton, cyflawni'r llofruddiaeth ac yna dychwelyd. Dim ond ar gyfer y ddwy lofruddiaeth gynta. Byddai wedi bod adre pan laddwyd Gail Latimer.' Edrychodd yn llym ar Barrett. 'A chyn iti ddweud dim, doedd ei wraig ddim adre. Does ganddo ddim alibi.'

'Ond dydi hynne'n ddim ond tystiolaeth am. . .' dechreuodd Barrett, ond rhoddodd y gorau iddi.

'Ie? Dim ond beth? Amgylchiadol?'

'*Syr*,' dywedodd Barrett, wedi ei ddal.

'Mi adawa i i ti drefnu hynne felly,' meddai Morrissey ar ôl gwneud ei bwynt.


Gadawodd Morrissey am adre tua hanner awr wedi pump a dywedodd wrth Barrett am wneud yr un modd. Doedd dim i'w ennill o aros yn y swyddfa, a byddai'n dda clywed adroddiad Mike am y trip gwaith maes am dridiau i Benrhyn Gibraltar. Ond ar yr un pryd roedd yn ymwybodol bod diwrnod arall wedi mynd heibio heb unrhyw gynnydd go iawn.

A doedd Barrett ddim wedi dysgu dim gan ferch Nolan. Cadarnhawyd ei ofnau mai gwastraff amser fyddai'r cyfan. Roedd Sharon yn gweithio fel nyrs gynorthwyol yn yr ysbyty lleol, ac nid oedd hi na'r swyddog nyrsio wedi croesawu'r rhingyll yn torri ar draws diwrnod prysur.

Roedd hi wedi etifeddu nodweddion meinaidd ei rhieni ond nid oedd dadrith bywyd wedi ei chrino hyd yma. Pe byddai'n fyrrach, byddai Barrett wedi ei gweld yn ddeniadol, mae'n debyg, ond gan ei bod fodfedd neu fwy yn dalach nag ef ei hun, ac yn gwrthod gadael i'w swydd na'i safle beri iddi deimlo'n israddol, ni thrafferthodd geisio ei hudo. O ganlyniad, roedd yna oerni amlwg rhyngddynt.

Pan ofynnodd Barrett am ei thad, roedd ei hymateb yn ddiflewyn-ar-dafod. 'Dydech chi ddim yn gall! Pam ddiawl y dylwn i ateb os nad ydech chi'n mynd i ddweud be mae o wedi ei wneud? Gofynnwch iddo fo! Mae yna flynyddoedd ers imi adael cartre. Dwi ddim yn gwybod be mae o'n ei wneud efo fo'i hun rŵan.'

'Dyna'r pwynt, yndê? Beth aeth o'i le?' Pam adawoch chi gartre'n un ar bymtheg? Dim gwir angen, oedd 'ne?'

'Dydi hynne'n ddim o'ch busnes chi.'

'Beth am eich mam? Dech chi'n dal i'w gweld hi. Mae'n debyg ei bod yn siarad amdano—be mae o'n ei neud, sut maen nhw'n gyrru ymlaen.'

'Yna byddai'n well ichi ei holi hi, yn byddai? Nid y fi.'

'Rhwystro ymholiadau'r heddlu . . .' dechreuodd Barrett yn fawreddog.

'Rhwystro, myn coblyn i!' Torrodd Sharon ar ei draws yn ddidrugaredd. 'Os nad ydi o wedi gwneud dim, does yne ddim byd i holi yn ei gylch, nag oes?'

Gan y gorfodwyd ef i roi adroddiad i Morrissey, dyna cyn belled ag yr oedd wedi medru mynd. Roedd Barrett yn dal i deimlo min ei thafod pan aeth i mewn i Gadfly's.

Roedd curiadau'r goleuadau a'r miwsig uchel yn llenwi'r bar disgo, a chan na fedrai weld y ferch o Crowther's, aeth i brynu diod. Roedd wedi talu trwy'i drwyn am lager mewn gwydryn ffasiynol cyn iddo weld Michelle. Gwisgai'r dyn oedd yn dawnsio efo hi drowsys gwyn a chrys a rhosod coch arno. Caeodd Barrett ei lygaid.

Roedd Smythe wedi ei gynghori i wisgo rhywbeth cyfforddus, heb fod yn rhy smart, a dyna'n union y ceisiodd Barrett ei wneud, ond nid oedd ganddo unrhyw beth yn ei wardrob i'w gymharu â'r lliwiau gwyrdd, oren a phiws llachar a wibiai dan y golau strôb.

Trodd yn ei ôl at y bar. Doedd ond pedair blynedd rhyngddo ef a Smythe.

Roedd yn cnoi cil am hynny pan wthiodd Michelle ei hun i'w ymyl wrth y bar. Roedd fel petai wrth ei bodd yn ei weld, a gwenodd yn braf wrth iddi gydio yn ei fraich a phwyso yn ei erbyn. 'Ti 'di dod, felly. Do'n i ddim yn meddwl y baset ti. Wyt ti'n mynd i brynu diod imi?'

Pan ddaeth y ddiod llusgodd ef i ffwrdd i chwilio am fwrdd gwag. Dilynodd Barrett, ond erbyn iddyn nhw eistedd roedd y sŵn mor uchel fel na fedrent siarad heb weiddi. Doedd dim llawer o ots gan Michelle, a cheisiodd Barrett edrych fel pe bai wedi hen arfer â hyn.

Pan ddaeth yn amser iddynt ddawnsio, ceisiodd symud ei lwynau orau y medrai. Dechreuodd ymlacio pan ymddangosai Michelle fel pe bai'n cael ei phlesio. Efallai nad oedd cymaint o wahaniaeth oed rhyngddo ef a Smythe wedi'r cwbl.

Roeddynt yn ôl wrth y bwrdd gyda dau ddiod arall pan ddaeth y dyn â'r crys rhosod coch atynt. Dywedodd, 'Symuda i fyny,' a gwthiodd ei hun ar y fainc yn ochr Michelle, gan lygadu Barrett yn elyniaethus. 'Dwi ddim yn licio cael fy rhedeg.'

'Chest ti mo dy redeg,' dywedodd Michelle wrtho. 'Doeddwn i ddim efo ti, ond dwi efo fo, felly hegla hi.'

'Wyddwn i ddim dy fod ti'n mynd am rai canol oed,' meddai, gan blygu dros y bwrdd ac edrych yn wyneb Barrett. 'Mae gynno fo'i frwsh dannedd 'i hun hefyd.' Rhoddodd ei fys ar wefus uchaf Barrett. 'Ai dyma sy'n gwneud iti ei ffansïo? Ai'r hen fwstás yma?'

Cododd Barrett, gan wybod ei fod dair modfedd yn llai na'i wrthwynebydd. 'Cer i'r diawl,' meddai.

'Cer i siafio dy hen wyneb hyll.'

Pan gododd y crys rhosod coch yn sydyn oddi wrth y bwrdd, ceisiodd Barrett ddyfalu beth ddig-wyddai nesaf, dwrn neu droed, a phan ddaeth y droed, cydiodd ynddi a'i throi, gan fwynhau'r gwymp a ddilynodd.

Dywedodd Michelle, 'Waeth inni fynd rŵan,' a llithrodd yn sydyn oddi ar y fainc.

Daeth bownser atynt.

Edrychodd ar y dyn ar y llawr ac yna ar Barrett a ymddangosai'n gwbl hunanfeddiannol. Yna dywedodd yn fygythiol, 'Be ddigwyddodd?'

Atebodd Michelle yn ddidaro, 'Mi faglodd, yndo? Yr hen oleuadau 'ma; maen nhw'n rhy isel. Mi ddylech chi wneud rhywbeth amdanyn nhw. Maen nhw'n beryglus, mi fedrai rhywun ddod ag achos yn eich erbyn chi.'

Fflownsiodd i ffwrdd. Dilynodd Barrett hi, wedi ei blesio. Wrth iddynt fynd yn eu blaenau, gwenodd arno. 'Gallwn gael pryd parod a mynd ag o yn ôl i fy lle i, os lici di.'

Beth allai fod yn well? meddyliodd Barrett.

Doedd Katie ddim wedi bwriadu mynd adref ar ei phen ei hun. Yn wir, roedd wedi addo peidio, ond newidiodd pethau. Unwaith yr aeth yn ffrae rhyngddi ac Andy, doedd hi'n bendant ddim yn mynd i adael iddo ei cherdded hi adre, ac roedd hi wedi rhuthro allan o far yr undeb yn wyllt. Y tu allan i'r coleg yn y strydoedd hanner gwag, roedd hi'n edifar, ond erbyn hynny roedd hi'n rhy hwyr a doedd hi ddim yn mynd i'w bychanu ei hun drwy fynd yn ôl i mewn.

A dyna pam, yn hytrach nag aros am bron hanner awr am y bỳs olaf a fyddai'n mynd â hi ar hyd Lôn y Fforest i'r arhosfan wrth ei chartref, y daliodd y bỳs i Brindley a fyddai'n ei rhoi i lawr ym mhen gogleddol y lôn, lle'r oedd y cylchdro'n arwain at y draffordd.

Wrth iddi gymryd ei thocyn a chwilio am sedd, clywodd hisian y drws yn cau o'r tu ôl iddi ac yna'n agor yn sydyn eto i adael rhywun arall ar y bws. Dyma'r bws olaf i Brindley, ac roedd bron pob sedd ar y gwaelod yn llawn. Roedd ager yn graddol orchuddio'r ffenestri ac oglau mewnol tafarn yn hofran yn yr awyr. Wrth i Katie eistedd clywodd sŵn traed trwm yn ei heglu hi i fyny'r grisiau.

Pan gyrhaeddon nhw'r cylchdro, cododd hanner dwsin o deithwyr, gan siglo gyda Katie ar hyd yr eil i flaen y bws, a daeth dau ddyn o'r llawr uchaf, un yn hen ac yn amyneddgar ar y ris isaf, a'r llall o'r golwg oni bai am ei goesau.

Roedd y teithwyr i lawr y grisiau yn nabod ei gilydd, a cherddasant i fyny'r allt gyda'i gilydd yn un twr, eu lleisiau'n uchel. Cerddodd yr hen ŵr heibio i Katie'n frysiog a throdd i mewn i Lôn Sycamorwydden. Edrychodd am y teithiwr arall ond welodd hi neb. Efallai ei fod wedi dod i lawr y grisiau'n rhy fuan ac wedi aros ar y bws.

O'i blaen ymestynnai'r lôn a rhes o goed o boptu iddi, gan wyro i'r dde wrth iddi fynd ar y goriwaered. Roedd y goleuadau'n wannach nag ar y briffordd, fersiynau llai o'r goleuadau concrid llwyd. Roedd yr orfodaeth ar y Cyngor i gynilo wedi golygu mai ar un ochr i'r ffordd yn unig y gosodwyd hwy, gan adael ynysoedd o dywyllwch i'w croesi yr ochr arall, ei hochr hi. Ar ben hynny roedd un o'r goleuadau wedi diffodd.

Am y tro cyntaf yn ei bywyd teimlai Katie'r lôn yn estron, ac roedd arni ofn gadael y mannau goleuedig. Am wirion! Hon oedd ei ffordd hi, roedd ei chartref hanner ffordd ar hyd-ddi a byddai ei mam—a'i thad, fwy na thebyg—yn aros amdani. Cofiodd y byddai Mike gartref o'i waith maes a chamodd yn gyflym. Doedd hi ddim ond yn un ar ddeg, ac roedd llawer o bobl yn dal ar eu traed. Trueni nad oedd eu llenni ar agor er mwyn goleuo'r gerddi a'r pafin.

Chwarter ffordd i lawr y lôn, clywodd sŵn troed ysgafn y tu ôl iddi. Fyddai hynny ddim wedi poeni dim arni fel arfer, ond heno am ryw reswm roedd ar bigau'r drain. Pawb yn ei rhybuddio ym mhob man, meddyliodd, ond sylweddolodd pe byddai'n gweiddi byddai rhywun yn siŵr o'i chlywed.

Ddau dŷ i lawr oddi wrthi roedd yr hen goeden tresi aur yn gwyro allan o ardd Mr a Mrs Jessop gan greu ogof dywyll. Daeth car heibio a goleuo'r dreif â'i olau mawr, gan beri i gath Mrs Peebles lamu am y ffens i ddiogelwch. Adnabu gar Mini Tim Beal a byddai wedi rhoi'r byd am iddo stopio. Ond roedd Tim yn dal dig am iddi wrthod mynd allan gydag ef.

Ciliodd y golau mawr a daeth y tywyllwch yn nes. Dechreuodd redeg. Doedd dim i boeni amdano rŵan, roedd hi bron iawn adre, ac os oedd rhywun y tu ôl iddi, mae'n debyg mai cymdoges ydoedd ar ei ffordd adre fel hi.

Er mwyn profi nad oedd ganddi ddim i'w ofni, trodd, a chanfod ei bod wedi gwneud camgymeriad.


Roedd Mike i fyny'r grisiau yn ei stafell, ond ni fwriadai gysgu cyn i'w chwaer ddod i mewn. Roedd wedi'i cholli, ond ni fyddai'n cyfaddef hynny, yn arbennig wrth Katie. Roedd hefyd wedi gweld eisiau ei gasgliad o dapiau, ac roedd ar hyn o bryd yn gorwedd ar ei wely'n gwrando ar y Super Furry Animals.

I lawr y grisiau, gydag un llygad ar *Newsnight,* roedd Morrissey hefyd yn gwrando am Katie, tra oedd Margaret yn darllen yn dawel. Pam tybed roedd tadau'n poeni mwy am eu merched a mamau'n poeni'n wirion am eu meibion? Ef glywodd y sŵn gwan ac agor y drws.

Roedd y sŵn fel ci'n crafu, ond yn y llif o olau o'r cyntedd gwelodd nad ci oedd yno o gwbl ond

Katie, ei hwyneb yn ddu, ei choesau a'i breichiau'n mynd i gyd, a'i llygaid fel eirin wedi chwyddo.

Katie!

Cododd hi a'i chario i'r tŷ, gan deimlo rhyw dyndra'n gafael yn ei galon ac yn tynhau amdani. Rhoddodd hi i orwedd ar y carped dan y golau, gan benlinio drosti wrth iddo chwilio am ei gyllell boced. Daeth Margaret, a gwyrodd ef dros ei ferch fel na fyddai hi'n gweld y llinyn am ei gwddw hyd nes y byddai wedi llwyddo i'w dorri.

Gwaeddodd ar ei wraig, 'Galwa'r ambiwlans!'

'Beth . . .? Gad imi weld.'

'Damia!' dywedodd yn chwyrn. 'Ambiwlans. Ffonia rŵan!'

Pan oedd Katie'n fechan roedd wedi cael y crŵp. Cofiodd Morrissey'r sŵn ofnadwy hwnnw wrth iddi ymladd am ei gwynt. Roedd hyn yn waeth. Cofiodd Margaret hyn hefyd wrth iddi redeg am y ffôn gan ymwrthod â'r awydd i wthio'i gŵr o'r neilltu er mwyn iddi gael gweld drosti ei hun.

Y tu ôl iddi roedd y prif arolygydd wedi troi pen ei ferch ac yn rhoi ei gyllell yn erbyn y cortyn i'w dorri. Welodd ef na Margaret Mike yn sefyll yn ei byjamas ar y grisiau yn crynu mewn braw.


Roedd Barrett wedi bod yn ennill tir, ac roedd o'n flin bod rhywun wedi tarfu ar y noson. Roedd gweddillion pryd parod Tsieineaidd yn dal ar y bwrdd, ac roedd ef a Michelle yn gyfforddus ar garped blewyn hir o flaen y tân nwy. Roedd y ffaith iddo drechu dyn talach a thrymach nag ef ei hun fel petai wedi creu argraff arni, ac roedd Barrett am elwa ar hynny. Dyna pam roedd o ar y pryd, yn bwyllog ond yn fwriadol, yn datod botymau ei chrys satin gwyrdd.

Difethwyd yr awyrgylch gan sŵn ei larwm. Dywedodd wrtho'i hun na allai dim byd fod mor bwysig â hynny, doedd bosib. Er hynny, rhaid oedd ffonio'r swyddfa. Wrth iddo ddeialu gwelai Michelle yn cau botymau ei chrys, ac am eiliad gwyddai sut roedd Hercules wedi teimlo.

15

'Mae'n rhaid imi gael 'i gweld hi,' dywedodd Morrissey, gan sylweddoli ei fod yn cael ei bwyso a'i fesur gan wyneb mawr crwn Lambert.

'Fel tad neu blisman?' Doedd yr arbenigwr ENT ddim am gael ei fychanu. 'Dyw Katie ddim mewn cyflwr i ateb unrhyw gwestiynau.' Yna gwenodd yn glên ar Margaret. 'Pam nad ewch chi drwodd, Mrs Morrissey, tra bydda i'n dweud y drefn wrth eich gŵr.'

Taflodd Margaret gipolwg ar ei gŵr wrth frysio ar hyd y pwt o goridor. Teimlai'n euog ei bod hi wedi bod yn darllen yn dawel pan ymosodwyd ar ei merch, ac nid oedd modd ei darbwyllo bod teimlo felly'n gwbl afresymol.

O'r tu ôl iddi, dywedodd Latimer, 'Mae 'na lot o anafiadau i'r meinwe meddal, a chleisio, ond mi wellith. Mae'r niwed i'r corn gwddw yn rhywbeth gwahanol, gan fod y gwasgu wedi peri gwaedu mewnol. Fydda i ddim yn gwybod a oes yna unrhyw effaith ar y llais hyd nes bydd cyhyrau'r gwddw wedi dod atynt eu hunain a'r chwydd wedi mynd i lawr. Ond mi alla i ddweud wrthoch chi na ddaw yne ddim smic ohoni heno. Bydden i'n gwahardd hynny, beth bynnag, hyd yn oed pe na bai'n diodde o sioc.'

Dywedodd Morrissey'n siomedig, 'Byddai amnaid neu godi llaw yn ddigon.'

'Na. A beth bynnag, den ni wedi rhoi tabledi i'w thawelu,' dywedodd Lambert. 'Mae'n ddrwg gen i.

Mi gewch chi 'i gweld hi fel tad, a gadael y plisman y tu allan.'

Yn ei gwman yn y gornel, symudodd Mike ei draed yn ôl ac ymlaen. Roedd pawb wedi anghofio amdano ef. Roedd yr ystafell aros yn fechan, gyda hanner dwsin o gadeiriau a bwrdd isel. Roedd golwg hen a blêr ar y cylchgronau. Pesychodd i atgoffa Morrissey ei fod yna.

'Mike?'

Pwysodd ei fab ymlaen. 'Ga i weld Katie, Dad? Os gwelwch yn dda?' Roedd rhyw daerineb yn ei lais a sylwodd Morrissey ar ei wyneb llwyd a'i lygaid cochion. Cofiodd bod ei fab wedi gweld Katie ar ei gwaethaf. Gadawodd i'r plisman ynddo gilio i'r cefndir.

'Fel tad,' addawodd wrth Lambert. 'Dim byd arall, dim heno.'

Pan aeth Morrissey â'i wraig a'i fab adre, roedd goleuadau wedi cael eu gosod ar hyd y ffordd, ac roedd yr holl fynd a dod wedi dod â golau i'r rhan fwyaf o'r tai. Cwblhawyd y rhan fwyaf o'r ymholiadau o dŷ i dŷ, a hefyd y chwilio manwl ar hyd y ffordd a'r pafin. Datgysylltodd Barrett ei hun oddi wrth glwstwr o ddynion a daeth at gar Morrissey yn frysiog.

Pan weindiodd Margaret ei ffenest i lawr, gwyrodd ei ben a phwyso ar y drws gan edrych arnynt yn boenus. 'Mi chwilion nhw o gwmpas y tŷ yn gynta, felly mi ellwch chi fynd â'r car i fyny. Sut mae Katie?'

'Mi ddaw trwyddi,' dywedodd Morrissey'n swta. 'Mi fydda i allan ymhen dau funud.'

Camodd Barrett yn ôl a gadael i'r car glas fynd i ben ei daith. Cafodd wên flinedig gan Margaret wrth i'r car fynd yn ei flaen. Gwelodd Morrissey'n hebrwng ei wraig a'i fab i'r tŷ ac yna'r golau'n dod ymlaen. Cyn bo hir daeth y prif arolygydd i lawr y lôn, ei goesau hirion yn symud yn gyflym, a'i freichiau'n ysgwyd yn llipa fel y gwnaent bob amser pan deimlai fod pethau'n llithro o'i afael. Safodd yn ymyl Barrett, gan wylio'r chwilio. Er ei bod hi'n Ebrill, cafwyd tair noson o rew caled ac roedd y ddaear yn wyn. Teimlodd yr oerni'n cydio yn ei fysedd a hyrddiodd nhw i'w bocedi.

'Unrhyw beth?' gofynnodd yn swta.

'Dim llawer. Mae'n ymddangos bod sgarmes o ryw fath wedi bod ddau ddrws i lawr lle mae'r laburnum yn gwyro drosodd. Mae yna frigau mân wedi torri, fel pe bai rhywun wedi bod yn ceisio gafael ynddynt.'

Katie'n chwilio am erfyn? meddyliodd Morrissey. Rhywbeth i'w hamddiffyn ei hun.

'Os mai dyna lle yr ymosododd arni, byddai wedi gorfod cropian,' meddai. 'O'r fan hyn at y drws, dros y graean.' Doedd o ddim yn meddwl y gallai, nid mor bell.

'Mae yna olion ar y lawnt, fel petai rhywbeth wedi cael ei lusgo.'

'Fy lawnt i?'

Nodiodd Barrett a cherdded gydag ef yn ôl drwy'r gatiau agored. Er bod y barrug yn trymhau roedd modd gweld lle'r oedd y glaswellt wedi cael ei dorri. Olion llusgo . . . Katie wedi bod yn trio dod adre? Ac yna roedd yn rhaid croesi'r graean garw ar y diwedd, gan sgryffinio'i choesau.

Meddyliodd am goesau briwiedig Katie.

'Mi llusgodd o hi,' dywedodd yn uchel ac yn wyllt. 'Damio! Neil, mi llusgodd o hi adre a'i gadael hi yma! Cefn ei choesau oedd wedi eu crafu, nid ei phenliniau. Gwyddai'r diawl mai fy merch i oedd hi.'

Gallai Barrett yntau deimlo'r braw a gafodd y prif arolygydd. Ystyriodd y syniad newydd. 'Yna mae'n gwybod lot amdanoch chi,' meddai. 'Rydech chi'n fwy nag enw iddo fo. Gallai Appleby ddod o hyd i bethau fel yne; byddai ganddo'r cysylltiadau iawn.' Datgelodd ei wyneb eiddgarwch unwaith eto.

A Nolan, meddyliodd Morrissey. Oedd yna ryw ffordd y gallai ef fod wedi dod i wybod? Chwilio'r rhestr etholwyr, efallai?

Cadwodd Barrett at ei drywydd ei hun. 'Mi yrres i gar i gadw golwg ar dŷ Appleby. Roedd y Sierra yn y dreif a'r boned yn dal yn gynnes.' Roedd yn hanner disgwyl i Morrissey wfftio at yr wybodaeth honno, ac mi wnaeth.

'Byddai bonets hanner ceir Malminster yn gynnes yr adeg yna,' meddai Morrissey. 'Ond diolch; syniad da.'

'Dydi Nolan ddim yn gweithio nos heno,' cyfaddefodd Barrett. 'Mi yrres i gar yno, hefyd, ond doedd yna ddim golau yn y tŷ. Falle'i fod yn y gwely neu allan yn ei fwynhau ei hun, felly mi ofynnes i'r gyrrwr aros o gwmpas am dipyn.'

'Dim lwc?'

Cododd Barrett ei ysgwyddau. 'Mi yrrodd y swyddfa reoli ef i rywle arall i edrych i mewn i ryw ladrad.'

Llithrodd meddwl Morrissey yn ôl at ei ferch. Pan adawodd yr ysbyty roedd yn cysgu'n drwm, ac yn anadlu'n swnllyd. Ni wyddai Lambert a fyddai'r chwydd yn gwaethygu ai peidio. Pe digwyddai hynny byddai'n rhaid torri twll yn y corn gwddw, a byddai Katie'n casáu hynny; byddai'n gadael craith barhaol ar ei gwddw i'w hatgoffa am y gwallgofddyn. Meddyliodd wedyn tybed a oedd ganddi'r manylyn lleiaf a fyddai'n datrys yr achos. Hi oedd yr unig un i weld ei hymosodwr a byw. Gallai ddweud wrthynt amdano. *Hynny yw, pan fyddai, os byddai, yn medru siarad unwaith eto.* Ochneidiodd. Y gorau y gallai ei wneud ar hyn o bryd oedd gadael plismones wrth ei gwely.

Dechreuodd y goleuadau ddiffodd.

Yn sydyn teimlai'n flinedig iawn a dywedodd, 'Rwyt ti wedi gwneud job dda, Neil. Mi wela i di'n hwyrach yn y swyddfa.' Nodiodd Barrett a throi yn ei ôl am y ffordd.

Wrth i Morrissey fynd i'w dŷ, sylweddolodd, er mawr ofid iddo, y gallen nhw fynd â'r achos oddi arno; gallai Osgodby ddadlau bod ganddo ddiddordeb personol ynddo.

Gwnaeth hynny ef hyd yn oed yn fwy blin.


Doedd y prif arolygydd ddim wedi cysgu'n dda, a phan ddeffrôdd, roedd blas sur yn ei geg ac yn ei feddwl. Roedd goleuni'n dod i mewn o gwmpas ymylon y llenni, ac yn ôl y cloc wrth ochr ei wely roedd yn hanner awr wedi chwech. Tybiai bod Margaret yn cysgu gan fod ei llygaid ynghau, ond pan geisiodd godi o'r gwely'n dawel, agorodd nhw, ac edrych arno.

Dywedodd ef, 'Mi ddo i â chwpanaid o de i ti. Arhosa yn dy wely am ychydig.'

'Dim ond nes i ti orffen yn yr ystafell molchi. Dwi isio mynd yn ôl at Katie.'

'Be am Mike?' atgoffodd ef hi. 'Rho gyfle iddo fo.'

'Mi gaiff o fynd i dŷ Martin. Mi ffonia i i drefnu drosto.'

'Falle na fydd o isio gwneud hynny,' dywedodd Morrissey'n addfwyn. 'Mae o'n rhy hen i gael ei warchod; bydd raid iti adael iddo fo benderfynu drosto'i hun.'

Edrychai ei hwyneb fel pe bai'n mynd i feichio crio. 'Dwi isio bod yn siŵr 'i fod yn saff.'

'Mi fydd o. Trystia fo.'

'Dwi *yn* 'i drystio fo,' meddai Margaret yn chwerw, gan godi ar ei heistedd a thaflu'i choesau allan o'r gwely. 'Wedi colli pob ffydd yn y byd yma ydw i. Mi olcha i 'nwylo a rhoi'r tegell i ferwi.' Hyrddiodd ei breichiau drwy lewys ei gŵn cotwm a'i dynnu'n egr amdani, gan daro crib drwy ei gwallt cyn hwylio allan o'r ystafell wely. Gadawodd Morrissey iddi fynd, gan wybod bod yn rhaid iddi fwrw stêm rywsut, neu fe fyddai'n magu ei gofid ac yn mynd yn isel.

Pan glywodd sŵn traed Margaret ar y grisiau,

111

aeth yntau i'r ystafell ymolchi, gan osod allan ei daclau siafio yn ofalus. Roedd yna rywbeth arall hefyd, er na fyddai Margaret byth yn ei fynegi mewn geiriau. Rhyw deimlad ei fod ef wedi methu; y dylai ef, a gyflogwyd i gadw cyfraith a threfn, fod wedi medru diogelu ei deulu. Ond breuddwyd gwrach oedd hynny gan na allai fod yno i'w hamddiffyn bob amser. Doedd ganddo ddim hudlath i'w harbed rhag pob drwg.

Wrth iddo daenu'r sebon dros ei wyneb clywodd glic yr estyniad ffôn a chasglodd bod Margaret yn ffonio'r ysbyty. Pan glywodd y sŵn unwaith eto, aeth i lawr y grisiau ar hanner siafio i weld beth oedd y newydd. Gofynnodd yn obeithiol, 'Newyddion da?'

Amneidiodd. 'Waethygodd yr anadlu ddim. Fuo dim rhaid iddyn nhw roi llawdriniaeth.' Diolchodd Morrissey'n sydyn i'r Duw mawr yr honnai nad oedd yn credu ynddo, a dywedodd Margaret, 'Den ni wedi bod yn lwcus, yn dyden, bod Katie'n dal yn fyw? Dwi ddim yn mynd i ddechrau meddwl sut y gallai pethau fod.'

'Gwell peidio,' dywedodd y prif arolygydd yn ddifrifol, 'ddim a hithau'n mynd i fod yn iawn.' Plygodd i'w chusanu, ond gwelodd hi'r sebon a symud i ffwrdd yn ddireidus.

'Siafia,' meddai, a gwenodd y ddau ar ei gilydd.

Gadawodd y tŷ am hanner awr wedi saith a galw heibio Katie ar ei ffordd i'r gwaith. Roedd cadach gwyn yn gorchuddio'r ôl cignoeth lle'r oedd y cortyn wedi torri i mewn i'w gwddw, ac roedd marciau dulas uwch ei ben a ledai o'i gwddf i'w hwyneb, sef

112

clytiau o waed lle'r oedd y gwythiennau wedi chwyddo a thorri. Roedd yn edrych yn llwyd ac yn ifanc iawn. Daeth awydd dros Morrissey i'w chodi o'r gwely a'i rhoi ar ei lin, fel y gwnaeth ganwaith pan oedd yn fechan. Ond ni fyddai Katie'n diolch iddo am wneud hynny rŵan; byddai hynny ond yn tanseilio'i haeddfedrwydd newydd. Yn hytrach, eisteddodd ar y gwely a chydio yn un o'i dwylo â'i ddwy law ef.

'Esgusodwch fi,' meddai'r blismones yn ystyriol, a gadawodd yr ystafell. Rhoddodd ei ferch gysgod o wên iddo a symud ei gwefusau, ond ni ddaeth unrhyw sŵn. Gwelodd fflach o ddychryn yn ei llygaid.

'Mae'n iawn,' cysurodd hi. 'Rhywbeth dros dro yw hyn. Ymhen diwrnod neu ddau mi fyddi'n gallu gweiddi arna i mor uchel ag erioed. Dwi'n addo.' Diflannodd yr ofn. Yna ychwanegodd, 'Os medri di gofio rhywbeth amdano, unrhyw beth o gwbl, sgwenna fo i lawr ar gyfer y blismones.' Amneidiodd hi, ac roedd hynny'n brifo hefyd. Safodd Morrissey. 'Bydd dy fam yma ar ôl cael trefn ar Mike, ac mi ddo i i dy weld di'n nes ymlaen.' Cusanodd hi ar ei thalcen a llyfnhau'r mop o wallt.

Roedd y blismones yn sefyll ym mhen draw'r coridor, a phan ddaeth ef allan o ystafell Katie, brysiodd yn ei hôl.

'Os dywedith hi rywbeth,' meddai Morrissey wrthi, 'dwi am gael gwybod yn syth. Cadwch bapur a phensil gerllaw, a gofalwch fod y sawl fydd yn cymryd eich lle yn gwneud hynny hefyd.'

Arhosodd hyd nes iddi fynd i mewn i ystafell Katie

cyn troi ei gefn ac anelu drwy ddrysfa coridorau di-ri'r ysbyty at ei gar.

Ni ddisgwyliai i'w ferch fod yn barod i feddwl am ei hymosodwr eto, a bwriadai ei holi wedi iddo siarad â Lambert a chael gwybod na wnâi hynny unrhyw niwed iddi. Ond synnodd Katie ef. Ychydig cyn hanner awr wedi naw, ac yntau ar ei ffordd i ymateb i wŷs gan Osgodby, fe'i galwyd at y ffôn.

Meddai'r blismones a'i gwynt yn ei dwrn, 'Neges gan eich merch, syr. Mae hi wedi ysgrifennu, ' "Dwedwch wrth Dad ei fod yn drewi fel hen flwch llwch".'

Cofiodd Morrissey am yr hen oglau tobaco yn swyddfa Appleby, a'r modd yr agorodd ffenest i adael i'r mwg fynd allan. Dywedodd yn araf, 'Dywedwch wrth Katie fod hynne'n help mawr. Mae'r wybodaeth yn ffitio disgrifiad o rywun ryden ni wedi bod yn ei ystyried. Gadewch imi wybod os bydd rhywbeth arall.' Gosododd y ffôn yn ôl yn ei le. Roedd gormod o bethau'n pwyntio tuag at y rheolwr gwerthiant rŵan. Edrychodd ar Barrett yn feddylgar. 'Dos â rhywun efo ti, a gofynna i Appleby a fyddai cystal â dod i lawr yma i ateb ychydig o gwestiynau.'

Cododd Barrett yn eiddgar. 'Ac os na chytunith e?'

'Pwysa arno,' dywedodd Morrissey, gan symud tuag at y drws. Canodd y ffôn eto a chododd Barrett ef. Edrychodd ar y prif arolygydd yn amheus. 'I chi eto,' meddai. 'Rhywun efo gwybodaeth ar gyfer eich clustiau chi yn unig. Swnio'n alwad amheus, a dweud y lleia.'

Ebychodd Morrissey a dod yn ei ôl. Clywodd lais cras dyn yn dweud, 'Mi allwn i fod wedi'i lladd hi pe bawn i isio, a hynny reit ar garreg 'ch drws chi, Morrissey.'

Rhoddodd y prif arolygydd ei law dros y ffôn. 'Ffeindia o ble mae o'n galw!' sibrydodd yn chwyrn.

Wrth i Barrett ruthro allan o'r ystafell, tynnodd Morrissey ei law i ffwrdd a gorfodi ei lais i swnio'n normal, gan ymlid y darlun a welai o Katie druan. Byddai digon o amser i wylltio pan oedd y siarad drosodd. Dywedodd, 'Wn i ddim be dech chi'n trio'i ddweud wrtha i.'

Clywodd chwerthin chwerw y pen arall. 'O, mi dech chi'n gwybod yn iawn! Dech chi isio imi ddweud wrthoch chi lle ydw i, yn lle'ch bod chi'n gorfod olrhain yr alwad?'

'Rŵan gwrandewch . . .'

'Na wnaf. Gwrandewch chi! Wrth gwrs dech chi isio gwybod lle rydw i. Dech chi'n meddwl y baswn i'n ddigon gwirion i ddweud wrthoch chi? Well ichi gymryd gofal, Morrissey. Roedd eich merch yn lwcus, ond os bydd raid imi gyfarfod â'ch gwraig . . . Wel, meddyliwch am y peth. Fyddwn i ddim mor garedig yr eilwaith. Byddech chi'n ei cholli hi, yn byddech chi?'

*Caredig,* gwingodd Morrissey. *Ei cholli.* 'Be am inni gyfarfod i siarad am y peth?' gofynnodd. 'Unrhyw le yr hoffech chi. Dim ond chi a fi, os mai felly rydech chi am iddi fod.'

'Gneud 'ch gorau i 'nghadw i'n siarad. Drychwch, os ewch chi ar y teledu eto a malu cachu a 'ngalw i'n llwfrgi, mi fyddwch chi'n difaru na wnaethoch chi ddim brathu'ch hen dafod ddiawl. Byddai hynny'n un hen ast yn llai.' Aeth y ffôn yn farw.

Daeth Barrett yn ei ôl ac ysgwyd ei ben. 'Dim digon o amser,' dywedodd. 'Gawsoch chi unrhyw wybodaeth werthfawr?'

Syllodd Morrissey arno, ei lygaid yn galed, a dicter newydd ynddynt. 'Gafodd yr alwad ei thapio?' gofynnodd yn swta. 'Mi gawson ni hynny, o leia?'

Nodiodd Barrett, gan aros i glywed am y sgwrs.

Yn dawel ac yn araf dywedodd y prif arolygydd, 'Os allwn ni ei gredu, hwnne oedd ein llofrudd.'

'Appleby?'

'Sut ddiawl wn i?' cyfarthodd Morrissey. 'Mi drïwn ni ddarganfod hynny pan ddoi di ag o i mewn. Felly cer.'

16

Roedd Osgodby y tu ôl i'w ddesg ac yn poeni. Trodd ei gadair fel y gallai gyrraedd y jẁg goffi y tu ôl iddo. Cymerodd Morrissey'r offrwm yn dawel. Doedd cwpan ddim yn arwydd da; mẁg oedd yr arwydd o gyfeillgarwch yn swyddfa'r prif. Ar gyfer y pwysigion neu'r condemniedig yr oedd cwpanau.

'Rhowch y manylion am neithiwr imi,' dywedodd Osgodby, gan bwyso'i benelinoedd ar y ddesg.

Roedd y prif arolygydd yn ofalus. 'Ymosodwyd ar Katie ar ei ffordd adre neithiwr. Mae hi yn yr ysbyty, ond yn dod ati'i hun. Mae 'ne le cryf i gredu mai dyma'r dyn ryden ni'n chwilio amdano. Os felly, falle mai dyma'i gamgymeriad mawr.'

Gwrandawodd Osgodby'n ofalus. 'Mae gynnoch chi rywbeth newydd?'

Dywedodd Morrissey, 'Dwi'n gobeithio y bydd 'ne pan ddaw Katie i fedru siarad efo ni. Mae 'ne wybodaeth bwysig wedi dod oddi wrthi'n barod.' A dywedodd am y neges a adawodd, a'r ffaith eu bod yn dod ag Appleby i mewn i'w holi. Yna ychwanegodd, 'Ond peidiwch â darllen gormod i mewn i hynny. Dydw i'n bersonol ddim wedi cael 'y narbwyllo mai fo ydi'r dyn, ond mae 'ne ormod o awgrymiadau'n ein cyfeirio ato i'w hanwybyddu.'

Pan fyddai'r prif uwcharolygydd yn taro'i fysedd ar ei bad blotio ac yn sugno'i ddannedd roedd yn arwydd o straen. 'John . . .'

'Den ni'n agosáu.' Aeth y prif arolygydd yn ei flaen yn bwyllog. Oedodd cyn trafod yr alwad a gafodd, ond roedd yn rhaid gwneud hynny, a chafodd yr ymateb a ddisgwyliodd.

Peidiodd y bysedd â churo a rhoddodd Osgodby ei ddwylo at ei gilydd. 'Does yne ddim lle i fendeta personol, John,' meddai. 'Mae llawer gormod o bobl yn cofio am y llythyrau a'r tapiau yn achos y Ripper. Allwn ni ddim fforddio edrych i'r cyfeiriad anghywir.'

'Wela i ddim mantais i mi adael yr achos,' dadleuodd Morrissey. 'Mae o wedi cynhyrfu, ac mae hynny bob amser yn fanteisiol.' Gwyrodd ymlaen a rhoi ei ben ar yr un lefel â'r prif uwcharolygydd. 'Y peth pwysig am yr alwad ffôn ydi fod gynnon ni brint llais; pa un a oedd yn ddilys ai peidio, mae'n perthyn i rywun oedd yn gwybod be ddigwyddodd neithiwr. Dydi'r ffaith i hynny ddigwydd i Katie ddim yn mynd i gymylu fy marn. Dech chi'n fy nabod i'n well na hynny.'

'A dech chi'n gwybod y rheolau, John.'

'Ydw. Dwi'n gwybod y gallan nhw gael eu torri i ffitio'r brethyn.'

Yn ofidus, dywedodd Osgodby, 'Byddai'n rhaid trafod hynny gyda'r prif gwnstabl; gan adrodd yn llawn ac yn aml.'

'Does ond hynny amdani, felly,' cytunodd Morrissey'n llipa.

Edrychodd y prif uwcharolygydd arno'n amheus. Doedd Morrissey byth yn hawdd. Dechreuodd symud papurau. 'Mi ro i wybod ichi,' dywedodd yn gwta, a theimlodd Morrissey ei fod wedi ennill un frwydr fechan os nad y frwydr fawr. Byddai Osgodby'n casáu galw help i mewn o'r tu allan, ac nid oedd neb o'r tu mewn yn ddigon profiadol i gymryd drosodd.

Ar wahân i'r prif uwcharolygydd ei hun.

Atgoffwyd ef o hynny pan aeth yn ôl i'w swyddfa ei hun a chael y ffôn yn canu.

'Ynglŷn ag Appleby,' meddai Osgodby. 'Gadewch imi wybod pan gyrhaeddith o. Dwi isio bod yne. Dim gwrthwynebiad, nag oes?'

Oes, meddyliodd Morrissey, gwrthwynebiad cryf iawn, ond ni ddywedodd air.


Ni wrthwynebodd Appleby o gwbl. Cymerodd Morrissey fod hynny'n arwydd da, ac yna holodd ei hun pam. Y nod oedd profi ei fod yn euog, nid chwilio am arwydd ei fod yn ddieuog. Gosododd ei hun nesaf at y dyn a chrychu ei drwyn wrth glywed yr aroglau. Clywodd aroglau gwan tobaco. Ie, gwan iawn. Dim byd tebyg i hen flwch llwch.

Roeddynt yn yr ystafell fwyaf o'r tair ystafell gyf-weld ac roedd Osgodby eisoes wedi dewis ei le, yn agos at y bwrdd ond ychydig yn ôl oddi wrtho. Roedd Barrett wedi symud ei gadair i'r chwith i'r bwrdd, ac yn paratoi'r recordydd tâp.

Crwydrodd llygaid Appleby o gwmpas y waliau plaen lliw hufen, ei wyneb yn ddifynegiant.

Dywedodd Morrissey, 'Wnewch chi eistedd, syr? Mae'n bosib y gallwch chi'n helpu efo sawl peth.'

Eisteddodd Appleby a dweud gan gilwenu, 'Helpu'r heddlu gyda'u hymholiadau. Mae hynne'n swnio'n fygythiol a chyhuddgar iawn.'

'Rydech chi yma o'ch gwirfodd,' dywedodd Morrissey. 'Dwi'n siŵr bod y ditectif ringyll wedi dweud wrthoch fod gennych hawl i gael cyfreithiwr yn bresennol.'

'Mi wnaeth o grybwyll hynny. Mi gadwa i'r hawl tan yn nes ymlaen. Gorau po leiaf o bobl sy'n gwybod 'mod i yma.'

'Felly gawn ni weld fedrwn ni ddatrys pethau rhyngom ni,' meddai Morrissey. 'Dwedwch wrtha i lle'r oeddech chi ar y pumed o Chwefror, y deunawfed o Fawrth a'r nawfed o Ebrill.'

Ochneidiodd Appleby a pharatodd i fynd drwy'r cyfan unwaith eto.

Dywedodd Morrissey, 'Gadewch i ni fynd yn ôl at Chwefror y pumed. Mi gymeroch chi ddiwrnod i ffwrdd am fod eich gwraig yn sâl. Arhosoch chi yn y tŷ efo hi drwy'r dydd?'

'Naddo, ffliw oedd arni. Treuliodd y diwrnod i gyd yn y gwely, ac yn y prynhawn mi es i lawr i'r llyfrgell i newid rhai llyfrau iddi. Ar y ffordd 'nôl mi elwais i yn y siop flodau. Mae blodau bob amser yn codi'i chalon. Rhwng yr adegau hynny, mi fues i'n gwneud bwyd; er na ellwch chi ei alw'n wneud bwyd go iawn—cynhesu ychydig o duniau a phacedi a fyddai'n nes at y gwir.'

'Ond roeddech chi gartre gyda'r nos?'

'Roedd gen i gyfarfod yn y Rotary. Mynnodd Gwen 'mod i'n mynd. Roedd hi'n teimlo'n well erbyn hynny, felly welwn i ddim pam lai.'

'Pryd aethoch chi adre wedyn?'

'Tua un ar ddeg.'

'A lle mae'r Clwb Rotary'n cyfarfod?'

'Beechwood House.'

'Ym Mharc Beechwood?'

Amneidiodd Appleby.

'Cafodd merch ei llofruddio yn ymyl Beechwood House y noson honno.'

'Do, dwi'n gwybod, ond chlywson ni ddim byd. Gyda'r ffenestri ar gau fedrwch chi glywed dim; mi aethon ni dros hyn ar y pryd. Holwyd pawb. Mae'n rhaid bod gynnoch chi'r adroddiadau yn rhywle.'

'Gadewch inni symud i'r pymthegfed o Fawrth. Roeddech chi wedi bod i gynhadledd ar farchnata yn Durham, ydi hynne'n gywir?'

'Mi adewais i adre am hanner awr wedi chwech y bore, a chyrraedd yn ôl tua hanner awr wedi un ar ddeg y nos. Mi fyddwn i wedi bod adre'n gynharach, ond bu raid imi newid olwyn.'

'Mi yrroch chi i fyny'r A1?'

'A'r A1(M). Ac mi ddes i'n ôl yr un ffordd.'

'Yn syth adre?'

Oedodd am ennyd. Cyfaddefodd Appleby'n anfodlon, 'Weithiau mi fydda i'n codi pryd Tsieineaidd ar fy ffordd adre. Mi wnes i hynne ar Fawrth y pymthegfed. Syllodd ar y prif arolygydd. 'O Kow Loon's.'

Dywedodd Morrissey'n dawel, 'Dyna'r noson y bu farw Diane Anderson rhwng deg a deuddeg ar ddarn o dir garw wrth y sinema. Dech chi'n gwybod lle dwi'n ei feddwl; lle'r oedd y ddwy res o hen dai gefn wrth gefn gynt. Fe'u tynnwyd i lawr i adeiladu parc sgrialu. Rŵan does dim byd yno ond rwbel a chwyn. Nid y lle brafiaf i farw.'

'Doedd a wnelo fi ddim byd â hynny.'

'Mae'r Kow Loon jyst rownd y gornel.'

'Doedd a wnelo fi ddim byd â hynny.'

'Ac ar y nawfed o Ebrill rhwng hanner awr wedi un a hanner awr wedi dau. Lle'r oeddech bryd hynny?'

'Ym Malminster, yn trio dod o hyd i bresant pen blwydd priodas.'

'Unrhyw lwc?'

Roedd rhywbeth tebyg i atgasedd yn llygaid Appleby erbyn hyn. 'Dim.'

'Mae'n cymryd llai na deng munud yn y car o Crowther's i'r comin—dech chi'n siŵr nad aethoch chi adre i nôl rhywbeth?'

'Yn berffaith siŵr.'

'Neu barcio rywle yn ymyl y comin?'

'Mi fyddwn wedi bod yn wlyb domen!' brathodd Appleby. 'Roedd yn tresio bwrw.'

'Oedd wir. Wnaethoch chi ddechrau poeni pan ddechreuodd yr ambarél rowlio i lawr y bryn?'

'Pa ambarél?'

'Fyddech chi'n synnu clywed bod Sierra fel 'ch un chi wedi ei barcio wrth y comin?'

'Na fyddwn, synnu dim. Mae 'ne lawer ohonyn nhw o gwmpas.'

'Roeddech chi'n nabod y tair, Mr Appleby. Susan Howarth, Diane Anderson a Gail Latimer. Ac roeddech o fewn tafliad carreg i'r tair pan lofrudd-iwyd nhw.'

'Doeddwn i nunlle'n agos i'r comin.'

'Does gynnon ni ond 'ch gair chi am hynny.'

'Yna bydd raid i hynny fod yn ddigon.'

'Roedd gan Gail Latimer gariad o'r enw Rob.

122

Eich enw canol ydi Robert. Mae 'na ormod o gyd-ddigwyddiadau.'

'Dwi'n meddwl,' meddai Appleby, 'yr hoffwn i gael fy nghyfreithiwr yma rŵan.'

'Os mai dyna dech chi isio,' dywedodd Morrissey. 'Ond mi hoffwn i ofyn un cwestiwn arall. Lle'r oeddech chi neithiwr rhwng hanner awr wedi deg a hanner awr wedi un ar ddeg?'

''Y nghyfreithiwr,' dywedodd Appleby. 'Graham Standing. Mi siarada i ag o rŵan, os ga i'.'

17

'Ar yr wyneb, mae gynnon ni ddigon i'w gyhuddo'n ffurfiol,' meddai Osgodby.

Cyfaddefodd Morrissey fod y prif uwcharolygydd yn iawn, yna dadleuodd, 'Ond tystiolaeth amgylchiadol yw hyn i gyd, a dwi ddim yn licio hynne. Pe baen ni'n gallu canfod cymhelliad, rhywbeth mwy pendant na'r ffaith mai Robert yw ei enw canol, mi fyddwn i'n lot hapusach. A does 'ne ddim byd.'

'Beth am y Sierra a barciwyd yn ymyl y comin?' gofynnodd Osgodby.

'Pa Sierra?' Ysgydwodd Morrissey ei ben. 'Be ddwedes i oedd "Beth petawn i'n dweud bod Sierra . . ." rhag ofn y byddai hynny'n ei ddychryn, ond wnaeth o ddim.'

'Pe baen ni'n ei gyhuddo, falle y byddai hynny'n agor y llifddorau,' dywedodd Barrett. A'i ben yn ei blu, trodd y pensil din dros ben rhwng ei fysedd drosodd a throsodd. 'Ond rŵan bydd ganddo gyfreithiwr efo fo.'

'Pan ddaw Standing yn ei ôl o'r cwrs golff,' cytunodd Morrissey.

'Tan hynny, mi cadwn ni o o dan amheuaeth,' penderfynodd Osgodby, 'a hyd oni newidith pethau, dwi'n meddwl bod hynny'n ddigon.'

Eisteddai Morrissey'n gadarn yn ei gadair heb ddatgelu dim. Ni thalai iddo ddweud wrth Osgodby y byddai'n pwyso'n drwm ar Appleby pe bai'n teimlo'n gryf mai ef oedd y dyn. Cofiodd yr olwg a welodd ar Katie yn gorwedd yn ddiymadferth ar garreg y drws. Byddai, fe fyddai'n pwyso'n drwm iawn.

Dywedodd Osgodby, 'Beth am y dyn arall—Nolan? Fo oedd tad gwyn y ferch Latimer 'ne, yndê?'

'Tad maeth,' meddai. 'Gallai fod wedi cael y cyfle. Mae ganddo feic, a dwi ddim yn amau y gallai o adael ei waith heb i neb sylwi arno; yn arbennig yn ystod shifft nos. Mae'r cymhelliad yn wahanol. Den ni'n gwybod bod Appleby wedi cyfarfod y tair merch, ond yr unig un y gwyddom i sicrwydd roedd Nolan yn ei hadnabod ydi Gail Latimer. Dwi'n meddwl y byddai o fudd i ni adael i'r wasg leol wybod ein bod ni'n chwilio am rywun o'r enw Rob. Y drefn arferol. Dweud wrthyn nhw ein bod am ei ddileu o'n hymholiadau.'

Rhoddodd Barrett y gorau i chwarae efo'i bensil. 'Braidd yn hwyr, syr?' awgrymodd.

'Falle bod rhywun yn Malminster wedi eu gweld nhw efo'i gilydd. Den ni isio i hwnnw ddod ymlaen.'

Edrychai Barrett fel petai wedi ei frifo braidd.

Dywedodd Osgodby, 'Mi wna i ryddhau'r wybodaeth iddyn nhw felly, a dweud ein bod yn holi rhywun ar hyn o bryd—ar yr egwyddor o roi asgwrn i'r ci.'

Tybed faint y cymerai i gael Standing o'r cwrs golff? meddyliodd Morrissey, a cheisiodd anwybyddu ei deimlad greddfol na fyddai hynny yn y diwedd yn gwneud gronyn o wahaniaeth.


Roedd bron yn un o'r gloch pan gyrhaeddodd

cyfreithiwr Appleby a mynnu cael gweld ei gleient ar ei ben ei hun. Erbyn hynny roedd Morrissey wedi bod yn ôl yn yr ysbyty ac wedi gadael rhestr o gwestiynau i Katie eu hateb. 'Yn ara, fesul un,' dywedodd wrth y blismones. 'Rhowch amser iddi gofio.'

Ond ni allai fod yn unrhyw beth ond araf gan fod yn rhaid i Katie ysgrifennu'r atebion.

Roedd Margaret efo'u merch pan gyrhaeddodd, ac yn edrych fel petai'n rhan o'r dodrefn. Edrychai'r ddwy fel pe baen nhw'n falch o'i weld.

Rŵan roedd yn ôl yn ei swyddfa gyda brechdan bacwn ac ŵy yn un stwmp ar ei stumog, a Barrett yn dal i lawr yn y cantîn.

Canodd y ffôn, a phan glywodd lais Mathew Haines cofiodd am Tracy Lambton a'r archwiliadau meddygol.

Dywedodd Haines yn siriol, 'Ro'n i'n meddwl y byddwn i'n rhoi gwybod iti fod plentyn maeth Nolan wedi cael ei symud.'

Eisteddodd Morrissey'n gefnsyth yn ei gadair. 'Ymyrraeth?'

'Wn i ddim am hynny. Bu'r doctor ysgol yn cael gair yng nghlust y gweithiwr cymdeithasol, a chefais wybod y bore 'ma bod Tracy wedi ei symud o ddalgylch yr ysgol. Y gweithiwr cymdeithasol yw Carol Phipps o'r swyddfa yn Heol y Frenhines, os wyt ti am sgwrs. Sut mae gweddill dy broblemau?'

'Cynyddu,' meddai Morrissey. 'Diolch, Matt, dwi'n ddyledus iawn iti.'

'Unrhyw adeg,' meddai Haines. 'Gyda llaw, den

ni'n gorfod glanhau graffiti budr oddi ar y waliau allanol yn gyson. Yn bennaf ar foreau Llun.'

Gwgodd Morrissey. 'Mi ofynna i'r plismyn gadw gwell golwg am sbel,' addawodd, gan ebychu wrth roi'r ffôn 'nôl yn ei le. Canodd eto cyn iddo hyd yn oed symud ei law. Roedd Appleby'n barod i gael sgwrs arall.

Y tro yma roedd Standing yno, a phan ddechreuodd Barrett y recordydd tâp, dywedodd yn gadarn a ffurfiol, 'Dwi wedi cynghori fy nghleient nad oes unrhyw reidrwydd cyfreithiol arno i roi gwybodaeth i chi o gwbl. Mae o'n teimlo ei fod eisoes wedi rhoi'r holl wybodaeth sy ganddo.'

'Gall cadw'n dawel fod yn gamarweiniol,' dywedodd Osgodby.

Anwybyddodd Standing hynny. 'O'r hyn ddywedodd Mr Appleby wrtha i, dwi ddim yn meddwl iddo fynnu'i hawl i gadw'n dawel.'

'Den ni wedi holi am y rhan fwya o'r pethau oedd gennym mewn golwg,' meddai Morrissey, 'ac mae yne un cwestiwn y gwrthododd Appleby ei ateb. Mi hoffwn iddo ddweud wrtha i lle'r oedd o neithiwr rhwng deg a deuddeg.' Edrychodd Standing ar ei gleient ac ysgydwodd Appleby ei ben. Parhaodd Morrissey. 'Mae'n ddrwg gen i fod hynny'n creu problem. Pe gallai gadarnhau ei fod yn rhywle arbennig, byddai hynny'n arbed cryn lawer o drafferth inni i gyd, ac iddo ef ei hun, yn anad neb.'

'Ni fyddai lle'r oeddwn i'n effeithio dim ar eich ymchwiliadau, Brif Arolygydd,' meddai Appleby. 'Mae'n ddrwg gen i na fedra i fod yn fwy o help, ond mi hoffwn yn fawr gael mynd adre rŵan.'

'Mae'n ddrwg gen i ond dydi hynne ddim yn bosibl, syr. Fe'ch rhybuddiwyd chi'n ffurfiol y bore 'ma cyn i'r cyfweliad ddechrau, ac mae gennym yr hawl i'ch dal i wneud rhagor o ymholiadau. Oherwydd difrifoldeb y cyhuddiadau posibl, mae'n rhaid inni ddefnyddio'r hawl honno. Oni bai, wrth gwrs, y gellwch chi gynnig rhyw brawf eich bod yn ddieuog ar yr adegau arbennig.'

Dywedodd Standing yn gyflym, 'Nid lle Mr Appleby yw profi ei fod yn ddieuog, Brif Arolygydd. Chi sydd i ddarparu prawf o'i euogrwydd.'

'Yn hollol. A dyna pam y bydd eich cleient yn cael ei gadw yn y ddalfa tra byddwn ni'n bwrw ymlaen â'n hymholiadau.'

Edrychai Appleby fel petai wedi ei sigo, ac roedd ei wyneb yn welw. Ceisiodd gysur gan ei gyfreithiwr. 'Graham . . . dyden nhw ddim wedi f'arestio i?'

'Mae ganddyn nhw'r hawl i dy gadw di i dy holi.'

'Fydd Gwen ddim yn gwybod be i' wneud.'

'Mi allith hi dreulio'r noson efo Beth a fi.'

'Y noson?' Cododd Appleby ei lais. 'Dduw mawr, dech chi ddim yn dweud y bydda i yma tan y bore?'

'Dwedwch be oeddech chi'n ei wneud neithiwr rhwng deg a deuddeg, a falle y gollyngwn ni chi'n rhydd,' cynigiodd Morrissey.

Syllodd Appleby ar ryw bwynt ar y wal uwchben pen y prif arolygydd, a dywedodd yn gwbl ddideimlad, 'Does gen i ddim byd mwy i'w ddweud.'


Am ddau o'r gloch cyhoeddodd darllenwr newyddion

y radio lleol fod dyn yn cael ei holi mewn cysylltiad â'r tair llofruddiaeth. Dywedodd hefyd y byddai'r heddlu'n hoffi i ddyn o'r enw Rob, a fu'n ffrind agos i Gail Latimer, ddod ymlaen. Doedd dim hawl ganddynt gyhoeddi'r wybodaeth nesaf a gawsant, ac roedd Osgodby'n wallgof. Rŵan roedd holl drigolion Malminster yn gwybod mai â thri darn o gortyn garddio wedi'u plethu y tagwyd y merched. Ail-adroddwyd y tair eitem ar y newyddion teledu lleol, ac roeddynt hefyd yn y papur fin nos.

Roedd gwrando ar y newyddion ar y radio yn ei gar wedi datblygu'n hen arferiad ganddo . . . yn arbennig felly rŵan a chymaint o sôn amdano ef ynddynt. Roedd wedi ei ddal mewn rhes o draffig araf ar Ffordd Middlebrook pan glywodd y bwletin newyddion, ac ar y dechrau roedd yn ei oglais cymaint fod ganddyn nhw'r dyn anghywir fel y bu'n rhaid iddo dynnu i'r ochr hyd onid aeth y ffitiau o chwerthin heibio. Yna llanwyd ef â dicter. Doedd ganddyn nhw ddim hawl dweud hynny, dweud pa ddull a ddefnyddiai. Rhywbeth rhyngddo ef a Morrissey oedd sut y gweithiai; roedd rhoi gwybod i bawb fel yna'n rhoi cyfle i unrhyw hen wag ei ddangos ei hun a rhoi cynnig arni.

Trodd yn sydyn i'r dde, ar draws llwybr car yn dod tuag ato, a chanodd gyrrwr hwnnw ei gorn yn hir arno. Hyrddiodd ei fraich drwy'r ffenest a dangos dau fys.

O flwch ffôn, yr unig un na chawsai ei falu, ar

ystad tai cyngor Coronation, ffoniodd Morrissey a'i
regi am ddal y dyn anghywir.

Y tro hwn, roedd wedi ei gythruddo gymaint ac
yn teimlo'r fath anghyfiawnder fel y llwyddodd y
prif arolygydd i'w gadw i siarad yn ddigon hir
iddyn nhw fedru olrhain yr alwad. Ond erbyn i'r car
heddlu gyrraedd y bocs du a melyn, roedd y ffôn yn
hongian yn rhydd.

Roedd bechgyn yn ei harddegau cynnar yn cicio'u
sodlau yn yr arhosfan bysys ar draws y ffordd, a
phan ofynnodd yr heddlu iddynt a oeddynt wedi
gweld y dyn, nodiodd pob un ei ben yn frwd. Pan
ofynnwyd iddynt i ba gyfeiriad yr aeth, pwyntiodd
y tri ohonynt i'r cyfeiriad arall, a chyn gynted ag yr
oedd y car heddlu allan o'r golwg dyma nhw'n
tynnu can o baent coch allan ac yn dechrau addurno'r
arhosfan â geiriau rheg.


Roedd Morrissey ar ei ffordd allan pan gymerodd yr
alwad ffôn, ac roedd wedi ei gynhyrfu. Y tro hwn
recordiwyd hi o'r dechrau, ac am y tro cyntaf
teimlai ei fod yn dechrau cael rhyw syniad sut
roedd y dyn y chwiliai amdano yn meddwl. *Os*
mai'r llofrudd oedd yn galw.

Ond nid oedd 'rhyw syniad' yn ddigon pan oedd
Osgodby'n ei wylio bob munud. Roedd yn rhaid
iddo fod yn rhesymegol nes y byddai rhywbeth yn
dod i'r amlwg.

Daeth y wŷs i chwilio tŷ Appleby ar ôl i Katie

gofio rhywbeth arall am ei hymosodwr: roedd yn gwisgo menig rwber melyn.

'Y math y cewch chi mewn unrhyw gegin,' cwynodd Morrissey cyn iddynt ddechrau mynd trwy'r tŷ â chrib mân. Rhyngddynt, roedd ef a Barrett wedi dod ar draws chwe phâr, ac yng ngolwg y prif arolygydd nid oedd dim diben i'r archwiliad.

Ond teimlai Barrett yn wahanol. Ef oedd yr un a ddarganfu bâr yn y sièd, nesaf at y côn o gortyn garddio gwyrdd.

Roedd Gwen Appleby'n ddagrau i gyd erbyn iddynt orffen, a diolchodd Morrissey i Dduw ei fod wedi dod â phlismones efo fo. Gan gofio'r hyn a ddywedodd Graham Standing, ffoniodd y cyfreithiwr a sicrhau na fyddai gwraig Appleby yn treulio'r noson ar ei phen ei hun.

Roedd bron yn wyth o'r gloch pan ddychwelodd i'r ysbyty i eistedd efo Katie. Roedd llygaid ei ferch yn goch, ac roedd yn amlwg ei bod mewn cryn boen wrth lyncu; bob tro y byddai'n rhaid iddi wneud hynny, codai ei llaw at ei gwddw er mwyn ceisio lleddfu'r boen.

A'i ddwylo ynghlwm ar ei benliniau, meddai Morrissey, 'Ga i hyd iddo fo, Katie, dwi'n addo hynny i ti.'

Estynnodd hi am y papur a'r pensil, a gwyliodd ei thad hi'n amyneddgar tra ysgrifennai. Darllenodd, *Aeth Tim Beal heibio imi yn y Mini.*

'Ar y Dreif?'

Nòd bach. Ysgrifennodd unwaith eto. *Dim ond munud ynghynt.* Ebychodd Morrissey a phlygu i gusanu ei thalcen. 'Mi rwyt ti'n hogan glyfar,' dywedodd yn ysgafn. 'Mi a' i i gael gair efo Tim. Os nad oedd o'n feddw dwll, mi ddylai fod wedi gweld pwy oedd yn dod y tu ôl iti.' Gwasgodd ei llaw a symud i ffwrdd.

Edrychodd mam Tim yn syn pan welodd Morrissey ar ei throthwy, ac yna'n boenus pan glywodd ei fod am weld ei mab. Dywedodd y prif arolygydd yn gyflym, 'Dim byd mae o wedi'i neud; dim ond gobeithio ei fod wedi gweld rhywun neithiwr. Alwodd 'ne blisman heibio ichi?'

'Do, wrth gwrs, heibio i'r tai i gyd,' dywedodd Madge Beal. 'Mi weles i oleuadau a'r holl gynnwrf a'r mynd a dod, ond dim byd cyn hynny.'

'A Tim?' gofynnodd Morrissey. 'Oedd Tim wedi gweld unrhyw beth?'

'Dwi ddim yn meddwl. Mi ddaeth i mewn ac aeth yn syth i'r gwely yng nghefn y tŷ. Roedd rhaid iddo ddal trên yn gynnar y bore yma; mae o'n heicio efo dau ffrind. Rhywle yn ardal Bolton Abbey.' Edrychai'n anhapus. 'Mae'n ddrwg gen i, ond fydd o ddim yn ei ôl tan yn hwyr nos Lun. Gobeithio nad ydi o'n bwysig.'

'Dydi o'n ddim byd i chi boeni amdano,' ochneidiodd Morrissey, ac aeth adref.

Y noson honno, tra oedd Morrissey'n troi a throsi yn ei wely, ac Appleby'n gorwedd yn anghyfforddus yn ei gell, bu farw gwraig arall.

18

Roedd hi'n hanner awr wedi saith y bore, ac roedd Appleby'n edrych yn hagr iawn. Plesiai hyn Barrett wrth iddo ailosod y recordydd tâp. Os oedd yn teimlo cynddrwg ag yr edrychai, byddai gymaint â hynny'n nes at roi'r gwir ffeithiau a dod oddi ar gefn ei geffyl.

Doedd Morrissey ddim mor siŵr. Pe bai ef yn lle Appleby, ac yn ddiniwed, byddai wedi ymddwyn yn reit styfnig. Edrychodd ar y siwt a'r croen crychlyd, a'r llaw a âi'n reddfol i mewn i boced ochr a dod allan yn wag, a thosturiodd wrth y dyn.

Dywedodd yn swta, 'Os nad oes gynnoch chi sigaréts, mi drefna i ichi gael rhai.'

Edrychodd Barrett yn gegrwth ar ei brif arolygydd. Roedd Appleby wedi cynhyrfu, felly pam cynnig sigaréts i dawelu nerfau'r dyn? Mae'n rhaid bod helynt Katie wedi dweud ar Morrissey. Pesychodd a chodi ei aeliau.

Synhwyrodd Morrissey beth oedd y neges a dechreuodd ei wrychyn godi. 'Rho dy ben allan, Neil,' meddai'n flin, 'a gofyn i rywun ddod â sigaréts a thri choffi.'

Tawelodd y llaw aflonydd, ac meddai Appleby, 'Dydi fy sefyllfa ddim wedi newid, Brif Arolygydd. Does gen i ddim byd arall i'w ddweud.'

'Ddim hyd yn oed er eich lles eich hun?'

Ysgydwodd Appleby ei ben, a daeth Barrett yn ôl o'r drws, gan edrych yn hunangyfiawn.

Ceisiodd Morrissey ddilyn trywydd arall. 'Mae'n rhaid bod eich gwraig yn sâl yn poeni amdanoch,' awgrymodd. 'Os gellwch chi brofi lle'r oeddech chi a beth roeddech chi'n ei wneud echnos, pam na feddyliwch chi amdani hi?'

'Doeddwn i ddim yn gwneud dim byd anghyfreithlon, ac mae Gwen ar fy meddwl yn arw.' Symudodd yn nerfus. 'Ro'n i'n meddwl bod rhaid ichi hysbysu Standing os oeddech am fy holi?'

'Os mai dyna'ch dymuniad.'

'Dyna be dwi isio.'

Cyrhaeddodd tri mẁg a phaced o Silk Cut ar hambwrdd. Estynnodd Appleby am y sigaréts.

Dywedodd Barrett yn sadistig, 'Os nad ydech chi'n mynd i siarad efo ni, fydd gynnoch chi ddim amser i gael sigarét, na fydd?'

Rhwygodd Appleby'r papur seloffên ac yna oedodd.

'Dim matsys.'

Tynnodd Morrissey leitar o'i boced a gwelodd fflach o ddiolchgarwch. 'Dyden ni ddim yn mwynhau cadw dynion dieuog,' meddai.

'Felly gadewch imi gerdded allan.'

'Pan fo'r dystiolaeth yn awgrymu'r gwrthwyneb?' ysgyrnygodd Barrett. 'Tynnwch y goes arall.'

Rhoddodd Morrissey'r leitar yn ôl yn ei boced. 'Dwi'n ceisio bod yn deg, Mr Appleby, ond dech chi fel tasech chi isio'ch damnio'ch hun.'

'Does gen i ddim byd pellach i'w ddweud,' ailadroddodd Appleby.

Daeth plisman i mewn a sibrwd yng nghlust Morrissey. Safodd y prif arolygydd ac amneidio at y recordydd tâp. 'Stopia fo,' dywedodd wrth Barrett, gan osod ei leitar yn fwriadol ar y bwrdd unwaith eto cyn mynd allan.

Roedd Gwen Appleby yn un o'r ystafelloedd cyf-weld ac roedd Graham Standing efo hi. Roedd yn amlwg ei bod wedi cymryd gofal wrth ymbincio, ond doedd hi ddim wedi llwyddo i lwyr guddio'r düwch dan ei llygaid a oedd yn arwydd pendant o noson ddi-gwsg.

Pan ddaeth Morrissey i mewn, trodd ato a dweud yn llawn ffrwst, 'Brif Arolygydd, dwi'n gwybod pam dech chi wedi cadw Brian a dwi'n gwybod lle'r oedd o nos Wener.' Chwifiodd ei dwylo'n ddiymadferth. 'Mae popeth yn un dryswch! A dydi o ddim yn meddwl 'mod i'n gwybod dim.' Yna gafaelodd amdani hi ei hun. 'Mae o'n mynd i barlwr *massage*. Mi ddilynes i o unwaith—mae gen i 'nghar fy hun, dech chi'n gweld—ac mi weles i o'n mynd i mewn.' Edrychai'n herfeiddiol, yr hen naws freuddwydiol bell wedi cilio bellach, gan fod angen iddi roi ei holl sylw ar rywbeth. 'A rŵan dech chi'n ceisio dyfalu sut y gwyddwn i ei fod yn mynd i'r fath le. Wel, dwi'n gweithio ar benwythnosau yn y clinig arbennig, Brif Arolygydd, ac mae'r merched, mae tair ohonyn nhw, yn dod i mewn i gael archwiliad yn rheolaidd. I'w lle nhw yr aeth o, dech chi'n gweld; ro'n i'n nabod y cyfeiriad.'

Dywedodd Standing, 'Mae hyn yn anodd iawn i Gwen—Mrs Appleby. Awgrymes falle na fyddai'n rhaid ichi ddweud wrth ei gŵr o ble y daeth yr wybodaeth.'

'Dydi gwragedd ddim yn arfer bod mor driw a pharod i ddeall mewn amgylchiadau fel hyn,' dywedodd Morrissey.

'Ond dech chi ddim yn gwybod yr amgylchiadau,'

meddai mewn llais tawel a thrist. 'A phe baech chi, ni fyddai'n syndod ichi.'

'Dwi ddim yn meddwl y byddai rhesymau fy nghleient dros fod yno o ddiddordeb i chi, Brif Arolygydd,' dywedodd Standing. 'Y peth pwysig ydi mai yno'r oedd o.'

Cytunodd y prif arolygydd ag ef, ond mi fyddai wedi hoffi gwybod pam, serch hynny.

Estynnodd Standing ddarn o bapur, ac wrth i Morrissey ei gymryd, dywedodd Gwen Appleby mewn llais distaw, 'Mae'n debyg bod y math yne o fusnes yn anghyfreithlon?'

Dywedodd Morrissey, 'Ydi, mae'n debyg ei fod o, ond mi fydd bob amser rai fydd yn syrthio i'r fagl,' ac aeth i weld a oedd yna unrhyw wybodaeth am 7 Stryd y Prentis.


Roedd yn amlwg nad oedd Osgodby'n hapus. Dywedodd, 'Iawn. Os na adawodd o'r lle tan un ar ddeg, allai o ddim bod wedi ymosod ar Katie. Ond dydi hynny ddim yn golygu nad oedd a wnelo fo ddim byd â'r tair arall.'

'Ydi, mae arna i ofn,' atebodd Morrissey. 'Falle ei bod yn groes i'r graen ei adael yn rhydd, ond roedd y cortyn am wddw Katie yn union yr un fath â'r tair arall. Mi fetiwn i mai'r un dyn sydd wrthi.'

'Tri darn o gortyn garddio—mae pawb yn gwybod hynne rŵan.'

'Ond doedden nhw ddim nos Wener.'

Ildiodd y prif uwcharolygydd. 'O'r gorau, gadewch

o'n rhydd. Mi allen ni bob amser ddod ag ef i mewn pe bai angen. Gwnewch yn siŵr ei fod yn gwybod na chaiff o fynd i nunlle.'

Roedd Standing a Gwen yn aros am Appleby. Edrychodd Morrisey arni'n cofleidio'i gŵr cyn iddynt gerdded oddi yno efo'i gilydd. Wrth iddynt fynd i mewn i gar Standing, pendronodd ynglŷn â'u problemau personol. Ai gwella ynteu gwaethygu a wnaent heb Stryd y Prentis?

Ac yntau'n ddiolchgar nad oedd dim o'r fath yn amharu ar ei briodas ef, aeth adref i fwyta cinio dydd Sul go iawn gyda'i wraig a'i fab, ac wedi hynny gyrrodd nhw yn y car i'r ysbyty.

Doedd yna'r un blismones yn ystafell Katie bellach, ond roedd gan Gwnstabl Hicks y dasg o eistedd y tu allan yn y coridor.

Pan welodd Morrisey neidiodd i'w draed, saliwtio, a dweud, 'Syr.'

Gwenodd Mike.

Roedd Katie'n teimlo'n well; roedd hynny'n amlwg cyn gynted ag y cerddasant i mewn. Yn lle gorwedd yn llipa a llwyd, roedd yn eistedd yn gefnsyth yn erbyn y gobenyddion, a phan welodd Morrisey chwifiodd ddarn o bapur.

Estynnodd ei law. 'Wyt ti wedi cofio rhywbeth?'

Ceisiodd Mike ddarllen dros benelin ei dad, a chafodd ei wthio i ffwrdd. 'Busnes yr heddlu,' dywedodd Morrisey'n flin. 'Dim byd i'w drafod ymysg y criw.'

'Ydw i 'rioed 'di gneud hynne?' cwynodd Mike, ond aeth i eistedd ar y gwely'n dawel. 'Mi ddes i â

137

gêm o Scrabble, os oes awydd gêm arnat,' dywedodd yn ddidaro.

Roedd Katie wedi ysgrifennu mewn llawysgrifen fras hawdd ei darllen, *Ddim yn siŵr, dwi'n meddwl imi gael fy nilyn o'r bws.*

Edrychodd y prif arolygydd ar ei ferch yn dyner. 'Welest ti o?' gofynnodd.

Symudodd Katie ei phen yn araf i'r ochr a chwifiodd ei bysedd i ofyn am y pad. *Daeth i lawr y grisiau y tu ôl i hen ddyn o Sycamore Grove.*

Eisteddodd Morrissey ar y gwely a'i chofleidio. 'Katie, rwyt ti'n ddigon o ryfeddod, ond mi rwyt ti wedi rhoi gwaith imi. Mae'n ddrwg gen i, cariad, bydd yn rhaid imi fynd.'

Dywedodd Margaret, 'Ro'n i'n gwybod na pharai hyn yn hir. Wyt ti'n meddwl y doi di'n ôl?' Craffodd ar wyneb ei gŵr a chafodd yr ateb. 'Paid â phoeni,' ochneidiodd, 'ddylwn i ddim gofyn.'


Nid oedd yn natur Barrett i roi'r gorau i chwilen yn hawdd. Wedi iddyn nhw ryddhau Appleby, ni allai lai na meddwl bod rhyw gynllwyn yn rhywle. Ond pan na fedrai ganfod rheswm da pam y byddai tair gwraig yn rhoi'r gorau i gyflog cyson er mwyn rhoi alibi i reolwr gwerthiant canol oed, rhoddodd y gorau i ddyfalu a mynd i lawr i'r cantîn am fwyd. Yn ddiweddarach, ciliodd y siom a ffoniodd fflat Michelle.

Roedd Michelle wrth ei bodd bod ar Barrett eisiau ei gweld unwaith eto. Roedden nhw wedi cyrraedd pwynt diddorol cyn iddo adael nos Wener, ac nid oedd wedi penderfynu pa mor bell y byddai wedi gadael iddo fynd. Roedd ganddo dechneg lawer mwy slic na neb y bu allan gydag ef o'r blaen —mae'n debyg oherwydd ei fod yn hŷn—ac roedd hi'n eiddgar i'w phrofi unwaith eto.

Doedd hi ddim yn bwriadu gwneud hynny'n amlwg iddo fo, wrth gwrs; roedd chwarae mig yn llawer mwy cynhyrfus nag ildio.

Cafwyd tir yn y bedwaredd ganrif ar bymtheg ar gyfer creu mynwent drefol ym Malminster. Bryd hynny, meini tal ac angylion oedd y ffasiwn. Po fwyaf oedd y garreg, mwyaf yn y byd oedd y cyfoeth a gasglasai'r ymadawedig. Ond gan wybod na fyddai teithwyr i'r dref am gael eu hatgoffa o'u meidroldeb, roedd y tadau wedi adeiladu wal o frics coch i guddio'r fynwent o olwg y briffordd a redai i'r de. Roedd y fynedfa i'r fynwent oddi ar lôn fach dywyll, Lôn y Cariadon.

Tueddai cerddwyr i osgoi'r lôn wedi iddi nosi, ac oherwydd hynny byddai nifer o geir yn parcio yno. Bob hyn a hyn byddai'r plisman ar droed yn mynd â phlisman ifanc ar ei hyd ac yn disgleirio'i dorts i mewn i'r ceir llawn ager, gan darfu'n llwyr ar bleser y cyplau ifanc. Yna byddai'r lôn yn wag am ychydig o nosweithiau.

Oherwydd bod pawb yn gwybod am Lôn y Cariadon, ni fyddai neb yn cymryd fawr o sylw pan glywid sgrech bob hyn a hyn.

Noson oer a llaith oedd hi nos Sadwrn, a phan adawodd Morrissey ei gartref i roi cyfweliad i Appleby fore Sul, roedd yn bwrw glaw mân yn ddi-baid. Ychydig cyn un o'r gloch dechreuodd ymgodi, ac erbyn dau roedd haul dyfrllyd yn ceisio torri drwy'r awyr lwyd. Nid oedd y wraig a orweddai mewn camystum rhwng meini du bedd John Henry Oldroyd a wal y fynwent wedi sylwi dim ar hyn, er bod ei llygaid ar agor a'r glaw yn eu golchi. Heb ddim o'i blaen ond tragwyddoldeb, arhosai hyd nes i rywun i ddod o hyd iddi.

19

Roedd pawb yn chwilfrydig pan ddychwelodd Morrissey i'r pencadlys a rhyw sbonc yn ei gam a rhyw wybodaeth yn goleuo'i wyneb. Y si oedd bod rhywbeth newydd wedi dod i'r fei. Ni ddatgelodd y prif arolygydd ddim.

Roedd Morrissey'n adnabod Lôn Sycamorwydden yn dda; roedd y tu ôl i Rodfa'r Coed, cul-de-sac bychan o dai pâr mwy newydd a heb fod mor gadarn â rhai'r Rhodfa. Gobeithiai Morrissey fod y tywydd gwael wedi cadw pobl yn eu tai. Anfonodd hanner dwsin o blismyn gyda holiaduron, ac aros, gan na ddisgwyliai i'r holl waith gymryd fawr mwy nag awr. Pan beidiodd y glaw, pendronodd a oedd hynny'n arwydd da.

Yr ochr arall i'r dref roedd Charlie Harmsworth yn falch o weld y glaw yn peidio oherwydd roedd hi'n ben blwydd Nellie. Yn ei law, mewn papur newydd, roedd tusw o gennin Pedr a dorrodd o'i ardd. Plannodd nhw yr hydref cyn i Nellie farw. Roedd yn ofid iddo na chafodd fyw i'w gweld yn blodeuo.

I gyrraedd bedd Nellie roedd yn rhaid iddo gerdded ar hyd y llwybr llydan rhwng yr hen feini mawrion. Ar y chwith roedd rhes ohonynt rhwng y llwybr a'r wal frics uchel; ar y dde ymestynnent i ben arall y fynwent, a thrwyddynt ceisiai'r haul gwan ymwthio drwy'r cysgodion a chreu perlau o'r dafnau glaw ar y glaswellt gwlyb.

Nid oedd golwg Charlie'n berffaith erbyn hyn, a phe bai'r esgid wedi bod yn frown neu'n ddu, go brin y byddai wedi sylwi arni. Ond nid brown na du mohoni ond glaswyrdd llachar. Gan fwmial yn ddiamynedd am fandaliaid a'u llanast, symudodd i'w chodi a'i rhoi ar y domen sbwriel. Yna gwelodd bod yr esgid am droed dynes. Gan wneud ei ffordd yn ofalus ar y rhimyn gwyrdd a oedd rhwng John Henry Oldroyd a'r angel llwydfudr a'i gwarchodai uwchben, gwelodd Charlie'r gweddill ohoni, a bu'n rhaid iddo bwyso'n drwm ar y garreg hyd oni ddaeth ato'i hun ddigon i fynd i ddweud wrth rywun.


Pan gyrhaeddodd Barrett fflat Michelle, roedd hi'n gwisgo siwt undarn binc. Derbyniodd y siocledi y talodd drwy ei drwyn amdanynt yn y siop ddiodydd, a gadawodd hithau iddo'i chusanu yn dâl amdanynt. Cymerodd Barrett fod hynny'n arwydd da a gwnaeth ei hun yn gartrefol wrth iddi hi roi'r tegell i ferwi.

'Fel arfer mi fydda i'n gorweddian yn edrych ar y teledu ar brynhawn dydd Sul,' dywedodd pan ddaeth yn ei hôl. 'Ond mi allwn ni wneud rhywbeth arall os lici di.'

'Mae gorweddian yn swnio'n dda iawn i mi,' dywedodd Barrett, a'i thynnu i lawr ato.

'Do'n i ddim yn meddwl hynne!' chwarddodd, gan ryw hanner trio'i chael ei hun yn rhydd.

Cnodd ei chlust dde. 'Mi'r o'n i,' addawodd, a dyna'i larwm yn canu. 'Camgymeriad ydi o,' dywedodd wrth iddo godi'r ffôn. 'Mae'n rhaid mai camgymeriad ydi o.'

Cadwodd Morrissey ei ddwylo ym mhocedi ei got law. Hyd yn oed ganol haf roedd yna ryw oerfel i'w deimlo mewn mynwentydd, a heddiw, a min ar yr awel, roedd pawb yn ceisio peidio â chrynu. Roedd y ffotograffydd wedi gorffen ei waith, ac roedd swyddogion man-y-drosedd yn eu dillad gwyn yn aros i'r patholegydd orffen fel y gallen nhw ddechrau.

Teimlai'r prif arolygydd yn bur anobeithiol. Ni chredai y caent fawr o lwyddiant. Mewn panig, roedd Charlie Harmsworth wedi stopio'r peth cyntaf a ddaeth ar hyd y ffordd. Doedd ond chwe theithiwr a gyrrwr ar y bỳs, ond unwaith y llwyddodd Charlie i ddweud ei neges, allan â phawb, a Duw a ŵyr faint o droedio ac ymyrryd fu ar y tir cyn i'r car heddlu cyntaf gyrraedd a'u symud oddi yno. Yn fuan wedi hynny, wedi i un o'r teithwyr roi gwybod iddo, cyrhaeddodd gohebydd o'r *Malminster Echo,* ac ychydig wedi hynny, drwy ryw broses ryfedd, galwodd uned ffilmio o'r orsaf deledu leol heibio.

Roedd tîm swyddogion man-y-drosedd wedi codi sgriniau canfas gwyrdd, ac roedd tâp gwyn yn cadw gwylwyr draw bellach, ond roedd y difrod eisoes wedi ei wneud.

Yn gyndyn braidd dywedodd Barrett, 'Wel, allai Appleby druan ddim bod wedi gwneud hyn.'

'Dwi'n falch dy fod ti'n sylweddoli hynne,' atebodd Morrissey'n gwta, gan suddo'i ên i mewn i'w frest. Roeddynt wedi gwastraffu amser ar Appleby. Yna gofynnodd iddo'i hun pa wahaniaeth y byddai wedi ei wneud; doedd ganddynt yr un trywydd arall i'w ddilyn.

Arhosodd yn ddiamynedd a gwylio Warmsby'n

143

symud yn ôl yn ofalus oddi wrth y bedd. Disgyn-nodd deilen llorwydden yn ysgafn ar draws ei ben moel, a chododd y patholegydd ei law i'w symud. 'Dwi ddim yn gwybod pam y gadawoch chi i Jim Reed adael yr ardal,' cwynodd. 'Trïwch ei gael o'n ôl. Byddai hynny'n arbed amser.'

Ond roedd yn hanner gwenu wrth ddweud hynny, gan wybod bod Reed, y cyn-batholegydd a drodd yn ddoctor, wedi cael ei nefoedd bach, sef practis yn y wlad. Dywedodd, 'Neithiwr, ryw ben, anodd bod yn fanwl. Deuddeg i bedair awr ar hugain faswn i'n 'i gynnig. Tua phump ar hugain oed, gwallt melyn wedi ei liwio, wedi ei thagu â chortyn garddio.' Blinciodd. 'Clywais am eich merch. Hen fusnes cas. Ydech chi rywfaint yn nes i'r lan?'

'Byddai'n haws dod o hyd i nodwydd mewn tas wair,' dywedodd y prif arolygydd.

'Wel, cewch symud hon pan liciwch chi, mae ei bag llaw odani.' Edrychodd ar yr awyr. 'Roeddwn i wedi meddwl torri'r lawnt heddiw.' Dechreuodd gerdded i ffwrdd. 'Waeth inni gael y *post-mortem* drosodd yn lle hynny.' Aeth dan y tâp gwyn, gan yrru'r gohebwyr i ffwrdd, a phrysurodd am y giât, gan ysgwyd ei ben.

Symudodd swyddogion man-y-drosedd i mewn a chodi'r bag llaw. Y tu mewn, heb eu symud, roedd cardiau credyd, llyfr siec a waled, ac arnynt yr enw Natalie Parks.

Natalie!

Cofiodd Morrissey sylw Margaret fore dydd Gwener am Neville Harding: '*Hola am Natalie iti gael gweld ei wyneb.*'

Meddyliodd y prif arolygydd am ei geiriau wrth iddo edrych ar y ddynes farw'n cael ei rhoi mewn bag corff, ac os mai hon oedd yr un Natalie, byddai'n siŵr o orfod gwneud hynny.

Nid oedd hi'n hawdd cael gwybodaeth gan gwmnïau cardiau credyd a banciau ar ddydd Sul, ond gan nad oedd yna gyfeiriad ym mag y ddynes, roedd yn rhaid i Barrett berswadio rhywun i agor ei ffeiliau. Gan fod y llyfr siec o fanc ym Malminster, dechreu-odd gyda hwnnw.

Pwysleisiodd y rheolwr fod hyn yn anarferol iawn ac yn hynod o anghyfleus, a bod ganddo ymwelwyr. Oni allai aros tan fore Llun? Ychydig oriau yn unig fyddai hynny. Nid oedd yn rhy falch pan ddywedodd Barrett yn gwta ei bod hi fwy na thebyg wedi bod yn hynod anghyfleus i un o gwsmeriaid y banc gael ei llofruddio hefyd. Yn groes i'r graen, cytunodd y rheolwr i agor y banc.

A Barrett mor brysur, roedd gan Morrissey amser i edrych ar adroddiadau o Lôn Sycamorwydden. Roedd Katie'n iawn. Yn rhif 18, roedd yna arolygydd bysys wedi ymddeol wedi teithio adre ar y nos Wener ar fws Brindley. Yn ôl ei arfer roedd wedi eistedd i fyny'r grisiau. Rhywle yng nghefn meddwl y prif arolygydd dechreuodd chweched synnwyr ddadebru a gweithio.

Dywedodd Cedric Stanley ei fod yn cofio'r teithiwr a'i dilynodd i lawr y grisiau metal wrth y cylchdro, oherwydd cael a chael fu hi i'r dyn hwnnw ddal y bws cyn iddo adael yr orsaf fysys. Rhyw hipi mewn sbectol John Lennon; heb fod yn ifanc, chwaith— nid yn ei arddegau, er gwaethaf y jîns a'r siaced guddliw. Roedd yn anodd gweld rhyw lawer ar ei wyneb oherwydd yr het wlân a'r gwallt blêr, ond roedd yn meddwl y byddai'n ei nabod eto. Ac roedd yn rowlio'i sigaréts ei hun.

Digon ar gyfer ffoto-ffit.

Daeth Morrissey o hyd i Dditectif Gwnstabl Smythe wrthi'n teipio'n araf unwaith eto, ac anfonodd ef i ofyn i Cedric Stanley a fyddai'n eu helpu i geisio creu llun tebyg i'r dyn a welodd.

Roedd Osgodby wedi gobeithio treulio'i nos Sul gartref, ac roedd yn ddrwg ei hwyl yn swyddfa Morrissey. Dywedodd yn flin, 'Oni bai am yr holl doriadau gwario, byddai yna ofalwr yn cadw golwg ar y fynwent. Byngalo da yn mynd â'i ben iddo oherwydd nad oedd y cyngor yn fodlon gwario ar gyflog. Yr un fath efo'r giatiau. Neb i'w cloi, felly maent ar agor drwy'r nos. Ond pam ddiawl y byddai rhywun isio mynd i le fel yne i garu, wn i ddim.'

'Wyddon ni ddim mai dyna wnaeth hi,' dywedodd Morrissey. 'Falle iddi gael ei gadael yno ar ôl iddi gael ei lladd; dylai'r *post-mortem* fedru dangos hynne inni.'

'Dech chi'n disgwyl iddo fedru gwneud, ydech chi? Byw mewn gobaith eto? Gobeithio'r gorau fel o'r blaen; pedair erbyn hyn, pump gyda'ch Katie chi, a den ni ddim callach.'

Rhoddodd Morrissey'r newydd iddo am Cedric Stanley, a lleddfodd hynny ychydig ar ofid Osgodby. Roedd y prif uwcharolygydd yn hoffi'r syniad o greu llun. Dech chi'n siŵr o hynny, ydech chi? Achos mi ddweda i wrthoch chi, John, mi rydech chi'n lwcus. Does gynnoch chi ond fi yn eich poeni chi, ond mae gen i'r prif gwnstabl yn udo am waed, ac ar hyn o bryd fy ngwaed i ydi o.'

'Dwi'n obeithiol,' meddai Morrissey'n annelwig.

'Anela am sicrwydd,' meddai'r prif uwcharolygydd, a throediodd yn drwm i fyny'r grisiau i'w swyddfa.

Daeth Barrett yn ei ôl gyda'r cyfeiriad roedd ei angen arnynt, ac roedd ef a Morrissey'n mynd allan drwy'r drysau siglo pan ddaeth Smythe i mewn gyda Cedric Stanley.

'Dim angen enwau,' dywedodd Stanley. 'Nid pan wyt ti'n edrych fel roeddet ti ar y bocs. A fi a ti'n gweithio efo'n gilydd, y? Bydd hynne'n rhywbeth i'w ddathlu am sbel. Falle mai fi fydd arno nesa.'

'Yn arbennig os medri di roi darlun da inni.'

'O, paid â phoeni am hynny. Mae gen i go' ffotograffig am wynebau, gofynna i Hilda ni. Dwi'n gweld rhywun unwaith, ac mae'r wyneb yna'n aros efo fi am byth. Dydi'r ddawn ddim gan bawb.'

Dywedodd Smythe, 'Albyms lluniau?' ac amneidiodd Morrissey, gan obeithio nad oedd Stanley wedi cynllunio dim ar gyfer y noson honno, oherwydd ni fyddai rhyw lawer o'r Sul ar ôl erbyn iddyn nhw orffen efo fo.

Roedd Barrett am wybod beth oedd ar gerdded.

Dywedodd Morrissey, 'Katie acw sy wedi cofio mwy. Mae'n debyg i'r ymosodwr deithio ar yr un bỳs â hi. Ac, os byddwn ni'n lwcus, gall Mr Stanley roi disgrifiad inni.'

'Mae'n hen bryd inni ddechrau gweld y golau,' cwynodd Barrett, ei feddwl yn dianc yn ôl at Michelle.

Roedd Malminster yn dref amrywiol iawn. Pe parciech chi gar yn rhy hir ar stad Coronation, fe ddiflannai capiau'r olwynion; ar y llaw arall, pe cerddech heibio'r filas Edwardaidd o boptu'r cae criced, fe welech fod y lle'n drewi o gyfoeth. Addaswyd rhai o'r tai yn fflatiau, a bu un o'r rheiny'n gartref i Natalie Parks.

Roedd gan Morrissey oriadau a gafwyd ym mag y wraig farw, ond rhag ofn bod rhywun yn byw efo hi, cnociodd cyn eu defnyddio. Cyntedd bychan bychan oedd yno, ond roedd nenfydau uchel i weddill y tŷ, a'r rheiny wedi'u haddurno hwnt ac yma. Un llofft oedd i'r fflat, wedi ei ddodrefnu mewn pîn du, ac un ystafell ymolchi a chegin fechan a oedd yn lliwgar ac yn ateb y diben. Roedd yr ystafell eistedd ar hyd wal hwyaf y tŷ, a chan fod ffenest ym mhob pen, roedd hi'n ystafell olau iawn. Roedd rhywfaint o flerwch yno er nad oedd hynny'n amlwg iawn.

Yn y pen pellaf, lle'r edrychai'r ffenest dros yr ardd gefn, safai bwrdd onnen crwn a phedair cadair ar fat Affgan crwn. Roedd mat tebyg ond hirsgwar o flaen grât haearn-bwrw oedd â thân nwy wedi ei adeiladu ynddi. Roedd dwy gadair ddu felfaréd foethus yn wynebu'i gilydd ym mhob pen i fwrdd coffi hir.

O'r ffenest flaen, ffenest fwa gyda sedd a gorchudd drosti'n ffitio'r bwlch, gellid gweld y cae criced yn glir. Yn erbyn y wal hir yr oedd rhes o gypyrddau onnen i gydweddu â'r bwrdd onnen, ac arnynt roedd gwahanol blanhigion tŷ, llyfrau, a phentwr o gylch-gronau a darnau o serameg. Doedd dim byd digon drudfawr yn yr ystafell i gyd-fynd â'r rhent mawr y byddai'n rhaid ei dalu am y lle—ar wahân i'r matiau Affgan, mae'n debyg.

A oedd rhywun yn talu am y lle drosti?

Yn y gegin, safai un cwpan, soser a phlât ar y bwrdd draenio, ac yn yr ystafell ymolchi roedd yna un brwsh dannedd ar ei ben ei hun, heb unrhyw daclau gwrywaidd yn agos ato. Ond roedd y silffoedd yn y cabinet yn yr ystafell ymolchi'n edrych fel petaen nhw wedi arfer dal mwy nag a wnaent yn awr. Fel petai rhywun arall eisoes wedi dileu pob ôl ohono'i hun o'r fflat.

Dyna'r argraff a gafodd Barrett hefyd. 'Rhywbeth ar goll,' dywedodd.

Tybiodd Morrissey y byddai pobl yn y rhan hon o Malminster yn cadw iddyn nhw eu hunain, ond efallai y byddai rhywun wedi sylwi ar ymwelydd cyson â Natalie ac wedi trafod y peth â rhywun arall. Gyda hynny mewn golwg, anfonodd Barrett i holi cwestiynau i'r fflat ar y llawr isaf, ac yn y cyfamser, defnyddiodd radio'r car i alw ar dîm swyddogion man-y-drosedd. Roedd angen rhywbeth arall arno hefyd: cyfeiriadau ar gyfer dau rif y daeth o hyd iddynt yn llyfr ffôn Natalie; un rhif ar gyfer 'Nev' wedi ei danlinellu, a'r llall ar gyfer 'Mam'.

Doedd dim syndod iddo mai'r un rhif ffôn oedd gan 'Nev' â Neville Harding, ond pan ddaeth yr ail gyfeiriad, roedd yn wynebu'r rhan waethaf o'i swydd. Doedd torri newydd am farwolaeth byth yn hawdd, ond roedd llofruddiaeth ar ben hynny'n ychwanegu at yr arswyd.

Aeth y prif arolygydd â phlismones efo fo i weld mam Natalie, a theimlodd ryddhad mawr o weld bod yna dad hefyd, ac nad oedd yn unig blentyn. Yna bu'n rhaid iddo ofyn i William Parkes ddod i farwdy'r ysbyty i dystio mai ei ferch oedd y corff, a gwylio ysgwyddau'r dyn yn crymu dan bwysau'r dasg.

Erbyn hyn roedd yr awtopsi hefyd wedi ei orffen, ac roedd Morrissey a Barrett yn yr ystafell *post-mortem* fechan gerllaw'r marwdy lle'r oedd Warmsby'n dal ymennydd Natalie Parkes yn ei ddwylo yn gwbl ddidaro. 'Dim niwed,' meddai eilwaith wrth y prif arolygydd. 'A golyga hynny bod ein ffrind wedi newid ei ddull o weithredu. Roedd y tair cyntaf wedi eu taro yn eu pennau, efo dwrn, mae'n debyg, cyn eu tagu.' Gosododd yr ymennydd yn ôl yn y fowlen ddur a chraffu ar Morrissey.

'Ydech chi'n 'y nilyn i?'

'Dwi'n meddwl 'mod i. Ond dwi ddim yn siŵr a ydw i'n licio be dech chi'n ei ddeud wrtha i, chwaith.'

'Do'n i ddim yn disgwyl ichi wneud,' meddai Warmsby, gan symud yn ôl at y bwrdd. 'A dech chi wedi gweld ei hewinedd, pob un wedi'i dorri. Mi ymladdodd hon, ac oddi wrth ongl y cwlwm, mi ddwedwn i ei fod o y tu ôl iddi. Tri darn o gortyn— ond heb eu plethu. Magl wahanol.' Cododd nodwydd grom ac edau sidan yn ymestyn ohoni a dechreuodd wnïo croen y pen yn ôl i'w le.

'Dech chi ddim 'di rhoi'r ymennydd yn ei ôl,' meddai Barrett, ei wyneb yr un lliw gwyrdd â'r ŵn theatr a wisgai.

'Dwi'n gwybod,' dywedodd Warmsby. 'Fydd mo'i angen arni bellach, ac mae'n sbesimen da.'

'Mae'n siŵr bod chwilio am ddyn efo olion ewinedd arno yn drywydd gwerth ei ddilyn,' dywedodd y prif arolygydd.

Cododd y patholegydd ei ysgwyddau. 'Mae'n fwy na thebyg mai crafu ei ddwylo a wnaeth, a'i fod o'n gwisgo menig. Mae'n gwestiwn gen i a fedrai ymestyn yn ddigon pell i fedru cyrraedd ei wyneb. Mi fyddwn yn gwybod i sicrwydd pan fydd fforensig wedi cael amser i edrych ar y toriadau ewinedd. Eich gwaith chi ydi penderfynu pam ei fod wedi newid ei ddull. Nid yn y fynwent y bu hi farw; awgryma dosbarthiad yr hypostasis ei bod wedi bod yn gorwedd yn ei phlyg ar ei hochr chwith am o leiaf hanner awr ar ôl marw—mae'n bur debyg mewn cist car.' Ac yna gan ddal y nodwydd yn llonydd, ychwanegodd, 'Roedd newydd gael cyfath-rach rywiol cyn hynny. Mae fforensig wedi casglu tipyn o bethau, felly falle y byddwch chi'n fwy lwcus gyda hon. Mae'n ymddangos iddo fod ar frys, ac yn ddiofal.'

'Os mai dyna'r newyddion da,' dywedodd Morrissey ag ochenaid drom, 'gellwch gadw'r newyddion drwg.'

20

Roedd yn hanner awr wedi naw ac eisoes wedi tywyllu pan ddychwelodd Morrissey a Barrett i fflat Natalie Parkes. Roedd y tîm swyddogion man-y-drosedd wedi gadael, a gyrrwr yr heddlu'n aros yn amyneddgar yn ei gar gyda'r goriadau.

Roedd y fflat yn teimlo'n wahanol y tro hwn, fel petai'r holl ddieithriaid fu'n tramwyo drwyddi wedi amharu ar ei hunaniaeth.

Wrth i Morrissey archwilio'r posibilrwydd mai'r un oedd y llofrudd a'r carwr, dywedodd Barrett, ac yntau yn ei gwrcwd yn ymyl cwpwrdd agored, 'Pa mor drylwyr yden ni am fod?'

Edrychodd y prif arolygydd ar yr holl betheuach a wasgwyd iddo. 'Pa mor farw ydi Natalie?'

Ochneidiodd Barrett a dechreuodd fynd drwy'r llanast. Gwyddai na fyddai'n helpu dim. Doedd chwalu drwy eiddo'r tair merch arall ddim wedi helpu—ar wahân i ddod ar draws taflen y gwerthwr tai ddiawl hwnnw. *Rob*! Efallai mai ffrwyth ei ddychymyg ydoedd.

Daeth Morrissey o hyd i'r albwm lluniau yn ei bwrdd gwisgo, yn llawn o luniau'r teulu a ffrindiau, a rhai o Natalie ei hun ar wahanol adegau yn ei bywyd. Roedd un yn amlwg yn un diweddar, lle'r oedd mewn parti yn gwisgo ffrog heb ysgwyddau. Roedd rhywbeth yn gyfarwydd ynglŷn â'r dyn oedd gyda hi, ond nid Neville Harding mohono'n bendant. Ar y cefn, roedd rhywun wedi ysgrifennu, *BT, Parti Blwyddyn Newydd.*

Cododd Morrissey ef o'r dudalen a'i roi yn ei

boced fewnol. Pan adawon nhw, aeth â'r llyfr ffôn gydag ef. Wrth i Barrett yrru'n ôl i'r pencadlys poenai Morrissey am y llefydd gwag yn y cabinet yn yr ystafell ymolchi.

Dywedodd Margaret, 'Wrth gwrs dwi'n cofio siarad am Neville Harding, ond ro'n i'n meddwl nad oeddet ti'n licio hel straeon.' Symudodd y sosban oddi ar y cwcer a'i wagio i fflasg gwddw llydan.

Ogleuodd Morrissey ef. 'Be 'di hwnne?'

'Hwnne,' meddai, wrth sgriwio'r cap yn dynn, 'ydi rhywbeth y dylwn i fod wedi meddwl amdano o'r blaen. Cawl—ar gyfer yr adegau pan wyt ti'n deud dy fod ti'n rhy brysur i nôl rhywbeth o'r cantîn.'

'Mae 'ne adegau,' dywedodd Morrissey'n ostyngedig, 'pan dwi'n teimlo nad ydw i'n dy haeddu di.'

'Mae 'ne adegau pan dwi'n gwybod hynny,' atebodd ei wraig, 'ond dwi ddim yn gadael i hynny fy nghadw i'n effro'r nos. Pam wyt ti isio cael gwybod am ei gariad?'

'Meddwl falle dy fod ti'n gwybod ei chyfenw, a thafodau merched yr ardal 'ma mor hir?'

Gwgodd Margaret arno. 'Diolch! A weles i ddim un heddwas yn prynu wrth ein stondin. Soniwyd am hynny fore dydd Gwener hefyd.'

'Mi anghofies i, mae'n ddrwg gen i. Wnaethoch chi lot o elw?'

'Cant a deugain o bunnoedd.' Eisteddodd a rhoi menyn ar ei thost. 'Natalie Parkes. Rŵan, dwed wrtha i pam rwyt ti isio gwybod.'

'Mi fuodd hi farw rywbryd yn ystod nos Sadwrn,' atebodd.

Gwelodd y braw ar wyneb ei wraig, a hithau wedi casglu'n syth mai Natalie oedd y bedwaredd, a theimlodd yn euog na ddywedodd mai copïo oedd y llofrudd hwn, mae'n debyg. Ond doedd o ddim wedi dweud hynny wrth neb eto, ddim hyd yn oed wrth Barrett, er, gyda'r holl ffeithiau ar gael, mi ddylai'r rhingyll fod wedi casglu hynny drosto'i hun.

Roedd Margaret yn meddwl am Katie, a pha mor agos y bu hi at farwolaeth. Dywedodd Morrissey, 'Roedd 'ne ryw sôn am y peth ar y newyddion neithiwr, ond doedd hi ddim wedi cael ei hadnabod bryd hynny, felly wnaethon nhw mo'i henwi.'

'Wnes i ddim gwylio'r teledu neithiwr—wel,' edrychai'n annifyr, fel petai wedi cael ei dal, 'roedd Mike a minne'n chwarae gêmau cyfrifiadur arno. A phaid â chwerthin.'

'Dwi ddim yn chwerthin,' dywedodd, gan wisgo'i siaced. 'Gobeithio na adewest ti iddo ennill.'

Gwenodd Margaret. 'Dwi'n meddwl mai fel arall y bu hi,' cyfaddefodd. 'Pam 'mod i'n teimlo fod bywyd yn mynd heibio'n rhy gyflym? Mae Katie wedi tyfu i fyny, a bydd Mike wedi'n gadael ni cyn imi gael cyfle i droi rownd. Nid iasau meidroldeb sy'n fy mhoeni, ond arswyd o weld y nyth yn wag.' Cododd ei golygon i edrych arno. 'Rŵan mi ddywedi di wrtha i mai dyna be 'di bywyd.'

Ddim bob amser, meddyliodd Morrissey. Roedd rhai rhieni'n casáu gweld eu plant yn tyfu i fyny gan fod eu hieuenctid yn edliw iddyn nhw yr hyn yr oedden nhw wedi ei golli. Doedd dim angen ei hatgoffa o hynny, a hithau ar y pwyllgor NSPCC.

Gallai ddweud wrthi nad oedd plant byth yn gadael cartref mewn gwirionedd, eu bod bob amser yn dod yn ôl; y byddai wyrion yn llenwi'r lle â chwerthin a sŵn unwaith eto, ond ni fyddai hynny o reidrwydd yn wir. Teimlai'n euog. Roedd bron i flwyddyn ers iddo fod yn ôl yn Settle, ers iddo fynd â Katie a Mike i weld ei rieni. Pan fydd yr achos hwn drosodd, meddyliodd, pan fydd gen i amser i chwythu . . . Cododd y fflasg. 'Den ni'n eu caru nhw ac maen nhw'n ein caru ni,' meddai'n swta. 'Mae'r gweddill yn nwylo rhagluniaeth.' Plygodd i'w chusanu. 'Pwy ŵyr—falle bydd yn rhaid inni eu gwthio allan o'r nyth.' Ond celwydd oedd hynny hefyd, fel y gwyddai Margaret yn rhy dda. 'Bydd yn noson hwyr eto heno; paid ag aros ar dy draed,' gorchmynnodd hi, ac aeth allan at ei gar.

I fyny'r grisiau, roedd Mike yn pwyso ar ei freichiau ar sil y ffenest yn gwylio'i dad yn gyrru i ffwrdd.


Roedd Natalie Parkes wedi gweithio fel derbynnydd i optegydd yn North Street, yn ôl yr hyn a gasglodd oddi wrth ei rhieni, er na wyddai'r un ohonyn nhw pwy roedd hi'n ei ganlyn. Teimlai Morrissey'n chwithig yn defnyddio'r gair 'canlyn', ond roedd yn llai creulon nag awgrymu y gallai'r dyn fod yn briod. Efallai y byddai angen defnyddio'r gair 'carwr' rywbryd eto. Er na ddisgwyliai gael hyd i unrhyw beth buddiol, anfonodd Barrett a Smythe i gasglu unrhyw eiddo a gadwai Natalie yn ei gwaith, ac i holi'r bobl oedd wedi gweithio gyda hi. Efallai fod ganddi ffrind fynwesol yno.

Yn y cyfamser roedd yn rhaid iddo wynebu'r prif uwch-arolygydd unwaith eto. Roedd gan Osgodby, a oedd yn drefnydd ac yn weinyddwr gwerth chweil ond nad oedd wedi dangos unrhyw fflach fel ditectif, y ffeiliau ar y pedair merch yn ei swyddfa, ac roedd yno'n sugno'i ddannedd. Teimlai ychydig yn hapusach wedi i'r ffoto-ffit gael ei ryddhau, ac roedd wedi dweud wrth y prif gwnstabl cynorthwyol yn gyfrinachol mai mater o amser yn unig oedd hi rŵan, a bod gwyliau pob un o'r staff wedi eu canslo a'r heddlu ar waith ym mhob twll a chornel o Malminster.

Ond difethodd Morrissey ei hwyliau da pan ddywedodd, 'Ond dyden ni ddim yn gwybod *i sicrwydd* mai'r dyn hwn ddilynodd Katie adre.'

Gan nad oedd yn croesawu siarad negyddol o'r fath, diystyrodd Osgodby y sylw. 'Codi bwganod heb unrhyw achos,' meddai. 'Ewch â chopi i Katie i weld beth ddywedith hi. Mae'n rhaid bod plismones ar gael os ydech chi'n brysur.'

Yna canodd y ffôn ar ei ddesg, a phwy oedd yno ond Susan Reed yn gofyn am Morrissey. Roedd wedi penderfynu dweud wrtho am Rob.

'Dech chi'n gweld?' meddai Osgodby. 'Mae pethau'n dechrau disgyn i'w lle.'


Roedd yn ddiwrnod dwl arall ac edrychai'r comin yn llwm ac yn foel pan barciodd y prif arolygydd ei gar o flaen y teras. Roedd Susan Reed fel gafr ar darannau, yn crwydro o gwmpas yn cyffwrdd pethau, yn codi'r naill beth a'r llall ac yna'n eu rhoi nhw i lawr. Arhosodd Morrissey'n amyneddgar iddi ddweud yr hyn oedd ar ei meddwl, a phan wnaeth, cafodd ei synnu.

Dywedodd mewn llifeiriant o eiriau, 'Does 'ne ddim dyn o'r enw Rob—doedd 'ne'r un erioed. Dech chi wedi'ch camarwain. Mae'n debyg bod y fodrwy a wisgai Gail yn gwneud ichi weld mwy o arwydd-ocâd yn y daflen nag y dylech. Dylwn i fod wedi ei ffeindio cyn ichi ddod, ac wedyn ni fyddai wedi ymddangos yn bwysig o gwbl.'

Ymataliodd Morrissey rhag gofyn pa fodrwy, a gwyliodd hi'n ymdrechu i dynnu'r fodrwy arian oedd ar ei llaw dde ei hun. Pan lwyddodd o'r diwedd, estynnodd hi iddo. 'Yr un enw sydd arni ag ar un Gail,' dywedodd.

Daliodd hi rhwng ei fys a'i fawd a gwelodd yr enwau *Gail-Rob*. 'Yn union fel ei hun hi,' dywedodd Susan Reed fel petai wedi cyrraedd pen ei thennyn, 'ond o chwith. Susan Robina Reed, Brif Arolygydd, dyna fy enw llawn. Mae'n debyg eich bod chi fel pob dyn arall yn fy ffieiddio.'

Rhai dynion, meddyliodd Morrissey, a rhai merched hefyd. Roedd bod yn wahanol bob amser yn beryglus.

'Biti na fasech chi wedi dweud wrtha i o'r blaen,' meddai, gan syllu i'r tywyllwch. Ddywedodd o ddim wrth Susan Reed nad oedd modrwy ar fys y ferch a lofruddiwyd. Gadawodd hi a'i phen yn ei phlu.

A oedd rhywun wedi ei dwyn? Daeth wyneb y swyddog nos yn y marwdy i'w feddwl, ac ochneidiodd.

21

Roedd tair ystad tai cyngor ym Malminster, ac ar adegau gwahanol roedd y dyn yr oedd Morrissey mor eiddgar i'w ddal, wedi byw ym mhob un ohonynt. Roedd y fflat roedd yn byw ynddi nawr ar chweched llawr bloc decllawr, lle'r oedd y grisiau concrid wedi eu gorchuddio â graffiti a phethau gwaeth.

Roedd y radio boced ar silff ffenest fudr y gegin yn craclo oherwydd y statig, ond drwy'r hisian a'r fflachiadau o sŵn fe glywodd am y llofruddiaeth yn y fynwent. Saethodd y newydd drwy ei ben a oedd yn pwnio wrth iddo lyncu rhagor o dabledi Paracetamol. Am ychydig, gwaethygodd y pwnio.

*Doedd o ddim wedi lladd nos Sadwrn. Doedd o ddim wedi bod yn agos i'r fynwent.*

Chwiliai am fŵg, ond gwelodd eu bod nhw i gyd yn y sinc. Roedd popeth yn y sinc! Gan ymbalfalu, cafodd hyd i'r hyn roedd ei angen arno, a golchodd ef yn frysiog dan y tap.

Ar adegau gwahanol yn ystod y bore ceisiodd ffonio Morrissey, ond bu'n rhaid iddo roi'r ffôn i lawr bob tro gan nad oedd Morrissey yno. Roedd yr anghyfiawnder yn ei frifo!

A hithau bron yn un o'r gloch, parciodd y tu ôl i dafarn yn ymyl Ffordd Brindley, lle'r oedd peint o gwrw chwerw a brechdan cig eidion a phicl yn costio punt pum deg. Roedd y newyddion lleol ymlaen ar y teledu wrth y bar, a phan ddaeth y ffoto-ffit, meddai'r landlord, 'Y bastard ddiawl'. Pwysodd ar y bar. 'Mae busnes i lawr ddeg y cant,' cwynodd

yn chwerw. 'Ddaw merched ddim allan. Hoffwn i
roi tro yn ei geilliau.'

Gan amneidio a'i geg yn llawn, cymerodd y dyn
y siaradai amdano ddracht o gwrw a gwylio gweddill
y newyddion.

Roedd y gadair y tu allan i ystafell Katie'n wag, a'r
drws ei hun yn gilagored. Roedd Hicks yn eistedd
yr ochr draw i'r gwely lle y gallai weld y drws heb
orfod troi, ei gadair yn gwyro ymlaen wrth iddo
symud ei ddynion gwyddbwyll. Pan ddaeth Morrissey
i mewn, ymsythodd yn reddfol nes i'r gadair wegian
wrth iddo roi ei bwysau'n llawn arni.

'Syr!' dywedodd Hicks, gan ddisgwyl cael ei
geryddu. Llithrodd dau ddarn i'r llawr.

'O! Dad!' crawciodd Katie. Diflannodd y cerydd.
Rhoddodd Hicks y gadair yn ei lle a gadael yr
ystafell.

Wrth i Morrissey wenu'n glên a gwirion ar ei
ferch, cododd y cwmwl du fu'n hofran dros bopeth
er dydd Gwener. 'Gweiddi'n barod!' Cofleidiodd hi.
'Arwydd da. Wyt ti'n ddigon da i edrych ar ffoto-
ffit?'

Tybed sut y byddai'n ymateb wrth weld y dyn; a
fyddai hynny'n tarfu arni? Ond edrychodd ar y llun
yn hollol oeraidd. 'Wyt ti wedi ei weld o erioed o'r
blaen?' gofynnodd Morrissey. Tagodd y 'naddo' yn
ei gwddw, ac yn ei dryswch estynnodd am y papur
ac ysgrifennu WEIRD, gan danlinellu'r gair sawl
gwaith.

Amneidiodd ei thad. 'Dydi o ddim yn Bryn Betingalw, mae'n wir,' dywedodd, gan feddwl am y poster yn llofft Katie ac anghofio'r enw. Daeth cysgod gwên dros ei hwyneb.

Roedd wedi hanner ofni y byddai'n crio neu'n colli pob rheolaeth arni ei hun, neu'n encilio i'w byd bach ei hun pan welodd yr wyneb a'i gysylltu â'r dyn a ymosododd arni, ond roedd yn berffaith hunanfeddiannol. Yn falch o hynny, ond yn siomedig nad oedd yn ei nabod, rhoddodd y ffoto-ffit yn ei amlen a phlygu i roi cusan sydyn iddi ar ei boch.

'Mi fydda i'n ôl pan fedra i,' dywedodd, ac estynnodd Katie ei breichiau a'i gofleidio'n egr fel plentyn pumlwydd.

Allan yn y coridor, roedd Hicks yn dal ar ei draed, a dywedodd Morrissey'n chwyrn, 'Well ichi orffen y gêm, ond paid â gwneud gormod o hyn,' ac i ffwrdd ag ef.

Aeth i'w gar heb wybod bod yr esgob diwyneb a symudodd Katie ar y bwrdd gwyddbwyll wedi llwyddo i wneud yr hyn na lwyddodd y ffoto-ffit. Gydag atgofion am yr ymosodiad yn llenwi ei meddwl a'i hwyneb ag arswyd, dechreuodd ymladd am ei gwynt a chydio yn ei gwddw. Yn ei ddychryn canodd Hicks y gloch. Pan ddaeth y nyrs, roedd Katie'n crio ar ysgwydd y plisman ifanc, ac yntau a'i freichiau amdani; teimlai y gallai aros yno am byth.

Erbyn i Morrissey gyrraedd yn ôl yn ei swyddfa, roedd Osgodby eisoes wedi gadael am gyfarfod ym Mhencadlys Heddlu'r Sir, ac nid oedd hynny'n siom i Morrissey.

Ar yr wyneb roedd Barrett yn ysgrifennu ei nodiadau, ond ar yr un pryd roedd yn meddwl tybed a ddylai sôn am yr hyn a'i poenai. Yn ei farn ef, manteisio ar ei gyfle wnaeth y llofrudd yn y tri achos cyntaf, ond cynlluniwyd y llofruddiaeth yn y fynwent yn fwriadol; roedd hynny'n amlwg i bawb. Doedd dim byd yn ffitio'r patrwm, ac roedd yn poeni am nad oedd y prif arolygydd wedi tynnu sylw at hynny. Cliriodd ei wddw a dal i ysgrifennu.

Dywedodd Morrissey, 'Gest ti unrhyw wybodaeth gan yr optegydd?'

Tynnodd Barrett wyneb hir. 'Dim byd o unrhyw werth. Mi wnes i hel ei heiddo personol a dod â nhw'n ôl yma, ond doedd yne ddim byd ond colur, beiros a newid mân. Mae yne ddau optegydd, ac un optometrydd, yn gweithio yno, pob un yn dweud y bydd colled fawr ar ei hôl. Ond mi fydden nhw'n dweud hynne, yn bydden? Dyna unig fantais marw. Holais am gariadon, a ches i fawr o wybodaeth am hynny, chwaith; roedden nhw'n gwybod bod ganddi rywun â digon o gelc, ond allen nhw ddim, neu wnaen nhw ddim, dweud ei enw. Mae'n debyg mai'r dyn BT yne yn y llun ydi'r un mwyaf tebygol; dwi wedi anfon Smythe i brysuro gyda'r rhifau ffôn.'

Amneidiodd Morrissey. 'A?'

'A be, syr?'

'Dwed di wrtha i,' meddai'r prif arolygydd, gan nabod ei ringyll yn ddigon da i wybod pryd roedd rhywbeth yn pwyso ar ei feddwl. Tybed pam roedd Barrett yn dal yn ôl? Pe gwyddai mai'r rheswm oedd bod Barrett yn meddwl nad oedd Morrissey wedi gweithio allan yr holl bosibiliadau, byddai wedi cilwenu, ond yn hytrach eisteddodd yn ôl ac aros, gan glywed y gadair ledr ddu yn gwingo o dan ei bwysau. Y llynedd roedden nhw wedi ceisio'i berswadio i gael cadair newydd, grandiach, i gydfynd â'r dodrefn, ond roedd Morrissey wedi dal ei dir a chadw'i afael ar yr hen un.

'Syr . . .'

'Ie, Neil?'

'Y llofruddiaeth olaf yma. Mae yne ormod o wahaniaeth yn y dull o fynd ati; den ni ddim fel pe baen ni'n chwilio am yr un dyn.'

'A mi sylweddolest ti hynne drosot dy hun, wnest ti?'

Edrychai Barrett fel pe bai wedi ei frifo, ac atebodd yn swrth, 'Mae'n ymddangos yn gasgliad rhesymol, syr, o ystyried y dulliau gwahanol.'

'Dwi'n falch dy fod ti wedi sylwi ar hynny,' dywedodd Morrissey. 'Ac mi rwyt ti'n berffaith iawn; mae yne gamgymeriadau ym mhob cyfeiriad y tro yma.'

Ciliodd y dryswch o wyneb y rhingyll. 'Rhywun roedd hi'n ei nabod,' dywedodd yn eiddgar. 'Rhywun a allai fynd o'r tu ôl iddi hi heb iddi ofni. Cariad.'

'Neu rywun na feddyliodd hi y byddai'n gwneud unrhyw niwed iddi,' awgrymodd y prif arolygydd.

'Mae hynny'n bosib hefyd.'

Daeth Smythe i mewn â'r rhestr enwau roeddynt yn aros amdani. Cymerodd Morrissey hi.

Dywedodd Barrett, 'Y cortyn garddio sy'n achosi'r broblem fwyaf. Gallai fod wedi cael y syniad o wrando ar y newyddion lleol ddydd Sadwrn, neu yn y papur fin nos, ond pe bai isio copïo byddai'n rhaid iddo fod wedi rhedeg allan i brynu peth, oni bai bod ganddo bellen wrth law. Beth bynnag oedd y sefyllfa, doedd hynny ddim yn gadael llawer o amser iddo gynllunio; ond mae gen i deimlad *iddo* gynllunio pethau, os dech chi'n gweld be dwi'n ei feddwl.'

Roedd y rhingyll wedi siomi'r prif arolygydd ar yr ochr orau. Roedd Barrett wedi dechrau meddwl. Atgoffodd eu sgwrs ef na roddwyd hawl i gyhoeddi'r wybodaeth am y cortyn garddio, a doedd neb wedi gwneud dim am hynny hyd yma.

Roedd hynny'n rhywbeth y gallai Smythe edrych i mewn iddo.

'Smythe, ei di i Swyddfa'r Wasg â 'nghyfarchion i, a thrio ffeindio pwy ollyngodd y gath o'r cwd ynglŷn â'r cortyn. A phan gei di wybod, hola pwy gafodd wybod gynta. Pwysa mor galed ag y medri di, a gwna'n siŵr eu bod nhw'n gwybod y bydda i'n pwyso hefyd os na chei di wybod.'

Symudodd Smythe ei ben ôl oddi ar ddesg Barrett. Byddai cael pwyso â sêl bendith swyddogol yn brofiad newydd.

Roedd yna rywbeth na wyddai Barrett eto, ond arhosodd Morrissey nes i'r ditectif gwnstabl fynd cyn dweud wrtho, gan ddyfalu'n gywir beth fyddai ymateb y rhingyll.

'Mi ges i wybodaeth newydd y bore 'ma,' dywedodd, 'gan Susan Reed. Mi gawn ni roi'r gorau i redeg ar ôl Rob, achos does 'na ddim y fath greadur yn bod.' Dywedodd wrth Barrett am ei ymweliad â Susan Reed, a gwelodd y siom ar wyneb Barrett yn troi'n ddicter.

Ffrwydrodd Barrett. 'Alla i ddim coelio faint o amser wastraffwyd yn chwilio am un o'r rheine!' Edrychai Morrissey'n siomedig â'i ymateb. Roedd Susan Reed yn iawn.

'Yden ni'n siŵr nad ydi hi'n dweud celwydd?' gofynnodd Barrett. 'Yn ceisio amddiffyn rhywun . . . Na,' Ysgydwodd ei ben. 'Na, dwi ddim yn mynd i ddilyn y trywydd yne eto.'

'Dwi'n falch o glywed hynne,' dywedodd y prif arolygydd. 'A phaid â bod mor gul. Ro'n i'n meddwl fod dy genhedlaeth di i fod yn un eangfrydig, yn credu mewn rhyddid i bawb wneud beth a fynn.'

'Mae rhai ohonon ni wedi tyfu i fyny,' dywedodd Barrett yn swta. 'Beth am y fodrwy sy ar goll? Dech chi isio i mi edrych i mewn i hynny rŵan?'

'Gwna'n siŵr nad yw ar y rhestr yn gynta,' dywedodd Morrissey, yn hollol siŵr ei hun nad oedd. 'Os nad yw, ffeindia pryd mae'r dyn yna sy'n glafoerio dros dudalen tri yn dechrau gwaith, a dos â Smythe efo ti i'w holi.' Dychwelodd ei lygaid at y rhestr o enwau a chyfeiriadau a gafodd gan y cwnstabl, a phob un yn gysylltiedig â rhif ffôn yn llyfr ffôn Natalie. 'Wyt ti'n gwylio tîm rygbi Malminster yn chware o gwbl?'

'Ddim yn ddiweddar.'

'Ro'n i'n meddwl, neu mi faset ti wedi nabod eu cefnwr nhw yn llun Natalie. Gobeithio na fydd o am ddadlau â ni neu mi allet ti fod mewn trwbwl.'

Ac yntau'n dalach o dipyn, a chydag ysgwyddau mor llydan ag unrhyw chwaraewr rygbi, gwenodd Morrissey'n rhadlon.

22

'Ro'n i'n dod i'ch gweld chi, p'run bynnag,' dywedodd Bill Thompson wrth iddo'u harwain drwy ei siop chwaraeon. Craffodd un o'r cynorthwywyr arnyn nhw wrth iddynt fynd heibio, ac ni wnaeth y cwsmer fawr o ymdrech i gelu ei chwilfrydedd, chwaith. Dilynasant y chwaraewr rygbi i'r storfa yng nghefn y siop, a oedd yn llawn sgidiau rygbi a sgidiau ymarfer ar silffoedd uchel, a chasys cardbord yn llenwi gweddill y llawr. Wrth ochr y drws roedd hen ddesg, a dwy gadair druenus yr olwg yn ei hymyl. Edrychodd Morrissey arnynt yn amheus a phenderfynodd sefyll.

Dywedodd Thompson, 'Roedd yn sioc clywed am Tally fel 'ne, ar y radio. Ro'n i wedi ei gweld ychydig cyn hynny, o leia . . . dim llawer cyn hynny, os buodd hi farw nos Sadwrn.' Syllodd ar lyfr nodiadau Barrett. 'Llaw hir?' dywedodd â diddordeb oeraidd. 'Rhaid ei bod yn anodd dal i fyny efo siaradwr cyflym.'

'Dwi'n sgwennwr cyflym,' atebodd Barrett yr un mor ddidaro.

'Faint o'r gloch ddwedsoch chi y gwelsoch chi Natalie Parkes?'

'Daeth hi i lawr i'r gêm brynhawn dydd Sadwrn a dod yn ôl adre efo fi wedyn. Dyna be dueddai i ddigwydd efo gêmau cartre. Dwi'n edifar na lwyddes i'w pherswadio i aros; mi fyddai wedi bod yn saff wedyn.'

'Faint o'r gloch adawodd hi?' gofynnodd Barrett.

'Tua naw.'

Gofynnodd Morrissey yn gwrtais, 'Pa mor glòs oeddech chi a Miss Parkes? Yn ddigon clòs i gael cyfathrach rywiol cyn iddi adael?'

Craffodd Thompson ar y prif arolygydd. 'Be ddiawl sy gan hynny i'w wneud â'r heddlu?'

'Lot fawr. Mae'r weithred ynddi ei hun yn ddiniwed, ond mi allwn ni gael gwybod drwy ffyrdd eraill os oes rhaid, felly pam na ddeudwch chi'n blaen, "do" neu "naddo"?'

'Doedd Tally ddim yn cysgu o gwmpas; nid un fel'ne oedd hi. Ro'n ni wedi bod yn gweld ein gilydd ers Nadolig, ac ro'n i isio iddi symud i fyw yma efo fi a gwneud y berthynas yn un barhaol, ond roedd rhaid iddi gael trefn ar bethau eraill gynta.'

Pan grymodd Thompson ei ysgwyddau a thynnu ei ên i mewn at ei frest cafodd Morrissey gipolwg ar sut y byddai'n edrych ymhen ugain mlynedd, pan fyddai'r gewynnau'n troi'n fraster. Roedd hynny'n ei atgoffa ohono ef ei hun. Gwthiodd yn galetach. 'Rywfodd neu'i gilydd, mae'n rhaid imi gael gwybod. Gawsoch chi gyfathrach rywiol?'

'Do,' dywedodd yn sych. 'Do, ac yna mi adawodd hi i fynd i gyfarfod â rhywun arall.'

'Pwy?'

'Dwi ddim yn gwybod 'i enw. Dyn busnes roedd hi wedi bod yn ei weld ers tua blwyddyn neu ddwy, ond roedd hi'n mynd i orffen efo fo. Buon ni'n siarad am y peth, a dyne be benderfynodd hi. Dwi'n gwybod ei fod yn briod ac efo digon o bres, achos mi ddigwyddodd gyfaddef mai ef oedd yn talu am y fflat drosti.'

'Mi wnaethoch chi ffraeo am hynne, wnaethoch chi?'

'Naddo, dim ffiars o beryg—roedd hynny cyn imi ddod i'w nabod hi.'

'Ond mae'n rhaid bod hynne wedi'ch poeni, methu cael gwybod pwy oedd o?' gofynnodd Barrett. 'Gwybod ei bod hi'n 'ch gadael chi i fynd ato fo. Annifyr. Digon i wylltio unrhyw ddyn.'

'Fel dwedes i, roedd hi'n mynd i orffen efo fo a dod i fyw ata i.' Hanner eisteddodd Thompson ar y ddesg, a dechreuodd honno ddangos y straen. Roedd y lliw tywyll wedi cilio o'i wyneb, ac roedd ei geg yn un llinell syth.

Doedd Morrissey ddim yn amau nad oedd y boen yn llygaid y dyn yn ddigon dilys; y cwestiwn oedd a oedd yna rywfaint o euogrwydd hefyd yn gymysg â'r galar. 'Be wnaethoch chi pan adawodd hi?' gofynnodd. 'Gerddoch chi gyda hi i'r dre, mynd â hi yn y car—ei dilyn hi?'

'Roedd gan Tally ei char ei hun; gadawodd yn hwnnw.'

Edrychodd Morrissey a Barrett ar ei gilydd. 'Mae'n debyg y gallwch roi inni'r mêc a'r lliw. A'r rhif cofrestru.'

Dywedodd Thompson, 'Fiat Panda du, 237 DBX. Dwy neu dair oed. L, dwi'n meddwl.'

'Roddodd hi lifft i chi, felly?' gofynnodd Morrissey. 'I'r dre, falle?'

'Mi yrres i fy hun,' dywedodd Thompson. 'I lawr i'r clwb, cael diod neu ddau, gêm neu ddwy o pŵl, rhywbeth i'w fwyta ac yna 'nôl adre.'

'Ac yn ddiamau mi welodd llawer o bobl chi yne?'

'Do, mae'n debyg, ond pam dech chi'n gofyn yr holl gwestiynau 'ma?'

'Be 'di mêc 'ch car chi?'

'Montego Estate.'

'Car neis,' dywedodd Barrett. 'Wedi ei barcio yn y cefn, ydi o?'

'Dyne lle gadawes i o.'

Dywedodd Morrissey, 'Ydech chi'n cael rhywun i lanhau'r car ichi neu ydech chi'n ei lanhau o 'ch hun?'

'Naill na'r llall. Dwi'n mynd â fo drwy'r peiriant yn y garej.'

'Dech chi wedi gwneud hynne heddiw, do?'

'Do. Pam? Pam mae hynny mor bwysig?'

'Mi hoffwn ichi roi'ch goriadau imi . . .'

'I be ddiawl . . .?'

'A gadael inni fynd â'r car i swyddfa'r heddlu i'w archwilio. Fe'i cewch yn ôl yn berffaith saff.'

'Na chewch!' dywedodd Thompson. 'Na. Sut gallech chi f'amau i? Mae'r peth yn hurt! Byddwn yn niweidio fy hun cyn cyffwrdd pen bys â Tally.'

'Mi allech chi wneud drwg mawr i chi'ch hun os na wnewch chi,' dywedodd Barrett. 'Gallwn ei symud efo'ch cydweithrediad, neu hebddo, ond ei symud o wnawn ni.'

Gan wgu'n herfeiddiol, plethodd Thompson ei freichiau.

Dywedodd Morrissey, 'Byddai'n well ichi gael y peth drosodd, dech chi ddim yn meddwl? Cytuno?'

'Nac ydw. Y tro ola imi weld Tally oedd naw o'r

169

gloch. Bydd yn rhaid ichi chwilio yn rhywle arall am ei llofrudd.'

'Yn gynta mae'n rhaid inni'n sicrhau'n hunain nad chi ydi o. Faint o'r gloch ydech chi'n deud adawoch chi'r clwb?'

'Ychydig ar ôl hanner nos. Mi rois i lifft adre i Kenny Hawkes.'

Gofynnodd Barrett yn gyflym, 'A'i gyfeiriad?' a chael gwg arall.

'Lôn y Deri, 24. Mi edryches i ar ddiwedd y ffilm arswyd efo fo ac yna gadael am adre tua hanner awr wedi un.'

Cymerodd oriadau o'i boced a'u rhoi ar y ddesg wrth ei ochr. 'Wn i ddim be dech chi'n chwilio amdano, ond chewch chi mono yn fy nghar i. A beth bynnag, bydd arna i 'i angen o i fynd i'r ffatri am ragor o stoc ddydd Mercher.'

'Mi fyddwn ni wedi gorffen efo fo erbyn hynny,' addawodd Morrissey, gan fawr obeithio y byddent. 'Ddywedodd Natalie Parkes wrthoch chi lle'r oedd hi'n gweld y dyn arall?'

'Yn ôl yn ei fflat.' Gwelodd Morrissey lygaid Thompson yn fflachio, a meddyliodd tybed ai dyma'r foment y sylweddolodd efallai mai'r dyn arall yn ei bywyd a oedd wedi ei ladd. Neu a oedd yna rywbeth arall? Ymlid ei euogrwydd ei hun, efallai.

'Wnawn ni mo'ch cadw chi ddim hwy,' dywedodd Morrissey, a chododd Barrett y goriadau a'u rhoi ym mhoced ei siaced. 'Ond hoffwn i wybod pa mor dda'r oeddech chi'n nabod Gail Latimer,' ychwanegodd.

Roedd Thompson wedi dechrau symud am y

drws, ond rŵan safodd yn stond. 'Doeddwn i ddim yn ei nabod hi o gwbl,' cyfarthodd, heb geisio cuddio'i dymer. 'Welais i rioed mohoni.' Ac aeth allan i'r siop, a'u gadael ar eu pennau eu hunain.

Cymerodd Morrissey'r alwad ffôn gyntaf ychydig cyn hanner awr wedi un pan oedd yn eistedd wrth ei ddesg yn suddo rhôl fara i gwpanaid o gawl Margaret. Adnabu'r llais ar ei union a gobeithiodd fod yr adran gyfathrebu wedi ei adnabod hefyd, ond rhoddodd arwydd i Barrett rhag ofn.

Roedd y galwr wedi ei gythruddo, ac roedd hynny i'w glywed yn glir yn ei lais. 'Edrychwch,' cwynodd yng nghlust Morrissey, 'doedd gan y ferch 'ne yn y fynwent ddim byd i'w wneud â fi. Dwi ddim isio i neb gyhoeddi fod ganddi gysylltiad â mi, hynny ydi os nad ydech chi am imi ymweld â'ch merch unwaith eto. Does dim brys; mi alla i aros tan y bydd hi allan.'

Cymerodd ychydig i Morrissey reoli ei dymer ddigon i fedru siarad, a sylweddolodd mai dyma'r math o ymateb greddfol roedd Osgodby wedi ei ofni. Pan siaradodd, roedd ei lais yn gryg. 'Gadewch inni gyfarfod i ddatrys hyn i gyd. Dim ond ni ein dau.'

'Does dim byd i'w ddatrys. Fi sy'n gyfrifol am dair; ond nid hon.'

'Yr un dull,' dywedodd Morrissey.

'Ar ôl i chi gyhoeddi i'r byd a'r betws, mi fyddai, yn byddai? Efallai na wna i aros, wedi'r cwbl. Mi welais i'ch gwraig heddiw, Brif Arolygydd, roedd hi'n brysur yn golchi ei char. Dynes smart.' Cliciodd y llinell, ac yna tawelwch.

Daeth Barrett yn ei ôl gan ysgwyd ei ben. 'Dim digon o amser.' Deialodd Morrissey ei rif gartref gan obeithio'r nefoedd bod Margaret yno, ond gan wybod nad oedd unrhyw reswm pam y dylai fod. Roedd ar fin rhoi'r gorau iddi pan atebodd.

'Mae'n ddrwg gen i, cariad,' dywedodd yn siriol. 'Ro'n i'n golchi 'ngwallt.' Yna newidiodd ei llais, a dywedodd yn frysiog, 'Nid Katie, nage? Mae Mike a fi'n mynd i'w gweld pan ddaw o adre.'

'Nage,' meddai Morrissey, 'dim byd i'w wneud â Katie; ro'n i isio clywed llais cyfeillgar. Dwi'n siŵr iti olchi'r car heddiw hefyd, yn do?'

'Seicig eto?' chwarddodd. 'Y bore 'ma, a dweud y gwir. Welodd rhywun fi?'

'Oes rhaid, a minnau'n seicig? Wyt ti'n cofio be ddwedes i am gloi'r drysau . . .?'

'A pheidio â gadael dynion diarth i'r tŷ. Ydw, wrth gwrs, ond dwi ddim yn mynd i gael fy ngwneud yn garcharor, chwaith. Os ydw i allan mae gen i fforch arddio i amddiffyn fy hun. Felly paid â phoeni.'

'Mi dria i beidio,' atebodd yn sychlyd, a theimlai'n well ar ôl rhoi'r ffôn i lawr.

Daeth yr ail alwad wrth iddo roi'r derbynnydd yn ôl yn ei le, ond roedd y llais hwn yn anaeddfed a chwrtais, gan ddweud, 'Dech chi ddim yn fy nabod i, syr, ond Colin Swift ydw i a dwi'n byw yn un o'r tai ar waelod y comin ar draws y ffordd i'r arhosfan bysys.'

'Ie,' anogodd Morrissey. 'Dwi'n gwybod pa rai dech chi'n ei feddwl.'

'Y peth ydi, dwi'n tynnu lot o luniau, a meddyliais falle yr hoffech chi weld rhai o'r rhai a dynnes i ar y diwrnod y digwyddodd un o'r llofruddiaethau.'

Eisteddodd Morrissey i fyny. 'Falle, wir,' meddai. 'Dech chi'n mynd i'w dangos nhw imi?'

'Os fedrwch chi ddod i 'ngweld i, achos alla i ddim dod atoch chi. Fase Mam ddim yn licio hynny. Ro'n i isio siarad efo chi o'r blaen, ond doedd hi ddim yn fodlon. Beth bynnag, mae hi wedi gorfod mynd allan am funud a dydi hi ddim yn gwybod 'mod i'n siarad efo chi, felly pan ddewch chi peidiwch â gadael iddi eich troi i ffwrdd, wnewch chi?'

'Dwi'n addo hynny i chi,' dywedodd Morrissey yn ddwys. 'Pa dŷ ydi o?'

'Rhif 12. Mi goda i law arnoch chi drwy'r ffenest. Wnewch chi ddod rŵan?'

'Ymhen tua chwarter awr,' dywedodd Morrissey.

'Iawn; mi fydd hi'n ôl erbyn hynny, neu fydde 'ne neb yma i'ch gadael i mewn.'

'Ond mi fyddech chi yne?' dywedodd y prif arolygydd.

'Mi weles i'r ambarél yn dod i lawr y bryn,' ychwanegodd y bachgen yn sydyn. 'Mi ges i lun da o hynny. Mi wnewch chi ddod, yn gwnewch?'

'Gwnaf,' atebodd, 'a dwi'n falch iawn eich bod chi am helpu.' Rhoddodd y ffôn i lawr ac edrych ar Barrett. Roedd y rhingyll yn cnoi yn gyflym, gan synhwyro ei fod yn mynd i gael llai o amser i ginio

173

nag roedd ei angen arno. Tywalltodd Morrissey ei gawl llugoer yn ôl i'r fflasg a sgriwio'r caead yn dynn. 'Ffotograffydd ifanc iawn oedd hwnne; mae ganddo luniau o'r comin tua'r adeg y lladdwyd Gail Latimer. Byddai'n hoffi inni eu gweld nhw,' dywedodd.

Ceisiodd Barrett lyncu gormod o fwyd yn ei frys i ddweud rhywbeth, a thagodd.

'Cymer dy amser,' dywedodd Morrissey'n ffeind, gan guro cefn Barrett yn galed. 'Mae gen ti o leia ddeg eiliad ar hugain.'

Wrth i Barrett sychu ei lygaid, ceisiodd beidio â gweld y wên ar wyneb y prif arolygydd.

23

Clywodd Louise Harding am y llofruddiaeth
ddiweddaraf gan y ferch y tu ôl i gownter y siop
*delicatessen* yn yr archfarchnad, ond doedd hi ddim
yn gwybod pwy oedd y ferch nes iddi glywed y
newyddion amser cinio. Cafodd fraw. Roedd llofrudd-
iaeth yn digwydd i bobl nad oedd neb yn ei adnabod.
Roedd hyn yn gysur i bawb. Nid oedd hynny'n wir,
wrth gwrs, ond dyna un ffordd o ddal i gredu yn yr
oes galed hon. Y dewis arall oedd llithro i anghof-
rwydd tawelyddion.

Cofiodd yr anghydfod amser brecwast ddydd
Gwener; roedd Neville wedi gwylltio'n gandryll, ac
am ychydig ofnai y byddai'n taro Mark. Nid dyna
fyddai'r tro cyntaf, ond roedd taro Mark yn ei lawn
dwf yn wahanol i'w daro'n hogyn. Tybed ai'r ffaith
ei fod yn ddigon mawr i daro'n ôl oedd wedi ei
atal?

Damio, meddyliodd yn boenus, pam ryden ni'n
byw fel petai'r pŵer i gyd gan Neville? Ac os oedd
ganddo'r pŵer, onid hi oedd ar fai am suddo i
hunandosturi yn lle gwneud rhywbeth am y peth?
Nid ymddangosai fel diawl hunanol mewn croen
pan briodon nhw gyntaf.

Ond fyddai o ddim, yn na fyddai? Doedd o ddim
yn ffŵl. Roedd o'n gwybod yn iawn be oedd o'n ei
wneud wrth fod mor glên, ie mor glên, wrth ferch y
bòs. Ac wedyn, wrth gwrs, roedd y plant.

Gwingodd unwaith eto wrth feddwl am farwolaeth
Natalie. Roedd Mark wedi ceisio cyfeirio llid y tad
oddi wrthi hi, dyna pam y soniodd am Bill Thompson,

a gwyddai hi, oni bai am hynny, y byddai ei gŵr, yn lle dod adre'n fuan wedi un ar ddeg, wedi bod gyda'i feistres nos Sadwrn. A byddai Natalie'n dal yn fyw. Oni fyddai?

Roedd y tŷ bron yn union gyferbyn â'r arhosfan, a phan ddaeth Morrissey allan o'r car cododd bachgen ei law o ffenest i fyny'r grisiau. Cododd y prif arolygydd ei law yn ôl.

Roedd yn amlwg o edrych ar ei hwyneb nad oedd y ddynes a agorodd y drws yn ei ddisgwyl. Dangos-odd Morrissey ei gerdyn warant a dweud, 'Hoffem gael gair â'r mab, Mrs Swift. Dydi o ddim wedi gneud dim o'i le, felly peidiwch â phoeni am hynny, ond rydyn ni'n meddwl falle bod ganddo rywbeth a fydd o help i ni.'

'O'r nefoedd, a doeddwn i ddim allan am fwy na phum munud!' dywedodd, ei thalcen yn llawn rhychau. 'Mi wnaeth o ddefnyddio'r ffôn a'ch galw chi, yn do? Ddylwn i fod wedi gwybod y byddai'n gwneud hynny. Ar ôl swnian cymaint, ddylwn i fod wedi gwybod.' Edrychai a swniai fel petai wedi cyrraedd pen ei thennyn, a cheisiodd Morrissey ddyfalu beth oedd wrth wraidd hynny.

Yn ystod yr holi o dŷ i dŷ roedd Mrs Swift wedi dweud nad oedd neb wedi gweld dim o'i thŷ hi. Meddyliodd Morrissey am funud ai twyllwr oedd y bachgen, yna cofiodd na fedrai fod wedi ffugio'r stori am yr ambarél ddu.

Ag arlliw o gwestiwn yn ei lais, gofynnodd, 'Does

176

dim drwg mewn ffonio'r heddlu, er hynny, nag oes?'

Bachodd ddarn o wallt cringoch y tu ôl i'w chlust, a gwelodd Morrissey, wrth ddyfalu ei bod oddeutu deg ar hugain oed, ei bod yn frychni haul i gyd o dan y colur. Beth oedd poen hon? Nad oedd y bachgen yn yr ysgol? Chwarae triwant?

'Does gen i ddim dewis, mae'n amlwg,' meddai'r wraig gan symud yn ôl oddi wrth y drws. Dilynodd Barrett y ddau arall i mewn a chau'r drws o'r tu ôl iddo. Arweiniodd hi nhw i fyny'r grisiau ac i ystafell wely fawr ym mlaen y tŷ a sêr llachar ar y nenfwd a lluniau sêr y byd pop ar y waliau.

Ar wahân i'r ddwy lygoden wen, y mochyn cwta a'r acwariwm, roedd y bachgen ar ei ben ei hun yn yr ystafell. Hogyn gwallt cringoch fel ei fam ydoedd, a chanddo lygaid mawr deallus, ond gwingodd Morrissey gan gydymdeimlad pan welodd pa mor anffurfiedig oedd ei gorff.

'Wel, Colin Swift,' dywedodd ei fam, 'rwyt ti wedi gwneud yn dda—prif arolygydd, dim llai. Dwi'n gobeithio bod y lluniau 'ne mor bwysig ag wyt ti'n 'i feddwl.' Pan glywodd yr hogyn dinc o ddiffyg amynedd yn ei lais yn hytrach na dicter, dechreuodd ymlacio. Gwenodd a symud ei gadair olwyn ymlaen, gan estyn ei law fregus i ysgwyd llaw â Morrissey, ac yna â Barrett. 'Mi ferwa i'r tegell,' meddai'i fam yn dawel, ac fe'u gadawodd ar eu pennau eu hunain.

'Mae gen i ddau gamera da; ydech chi isio'u gweld nhw?' Symudodd ei gadair y tu ôl i gabinet a oedd wedi ei osod yn sgwâr i'r ffenest; roedd y top

yn llawn lensys, llyfrau a thaclau ffotograffiaeth.
'Hasselbad ydi hwn,' meddai. 'Mae'n tynnu llun
manwl, ond Pentax ydi'r un dwi'n ei ddefnyddio
fwya.' Gwenodd unwaith eto. 'Wrth gwrs mi fedrech
ddweud ei fod yn gallu gwneud popeth ond meddwl.
Mae 'ne ffilm ynddo; trïwch o os liciwch chi. Mae
o'n barod ichi—does dim rhaid ichi wneud dim ond
gwasgu'r botwm.'

Cymerodd Morrissey ef a symud at y ffenest.
Cododd y camera at ei lygaid a gweld y comin wedi
ei leihau. Daeth o hyd i'r coed lle bu farw Gail
Latimer ac roedd ei fys yn hofran dros y botwm,
yna symudodd y camera at fan hufen iâ oedd wedi
stopio yn ymyl y gornel a chriw o blant wrthi.
Cliciodd y camera. Rhoddodd y camera yn ôl.
'Diolch. Wnei di roi gwybod imi sut lun fydd o?'

'Mi gewch chi gopi o'r llun, wrth gwrs. Ddewch
chi i'w nôl o neu dech chi isio i mi 'i bostio? Mi
fyddwn yn falch o'ch gweld chi eto.'

'Felly mi alwa i eto,' dywedodd Morrissey.
'Rŵan, beth am y lluniau 'ma sy gen ti, y rhai
wnest ti ffonio yn eu cylch?'

'Maen nhw yn yr amlen frown y tu ôl ichi. Pam
na wnewch chi eistedd am funud? Mae Mam yn dod
â phaned o de inni. Gewch chi fy holi amdanyn nhw,
os liciwch chi.' Casglai'r prif arolygydd oddi wrth
yr eiddgarwch yn ei lygaid mai ychydig o bobl
fyddai'n tywyllu'r tŷ.

Dechreuodd Barrett, 'Ga . . .' ond mygwyd ei lais
gan edrychiad Morrissey. Eisteddodd Morrissey mewn
cadair ac agor yr amlen. Roedd y lluniau'n ddu a

gwyn ac yn glir iawn, dim niwlogrwydd nac arwydd bod y camera wedi ysgwyd.

'Roeddwn yn defnyddio'r treipod,' dywedodd Colin.

Nodiodd Morrissey gan edrych ar yr ambarél ddu yn powlio i lawr y llechwedd, wedi ei dal ar hanner cylch. A Malcolm Livesey'n dod o'r arhosfan i'w hachub; un arall ohono a'r ambarél yn ei law, yn sefyll yn edrych ar y comin. 'Yden nhw yn eu trefn?' gofynnodd, a nodiodd Colin. Aeth yn ei ôl i'r un cyn yr ambarél, dim byd. Ond y ddelwedd cyn hynny oedd y coed, a dangosai'r un cyn hynny yr ambarél unwaith eto, yn fechan, yn cael ei chario gan rywun a'i daliai yn erbyn y glaw. Daliodd ei wynt.

'Ai hi oedd hi?' gofynnodd y bachgen, gan swnio mor debyg i Mike.

'Yr hyn sydd ei angen arna i mewn gwirionedd yw chwyddiadur, ond wnaiff Mam ddim gadael imi gael un.'

'Pam?'

'Ddim tan Dolig,' meddai ei fam, gan ddod i mewn efo'r hambwrdd. 'Mae Siôn Corn yn rhy dlawd weddill y flwyddyn.' Edrychodd yn glên ar ei mab. 'Wedi bod yn dweud dy gŵyn?' gofynnodd iddo.

'Do,' atebodd, gan dynnu coes. 'Dweud nad wyt ti'n 'y mwydo i a 'mod i wedi mynd fel hyn achos dy fod ti wedi 'ngadw i mewn cês. A rŵan mae'r plismyn yn gwybod!' Edrychodd ar Morrissey a Barrett.

'Mae gen i ffilmiau gangster da. Humphrey Bogart,

James Cagney, George Raft; dwi'n meddwl y baswn i wedi licio byw yn y dauddegau. Mi gewch chi wylio un os ydech chi isio.'

Atebodd Morrissey, gan yfed ei de yn frysiog fel Barrett, 'Mi faswn wrth fy modd, ond does gynnon ni mo'r amser. Falle pan ddo i i nôl y llun.'

Edrychai Colin wrth ei fodd. 'Mi ddewisa i'r un gorau a'i gael o'n barod ichi.' Edrychodd ar yr amlen yn llaw Morrissey. 'Ga i'r rheine 'nôl pan fyddwch chi wedi cael golwg iawn arnyn nhw?'

'Gyda llawer o ddiolch gan y CID,' meddai Morrissey gan wenu a chodi. 'Wela i di'n fuan, Colin. Rwyt ti'n giamstar ar dynnu lluniau.'

Pan aethon nhw i lawr y grisiau, gofynnodd mam Colin, 'Ydyn nhw'n mynd i fod o help gwirion-eddol neu ai ceisio codi ei galon oeddech chi?'

Edrychodd Morrissey arni. 'Ai dyna pam nad oeddech chi isio iddo fo siarad efo ni, rhag ofn iddo fo gael ei siomi?'

Nodiodd ei phen. 'Siom mae o wedi'i gael drwy gydol ei fywyd.'

'Falle mai'r rhain,' meddai Morrissey, gan gyffwrdd â'r amlen, 'ddaw â'r wybodaeth bwysicaf hyd yma.'

'Yden nhw cystal â hynne?' gofynnodd Barrett wrth iddyn nhw fynd i mewn i'r car.

Cododd y prif arolygydd ei law at ffenest y llofft. 'Nac yden. Maen nhw'n well.'

24

Roedd car heddlu wedi dod o hyd i gar Natalie
Parkes wedi ei barcio mewn cilfan yn ymyl Coed
Brindley, ac erbyn i Morrissey gyrraedd ei swyddfa,
roedd eisoes wedi ei dynnu i mewn i garej yr
heddlu. Roedd y tîm fforensig yn mynd i fod yn
brysur rhwng ei char hi a Montego Thompson.
Roedd y gilfan yn ddigon agos i fflat Bill Thompson,
ond doedd hynny'n profi dim, gan mai dim ond ffŵl
fyddai'n gadael rhywbeth mor amlwg ar garreg ei
ddrws.

Anfonwyd lluniau a negyddion Colin Swift i'r
labordy gyda chais i fanylu ar ardal y coed. Nawr
roedd Morrissey bron â marw eisiau siarad â Neville
Harding ond doedd dim byd i'w gysylltu ef â'r
ferch farw, dim ond y si a gafodd gan Margaret.
Ond doedd Harding ddim yn gwybod hynny.

Ac yntau ar bigau'r drain, meddyliodd tybed pam
nad oedd yna ddim byd ar ei ddesg gan Smythe, a
pham nad oedd y ditectif gwnstabl fel petai yn yr
adeilad. Anfonodd Barrett i chwilio amdano.

Dechreuodd yr adroddiadau fforensig lifo i mewn,
ac roedd yn ingol ymwybodol bod amser yn mynd
heibio wrth iddo'u darllen. Yna gwyddai ei fod yn
iawn, a bod Barrett yn iawn; roedd y llofrudd hwn
wedi gadael olion, wedi bod yn flêr. O dan ewinedd
y ddynes darganfu'r adran fforensig olion lledr
brown—nid menig rwber melyn y tro hwn. A dan
ewin ei bys bawd de, gelloedd croen rhywun arall.

Cododd Morrissey ei galon am ennyd. Canfu'r
archwiliad o'i horganau rhywiol flew melyn, rhai

Bill Thompson, mae'n debyg, ac ar gefn ei ffrog roedd darnau meicroscopig o wlân Aran llawn olew. Roedd yna bethau eraill hefyd; roedd ci wedi gwneud ei fusnes ar y glaswellt y tu ôl i'r bedd, ac roedd ôl esgid ymarfer rwber yn hwnnw, a gadwyd yn sych gan gorff Natalie; ar ddau ben y cortyn roedd olion lledr brown yr un fath â'r lledr o dan yr ewinedd; a chafwyd ffibrau o rỳg car tartan ar ei theits, ei ffrog, ei gwallt a'i chroen.

Dau gariad, y naill fel petai'n siŵr ohoni, a'r llall ar fin ei cholli. Roedd yr awydd i weld Neville Harding yn cryfhau.

Wrth iddo godi o'i gadair, daeth Barrett yn ei ôl yn gynnwrf i gyd gan ddweud, 'Den ni wedi cael galwad yn dweud bod yne ddyn sy'n treulio'i amser i lawr o gwmpas y cei sy'n cyfateb i'r ffoto-ffit, ac mae Smythe ac Arolygydd Beckett wedi mynd i'w nôl.'

Syllodd Morrissey arno gan feddwl tybed a fyddai popeth yn gorffen mor rhwydd â hynny. Roedd yn aros yn yr ystafell gyhuddo gyda Barrett pan ddaethon nhw yn eu holau. Roedd y dyn yn ffitio'r disgrifiad a gawson nhw gan Cecil Stanley i'r dim. Y gwallt blêr a'r sbectol, oglau tybaco'n drwm, y peiriant rowlio mewn un boced o'r siaced guddliw, ac mewn un arall gasgliad o fonion sigaréts yr oedd wedi eu hel. Dan yr arlliw o farf edrychai wedi dychryn. Deuai oglau arall o'i gyfeiriad hefyd; oglau dyn heb ymolchi ers tro, a doedd Katie na Stanley ddim wedi crybwyll hynny.

Edrychodd Morrissey ar drwynau crychlyd ei gydweithwyr gan wybod na fyddai neb wedi gallu anwybyddu'r oglau. Edrychodd ar Beckett. 'Fforensig gynta. Swabs o'r corff. Toriadau, briwiau, ac anfon y dillad i ffwrdd.'

'A bath, ddweden i,' meddai Beckett, gan grafu ei glun. 'Pryd dech chi isio gair ag o?'

'Ar ôl y bath,' dywedodd Morrissey, wrth i law rydd Smythe symud y tu fewn i'w siaced a chopïo Beckett. 'Does dim brys; dydi o ddim yn mynd i fynd i nunlle.'

Dadleuodd Barrett, 'Fydde 'ne byth ddau ddyn tebyg i hwnne ym Malminster; mae'n rhaid mai fo ydi o!'

'Felly wir?' meddai Morrissey, gan obeithio fod Barrett yn gwylio'r bỳs o'i flaen a oedd newydd arwyddo ei fod yn troi i'r dde. 'Ar wahân i'r ffaith bod cryndod arno, mi fydden nhw wedi clywed ei ogle filltir i ffwrdd. Mae o'n drewi fel burgyn.'

'Falle fod hynny'n fwriadol, i'n twyllo ni.'

'Fel y siaced,' dywedodd Morrissey. Tynnodd ei wynt ato wrth i Barrett droi i'r chwith yn sydyn a chael bwlch rhwng y bws a'r pafin. 'Braidd yn rhy newydd i fynd efo'r gweddill ohono, a phe bait ti'n gweld unrhyw un arall yn gyrru fel yne, mi fyddet ti'n ei fwcio.'

'Falle mai act ydi'r cryndod a'r drewdod,' meddai Barrett. 'Mae 'ne ddigon o lefydd ichi godi drewdod os ydech chi wir isio gwneud hynny. Beth am y ffarm foch yn Lôn y Cei, er enghraifft? Pan fo'r gwynt yn dod o gyfeiriad fanne ar ddiwrnod cynnes mae 'ne oglau tebyg iawn iddo fo.' Rhoddodd arwydd ei fod yn tynnu i mewn a throdd i'r maes parcio wrth ochr y ffatri bapur newydd. 'Be sy'n gwneud ichi feddwl mai Harding ydi'r cariad?'

'Pan briodi di,' dywedodd y prif arolygydd, 'mi weli di fod gan ferched rwydwaith rhyfeddol ar gyfer cael gwybod be sy'n digwydd o'u cwmpas.'

'Be dach chi'n feddwl, bod yr hen wragedd yn siarad a bod Mrs Morrissey wedi cael achlust o rywbeth?' meddai Barrett yn ddifeddwl. 'Mae hynne cystal â chael sgowtiaid di-dâl.' Diffoddodd yr injan ac yna, pan welodd wyneb Morrissey, dechreuodd dynnu ei eiriau'n ôl. 'Nid 'mod i'n awgrymu bod Mrs Morrissey'n perthyn i unrhyw giwed o'r fath,' dywedodd yn fyngus. 'Dim ond ei bod yn beth da ei bod yn cael gwybod am y pethau 'ma.'

Aeth Morrissey allan o'r car a chau'r drws yn glep. Gweodd ei ffordd yn gyflym rhwng y ceir oedd wedi'u parcio yno gan adael Barrett i geisio'i ddilyn o hirbell. Wrth y fynedfa yn y cefn yr oedd un lle parcio a'r gair *EDITOR* arno. Roedd BMW glas tywyll wedi ei barcio yno. Edrychodd y prif arolygydd i mewn iddo wrth basio a sylwi nad oedd yno rỳg dartan.

Roedd Morrissey wedi cwrdd â Harding sawl gwaith o'r blaen, ond heb erioed gymryd ato. Cryfhaodd y teimlad hwnnw wrth iddyn nhw wynebu ei gilydd yn swyddfa'r golygydd. Roedd gan Harding wyneb cryf, gydag esgyrn mawr a thro heriol yn ei ên; ond awgrymai'r cryfder benderfyniad i gael ei ffordd ei hun, doed a ddelo, yn hytrach na chadernid cymeriad. Doedd o ddim yn falch o gael Morrissey yn ei swyddfa.

'Mae wyneb gynnoch chi, yn gwthio i mewn i fan hyn!' dywedodd. 'Be sy'n bod—oedd y sylwadau golygyddol diwetha wedi'ch sigo chi? Eich dal chi'n cysgu?'

Anwybyddodd Morrissey yr herio. 'Welsoch chi Natalie Parkes nos Sadwrn, ar ôl iddi adael Bill Thompson?'

'Be goblyn dech chi'n ddeud? A dweud y gwir, dwi ddim yn credu 'mod i am glywed. Dydech chi ddim y math o blisman dwi'n 'i hoffi, yn dilyn pob rhyw chwilen ddaw i'ch pen. Cerwch i ddal 'ch heliwr yn lle busnesa.'

Bwriwyd Barrett oddi ar ei echel ar ôl gorfod rhedeg fel ci bach ar ôl Morrissey ar hyd y maes parcio. Roedd wedi rhedeg ei fysedd drwy ei wallt, twtio'i fwstás a thynnu ei wasgod i'w lle wrth wrando, ond rŵan anghofiodd bopeth am hynny ac arhosodd i Morrissey golli ei dymer, gan ysgrifennu'n gyflym yn ei lyfr i ddal i fyny.

'Natalie Parkes,' taranodd Morrissey. 'Mi gawsoch chi fflat iddi wrth y cae criced, talu ei rhent a chael eich gwobr am hynny. Peidiwch â thrafferthu gwadu hynny—mae 'ne dystion. Ellwch chi ddim cuddio hynne dan y carped, ddim efo merch fel Natalie. Rŵan mi ofynna i eto: Welsoch chi hi nos Sadwrn?'

Fel dau ddaeargi, ysgyrnygent ar ei gilydd dros ddesg Harding. 'Dech chi'n rhy hwyr!' gwaeddodd Harding. 'Rhy hwyr ddiawl, fel arfer! Roeddwn i wedi gorffen efo'r ast ddauwynebog. Yn gwario fy mhres ac yn rhannu gwely â Bill Thompson.'

'Pryd?' gwaeddodd Morrissey. 'Nos Sadwrn? Roeddech chi newydd gael gwybod, yn doeddech? 'Ch balchder wedi'i frifo, felly mi lladdoch chi hi.'

'Ro'n i adre,' brathodd Harding. 'Adre am un ar ddeg. Be wnewch chi rŵan?'

'A be sy'n gwneud ichi feddwl na laddwyd moni cyn hynny?' meddai Morrissey, ei lais yn dawel a melfedaidd bellach. 'Hyd y gwn i, does neb wedi sôn am amser hyd yma.'

'Nid dyna'r pwynt, nage?' dywedodd Harding. 'Dwi'n dweud pryd y cyrhaeddais i adre, dim byd arall. Defnyddiwch eich synnwyr cyffredin. Mae yna gymaint o gyplau yn Lôn y Cariadon, dim ond ffŵl fydde'n mentro gwneud dim cyn hanner nos. Ac nid ffŵl ydw i.'

'Gadawodd Natalie Bill Thompson am naw o'r gloch i gwrdd â chi,' meddai Morrissey. 'Be ddigwyddodd wedyn?'

'A phwy sy'n dweud hynne? Bill Thompson? Dyne be fydde fo'n 'i ddeud, yndê? Pam ydech chi mor siŵr 'i bod hi wedi'i adael o o gwbl? Cafodd 'i atal rhag chwarae am dri mis y llynedd am roi llygad du i chwaraewr yn ei dymer. Dech chi wedi anghofio hynne? Falle iddo golli ei dymer efo Natalie.'

'Hoffwn i edrych yng nghist eich car,' meddai Morrissey. 'Y BMW sy wedi'i barcio y tu allan, yndê? Chymerith hi ddim yn hir.'

'Does dim rhaid imi ddangos dim ichi,' meddai Harding. 'Ond mi wna i, achos mi wnaiff hi stori dda ar gyfer y penwythnos.' Daeth o'r tu cefn i'w ddesg a chamu allan o'r swyddfa heb aros am yr un ohonynt. Llamodd i lawr y grisiau ddwy ris ar y tro tuag at y fynedfa gefn.

Roedd y gist yn fawr, ac ynddi hen ddigon o le i gorff Natalie Parkes. Rŵan roedd yn wag. Gwelodd Barrett nad oedd yno rỳg car, ac roedd wedi ei siomi braidd wedi i'r prif arolygydd swnio mor siŵr o'i bethau. Roedd wedi disgwyl gormod.

Caeodd Harding y drws yn glep a rhoi ei oriadau yn ei boced. 'Wedi gweld digon?'

'Do,' meddai Morrissey, ei wyneb fel carreg. 'Dyne grafiad cas sy gynnoch chi ar 'ch garddwrn dde.'

'Y goeden rosod,' meddai Harding, gan edrych arno'n ddidaro. 'Brif Arolygydd, roeddwn i yn Bournemouth pan laddwyd y ferch ddiwetha ac yn gweithio yma pan laddwyd y ferch cyn hynny. Peidiwch â cheisio fy fframio i. Dwi'n rhy fawr a pheryglus.'

Daeth car i'r maes parcio a thynnu i mewn i'r lle gwag. Gwelodd Morrissey mai'r gohebydd oedd yn y fynwent oedd yno, yn llawn cynnwrf.

Dywedodd Harding, 'Be sy wedi digwydd, Ken?'

'Maen nhw wedi arestio rhywun, yn tyden? Neu o leia,' edrychodd yn betrus ar Morrissey, 'mae gynnon nhw'r cymeriad 'ma sy'n ffitio'r ffoto-ffit, a'r sôn ydi mai mater o amser ydi hi.'

Taflodd Harding ei ben yn ôl a chwerthin. 'Nefoedd fawr, Morrissey, dydech chi ddim yn gwybod be sy'n digwydd o fewn eich swyddfa eich hun.'

Cymerodd Morrissey gam ymlaen, a chan ddal ei ddwylo'n llac yn ei ymyl, dywedodd, 'O, ydw, Mr

187

Harding, yn llawer gwell nag y gwyddoch chi. Ac mi hoffwn i chi ddod i lawr efo mi i ateb rhai cwestiynau yng ngorsaf heddlu Malminster. Does dim rhaid ichi ddweud dim ond . . .'

'Y diawl gwirion, cerwch o'r ffordd! Mae gen i waith i'w wneud,' a throdd Harding i fynd i mewn i'r adeilad, gan godi dwrn yn fygythiol ar Morrissey, ond roedd Morrissey wedi cael gafael yn ei fraich a gwthiodd ef y tu ôl i'w gefn.

'. . . gellir cofnodi unrhyw beth a ddywedwch chi a'i ddefnyddio fel tystiolaeth yn eich erbyn,' gorffennodd Morrissey, a'i wthio tuag at y car heddlu.

25

'Er mwyn y Tad,' meddai Osgodby, 'dech chi'n gwybod pwy sy gynnoch chi i lawr yne? Ydech chi wedi ei gyhuddo'n swyddogol eto?'

'Ddim eto,' dywedodd Morrissey, gan ymbaratoi i dderbyn yr ergyd.

'Os ydech chi wedi gwneud camgymeriad, dyne fydd ein diwedd ni,' cwynodd y prif uwcharolygydd. 'Roedd y golygyddol yr wythnos diwetha'n ddigon drwg, ond y nesa . . .' Ysgydwodd ei ben. 'Ac mae pawb yn gwybod sut roeddech chi'n teimlo ar ôl yr ymosodiad ar Katie. Dech chi'n ymbalfalu yn y tywyllwch ac yn cyhuddo un ar ôl y llall. Yn gyntaf Appleby, wedyn mae gynnoch chi rywun tebyg i'r ffoto-ffit yn y celloedd, a rŵan Harding. Wir, John, dech chi'n dreth ar amynedd dyn, a dwi isio ichi ddatrys y llanast 'ma cyn iddo gyrraedd clustiau'r prif gwnstabl.'

'Mae o wedi ei ddatrys,' dywedodd Morrissey. 'Dwi ddim yn honni bod Harding wedi lladd y tair arall. Dweud ydw i mai fo laddodd Natalie Parkes.'

'Gobeithio bod gynnoch chi brawf o hynny.'

'Mi fydd gen i,' dywedodd Morrissey, 'os ca i lonydd ac amser.' Gwenodd yn wan. 'A gwŷs i chwilio. Allwn ni ddim dal yn ôl oherwydd pwy ydi o, a gallai fod yn anodd.'

'Damio chi, John, pam na fasech chi'n deud yn gynt nad oedd marwolaeth yr hogan Parkes yne'n gysylltiedig â'r lleill? Dech chi'n rhoi gwybod dim i mi; dwi newydd ddod yn ôl o Bencadlys y Sir, a dyma hyn fel huddug i botes. Y cwbl sy gynnoch chi ydi tipyn o glebran, crafiad gafodd gan goed rhosod, ac yntau'n rhoi alibi cyn i chi ofyn am un. A dech chi'n mynd i'w grogi am hynne?'

'Dwi'n mawr obeithio,' meddai Morrissey.

Ond roedd hi'n ddigon posibl, hyd yn oed os oedd yn iawn, y byddai'n anoddach na hynny. Efallai bod y siwmper a'r rỳg wedi cael eu golchi, a'r esgidiau ymarfer wedi eu glanhau. Efallai y bydden nhw wedi cael eu rhoi i siop elusen leol neu eu gadael ar domen sbwriel. Tybed a fyddai Louise Harding, a hithau'n gwybod am garwriaeth ei gŵr, yn dal am ei helpu os oedd yn euog? Doedd Morrissey ddim yn deall teyrngarwch merched. Wyddai o ddim pam yr aen nhw'n ôl dro ar ôl tro at ddyn a fyddai'n eu curo drachefn, neu yn treulio'u bywydau'n aros am ddynion a âi'n ôl i'r carchar cyn iddyn nhw gael amser i groesi'r trothwy.

Roedd gofid Osgodby yn dechrau dangos. Os âi pethau o chwith, nid Morrissey fyddai'r unig un fyddai'n gorfod cario'r baich. Sugnodd ei ddannedd. 'Bydd yn well i'r chwilen yma dalu ffordd, John. Mae'n debyg mai teimlad greddfol yw naw deg y cant, a deg y cant yn rhesymeg fel y tro diwetha?'

Gwenodd Morrissey eto, gan wybod bod Osgodby'n cyfeirio at lofruddiaethau Little Henge.

Cofiodd Osgodby fel y bu i deimlad greddfol Morrissey ddwyn ffrwyth y tro hwnnw, ac ochneidiodd. 'Wna i ddim dy ddal di'n ôl, felly,' meddai, a nodiodd Morrissey ei ben i gytuno ag ef ac yna'i adael i boeni ar ei ben ei hun.

I lawr y grisiau, roedd cyfreithiwr Harding yn creu helynt, ac yn ymddwyn yr un mor ymosodol â'i gleient. Pan welodd Morrissey, ffrwydrodd. 'Dyn o gymeriad fel Neville Harding yn y celloedd! Gwyliwch chi! Mi fyddwch chi mewn dyfroedd dyfnion y tro hwn; y mae yna'r ffasiwn bethau â phwyllgorau disgyblu, wyddoch chi. Dwi am i fy nghleient gael dod allan yn rhydd, neu mi ga i *habeas corpus*.'

'Mi gewch chi drio,' dywedodd y prif arolygydd, 'ond mi wyddoch na fyddai'n gweithio. Mae gynnon ni hawl i gadw unrhyw un ar gyfer ei holi—hyd yn oed chi, os yw'r dystiolaeth yn cyfiawnhau hynny.'

'Bygythiad yw hynny?'

'Nage, ffaith,' dywedodd Morrissey, gan gamu heibio iddo a gadael y broblem i rywun arall. O'r tu ôl iddo, clywodd y cyfreithiwr yn dweud, 'Mi a' i at y prif gwnstabl,' a gwingodd gan wybod mai Osgodby fyddai'r cyntaf i ddioddef llid hwnnw.

Roedd yr Hardings yn byw ar ochr ddwyreiniol Malminster, lle'r oedd y dre'n ymestyn i'r wlad. Hen dŷ ydoedd, gyda ffenest bob ochr i'r drws, a phortico a roddai olwg hunanbwysig iddo. Rhaid ei bod hi'n costio ffortiwn i gynhesu lle fel hwn, meddyliodd Morrissey. Roedd y dreif graean yn mynd am i lawr o'r tŷ at y ffordd, ac âi o gwmpas ynys o lwyni llarwydd a rhododendron. Roedd Barrett wedi gyrru'n ofalus ar hyd-ddi, ond er hynny clywai'r cerrig mân yn tasgu ac yn taro'r car.

'Byddech chi'n meddwl y byddai o'n ei darmacio,' cwynodd pan gyrhaeddon nhw. Wnaeth Morrissey ddim byd mwy na chodi ei aeliau, gan fod Barrett yn ddiarhebol am ei yrru gwyllt. Edrychodd Barrett ar y tŷ. 'Dwi'n meddwl y dylen ni fod wedi dod â thipyn o help,' dywedodd. 'Mae'n rhaid bod yma saith neu wyth llofft.'

'Gawn ni weld sut aiff hi,' meddai Morrissey. 'Gallwn ni alw am fwy o help dros y radio os bydd angen.'

Disgwyliodd weld morwyn neu howscipar, ond yn lle hynny Louise Harding ei hun a ddaeth at y drws. Ni phetrusodd ddim cyn eu gadael i mewn, a dechreuodd Morrissey feddwl pam nad oedd yn synnu eu gweld. Yna dywedodd wrtho.

'Mae cyfreithiwr Neville wedi ffonio,' meddai. 'Dech chi'n ymchwilio i farwolaeth Natalie Parkes, yn dydech?'

Roedd gwraig Harding yn gwisgo esgidiau sodlau uchel, ond ni chyrhaeddai ei phen ysgwydd y prif arolygydd, a golygai hyn fod yn rhaid iddi ddal ei phen yn ôl i edrych arno. Mae'n siŵr iddi fod yn eithaf siapus ar un adeg, ond roedd yn prysur besgi, a'i gwallt yn britho, ac ni cheisiai guddio'r ffaith. Sylwodd ei bod hi'n gynnil wrth ymbincio, yn wahanol i amryw o ferched ei hoed hi a fyddai'n dibynnu'n drwm ar golur. Dangosai'r rhychau ar ei hwyneb na fu ei bywyd heb ei broblemau.

Doedd dim modd i Morrissey osgoi y cwestiwn ingol, felly fe'i gofynnodd yn blwmp ac yn blaen, 'Wyddech chi fod eich gŵr yn cyboli efo Natalie Parkes?' Arhosodd i weld ai syndod neu ddicter a welai gyntaf, ond ni welodd yr un o'r ddau.

Heb betruso dim, atebodd, 'Wrth gwrs, mae o

192

wedi bod yn mynd ymlaen ers dros flwyddyn. Allwch chi ddim cadw pethau'n dawel mor hir â hynny. Yn bendant nid yn Malminster, yn enwedig os yw'n ymwneud â dyn fel Neville a'i fercheta.' Roedd yna eironi yn ei llais. 'Mae yna bethau gwaeth yn digwydd, a dydi'r rheiny'n mennu dim ar bobl. Anffyddlondeb Neville oedd yn fy mhoeni ynglŷn â Natalie, nid yr ochr rywiol, er na synnodd hynny mohona i.' Yna craffodd yn galed arno a gofyn, 'Allwch chi ddychmygu'r peth?—gweithred fach ddigri fel yne yn achosi cwymp dyn!'

'Na allaf,' dywedodd Morrissey, yn falch na fyddai yna ddagrau na gwadu. 'Alla i ddim. Wyddoch chi lle'r oedd eich gŵr ddydd Sadwrn?'

'Yn chwarae golff y rhan fwyaf o'r amser. Yna aeth allan gyda'r nos a dod adre tua un ar ddeg.'

'Ydech chi'n cofio be oedd o'n 'i wisgo?'

'Pryd? Ar gyfer y gêm golff neu wedi hynny? Gadewch imi weld. Mae ganddo bâr o drowsus glas siec, roedd o'n gwisgo'r rheiny i chwarae golff, efo crys glas a siwmper Pringle felen. Yn hwyrach mi newidiodd o i siwt lwyd dywyll a chrys gwyn. Dyne be dech chi am gael gwybod?'

'Nid siwmper Aran?'

'Does ganddo'r un. Neu o leia welais i rioed mono fo'n gwisgo un. Falle'i fod o'n cadw rhywfaint o ddillad yn fflat Natalie, a dwi ddim isio gwybod dim am hynny. Falle bod isio delwedd iau arno yno.'

'Wyddoch chi lle'r aeth o nos Sadwrn?'

'Wnes i ddim trafferthu ei holi am hynny. A phe bawn i wedi gofyn fyddai o ddim wedi dweud wrtha i.'

'Dech chi'n onest iawn.'

'Fydden i ddim wedi bod, ychydig ddyddiau'n ôl, ond dwi wedi bod yn ailystyried pethau ers ddoe, ac wedi sylweddoli y dylwn i fod wedi wynebu llawer o bethau yn lle cogio nad oedd dim o'i le. Mae hi'n anodd i ferched fy nghenhedlaeth wneud hynny. Rŵan dwi'n trio bod yn onest efo mi fy hun.' Edrychodd ar y papur a dynnodd Morrissey o'i boced. 'Ai gwarant i chwilio'r tŷ ydi honne?'

'Ie,' atebodd Morrissey. 'Mae'n ddrwg gen i.'

'Ble dech chi am ddechrau?'

'Ble bynnag roedd eich gŵr yn cadw'i ddillad.'

'Yr ail ystafell ar y dde; mae f'ystafell i drws nesa iddo, a'r mab, Mark, yr ochr arall. Mae'r tair ystafell arall yn wag rŵan, wedi i'r ddau blentyn hynaf adael cartre.'

Symudodd Barrett am y grisiau a gofynnodd Louise Harding, 'Gymwch chi baned? Waeth imi fod yn sifil.' Aeth yn ôl i'r cyntedd ac i'r gegin.

Dywedodd Barrett, 'Feddylies i ddim y byddai hi mor dawel â hynne. Sioc, falle? Byddai canfod bod ei gŵr yn y ddalfa am fod ei gariad wedi cael ei llofruddio wedi gyrru'r rhan fwyaf o wragedd yn orffwyll.'

'Does gen ti ddim llawer o feddwl o ferched,' dywedodd Morrissey. 'Well iti fod yn ofalus neu falle y dôn nhw i wybod, a wnâi hynny fawr o les iti! Sut hwyl wyt ti'n ei gael gyda Janet Yarby y dyddie 'ma? Dydi hi byth wedi dechrau meirioli?'

Byddai crybwyll y blismones bob amser yn cyffwrdd â man gwan Barrett, oherwydd po fwyaf y ceisiai Barrett ei denu, pellaf y ciliai'r ferch oddi wrtho. Edrychodd Morrissey dros ei ysgwydd a chael boddhad pan welodd bod Barrett wedi teimlo'r binsiad.

Doedd dim siwmper Aran yn llofft Harding, ond roedd tri phâr o esgidiau ymarfer, pob un ohonyn nhw'n gymharol newydd, a dim un â baw ci wedi sychu ar y gwadnau. Yna aethant i lofft y wraig a gweld dim ond ei phethau hi, tra oedd llofft y mab yn sobr o debyg i lofft Mike, efo posteri a system hi-fi. Ond roedd darluniau a phaentiadau heb eu fframio yno hefyd, ac roedd hyd yn oed llygad amatur Morrissey'n gallu gweld bod yno ddawn. Cofiodd fod mab Harding, fel Katie, yn mynd i'r coleg celf.

Barrett, wrth wagio'r fasged dillad budr yn yr ystafell ymolchi ddaeth o hyd i'r siwmper, a phan aethant â hi i lawr y grisiau a'i dangos i Louise Harding, ysgydwodd ei phen gan ddweud, 'O na, nid Neville sy piau honne. Mark sy piau hi. Fi wnaeth hi iddo fo.'

Gofynnodd Barrett, wrth ei gwthio i fag plastig, 'Oedd eich mab yn nabod Natalie Parkes hefyd? Oedd o'n flin bod ei dad yn cyboli efo hi?'

'Nag oedd.'

'Nag oedd, doedd o ddim yn gwybod, neu doedd dim ots ganddo?'

'Oedd, roedd o'n gwybod; nagoedd, doedd o ddim yn flin. Pam ddyle o fod? Dydi o rioed wedi meddwl fod ei dad yn sant.'

'Ond falle na fydde'n hoffi gweld yr effaith arnoch chi?'

'Am syniad hurt,' meddai, gan edrych yn boenus.

195

Gofynnodd Morrissey, 'Oedd eich mab gartre nos Sadwrn?'

Ysgydwodd ei phen. 'Nag oedd, mi aeth i ddisgo'r myfyrwyr. Daeth yn ôl ar gefn moto-beic Peter Heslop tua un o'r gloch y bore.' Rhwbiodd ei dwylo fel petaent wedi oeri'n sydyn a dywedodd, 'Mi dywallta i'r te.'

Ysgydwodd Morrissey ei ben. 'Rhyw dro arall, falle. Ydi'ch gŵr yn cario rŷg yn ei gar?'

'Dwi ddim yn meddwl. Mae yna hen un yng nghwpwrdd y cyntedd; arferem ei ddefnyddio pan aem ar bicnics ers talwm, ond mae hi'n fwy na rŷg car arferol.' Aeth i'r cyntedd ac agor y drws o dan y grisiau, gan gynnau'r golau fel y gallai weld. Wrth iddi ymestyn i dynnu blanced oddi ar y silff, plygodd Barrett a chodi pâr o esgidiau ymarfer llawn mwd, a chydiodd gwraig Harding yn dynn yn y flanced a dweud mai Mark oedd piau'r esgidiau ymarfer hefyd.

26

Roedd angen i'r dyn a ddygwyd i mewn o'r cei gael cyfweliad, ac roedd Arolygydd Beckett wedi cytuno i wneud hynny, a Barrett wedi cytuno'n groes i'r graen i rannu'r gwaith. Dadleuodd Morrissey y dylai Barrett, gan fod yr achos ar flaenau ei fysedd, fod yno yn barod i godi unrhyw ddarnau a fyddai'n ffitio'r patrwm. Ond amheuai Barrett nad oherwydd ei wybodaeth fanwl o'r achos roedd Morrissey am iddo fod yn bresennol mewn gwirionedd, ond er mwyn iddo fod yn absennol o rywle arall.

Roedd yn hwyr yn y dydd wrth i Morrissey yrru i mewn i faes parcio'r coleg celf. Roedd dosbarth-iadau'n gorffen am hanner awr wedi pedwar, ond roedd Mark Harding wedi aros ymlaen, fel y gwnâi yn aml, i weithio yn nhawelwch y stiwdio ar greu portffolio o'i waith. Roedd dyrnaid o fyfyrwyr eraill wrthi'n gwneud yr un peth, ac fe'u synnwyd pan dorrodd Morrissey ar eu traws. Roedd y prif arolygydd wedi penderfynu siarad â Mark ar ei ben ei hun yn fwriadol, gan ddilyn ei reddf. Un diwrnod fe wnâi gamgymeriad, a dyna fyddai ei diwedd hi. Ond nid heddiw, a phan glywodd yr atal dweud a boenai Mark, roedd yn falch nad oedd Barrett yno; byddai wyneb arall wedi ychwanegu at y straen.

Ar y llawr hwn o'r adeilad, roedd pob swyddfa wedi ei chloi, a'r unig le addas ar gyfer y sgwrs oedd stiwdio fechan lle nad oedd neb yn gweithio. Edrychodd Morrissey'n ymholgar ar y byrddau hir, y fframiau trwm a'r potiau o baent lliwgar ar y silffoedd.

'Sg-Sg-Sgrin-brintio,' meddai Mark, gan gau ei lygaid wrth ymdrechu i gynhyrchu'r gair cywir. Chwifiodd ei freichiau i ddangos yr ystafell, a damniodd Morrissey ef ei hun am beidio holi mwy ar Louise Harding am ei mab. Ai nam lleferydd yn unig ydoedd? Daeth merch bryd tywyll ddel i mewn gan roi ei braich am Mark a'i gofleidio fel petai'n frawd bach iddi. Ond doedd Mark ddim iau na hi, er bod y wên a roddodd yn awgrymu diniweidrwydd un iau.

'Wyt ti'n iawn neu wyt ti am i mi aros?'

'Den ni'n iawn,' atebodd Morrissey'n gadarn. 'Rhaid imi gael siarad â Mark ar ei ben ei hun.'

'Am mai'r heddlu ydech chi.' Cododd ei haeliau a rhoi hergwd chwareus i Mark. 'Wedi bod yn dwyn lolipops plant bach unwaith eto! Mi ddwedes i y caet ti dy ddal ryw ddiwrnod, yndo?'

'Nid f-f-fi!'

Gwenodd, a gadawodd yr ystafell. Wrth iddi fynd allan dywedodd Mark. 'C-laire,' a throdd ei lygaid yn ei ben.

'Mae hi'n edrych ar dy ôl di, ydi hi?' gofynnodd Morrissey. 'Hen hogan iawn. Mae fy merch i'n fyfyriwr celf.' Roedd Mark yn amlwg wedi'i synnu. Dywedodd y prif arolygydd, 'Katie Morrissey; mae hi'n dy nabod di.'

'H-h-hogan dd-ddel, ond r-rêl b-bòs,' meddai Mark. Hanner gwenodd Morrissey gan gofio dawn siarad Katie.

Dywedodd y prif arolygydd, 'Dwi wedi bod yn siarad â dy fam—mi ddwedodd hi ei bod wedi gwau siwmper Aran iti, un neis, mi welais i hi. Pryd wisgest ti hi ddiwetha?'

Crychodd Mark ei dalcen, ysgwyd ei ben a dweud, 'P-p-pythefnos 'n-n-nôl.'

'Roedd yna bâr o drenyrs Adidas yng nghwpwrdd y cyntedd, dy rai di; ôl traul, ond yn gyfforddus.'

'Rh-rh-rhy fach.' Pwysodd Mark yn ôl ar y bwrdd y tu ôl iddo a chodi ei ddwy droed oddi ar y llawr. Roedd y sgidie pêl-fas canfas yn faint naw o leiaf, gyda'r logo Converse All-Star dros y ddau figwrn. Ond gellid gwasgu traed i sgidie llai pe byddai diben gwneud hynny.

Dywedodd Morrissey yn yr un llais cyfeillgar, 'Oeddet ti'n nabod Natalie Parkes?' a gwridodd y bachgen hyd at ei glustiau. Symudodd ei geg yn ddi-eiriau. Ochneidiodd Morrissey, gan sylweddoli y gallai'r broses fod yn un hir. Po fwyaf poenus fyddai pethau i Mark, anoddaf fyddai iddo siarad. Dywedodd, 'Dwi'n meddwl y dylet ti fynd adre rŵan. Pam na roi di dy bethau i gadw? Mi ro' i lifft iti.'

Heb anghytuno dim, aeth Mark i'r ystafell fwy a dechrau hel ei bethau.

Rhoddodd Claire ei phensil i lawr a dod atynt. 'Dydi o ddim mewn helynt go iawn, ydi o?' gofynnodd, gan wgu a rhoi'r argraff y byddai'n rhedeg i amddiffyn Mark pe byddai'n cael ei fygwth. Rhoddodd y myfyrwyr eraill y gorau i weithio er mwyn eu gwylio; Mark oedd yr unig un a edrychai fel pe na bai dim yn bod.

'Mae dwyn lolipops bob amser yn drosedd ddifrifol!' meddai Morrissey. 'Ond fel mae'n digwydd, dwi'n rhoi lifft adre i Mark. Est ti i'r disgo nos Sadwrn?'

'Fyddwn i'n colli disgo?' Cododd ei breichiau a dechrau siglo dawnsio. 'Mae pawb yn mynd . . . wel, bron pawb.'

'Beth amdanat ti, Mark? Oeddet ti yno?'

Nodiodd Mark. Dywedodd Claire, 'Y coblyn lwcus, cafodd reid adre ar gefn Kawasaki newydd Pete. Mae rhai pobl yn cael y lwc i gyd.'

'Faint o'r gloch oedd hynny? Ar ôl i'r disgo orffen?'

'Mm. Tua hanner awr wedi deuddeg. Fy nhro i yr wythnos nesa.'

'B-barod,' dywedodd Mark, gan gau sip ei fag, a gyda chôr yn dynwared seiren car heddlu y tu ôl iddynt, aeth ef a Morrissey allan o'r stiwdio ac i lawr y grisiau.

Edrychodd Louise Harding yn syn i ddechrau, ac yna braidd yn boenus pan welodd ei mab gyda'r prif arolygydd, ac arhosodd Morrissey hyd nes roedd Mark i fyny'r grisiau ac allan o glyw cyn gofyn ai atal dweud yn unig oedd arno.

Cododd sŵn cerddoriaeth bop o'r llofft ac yna distawodd ychydig. Dywedodd Louise Harding wrtho sut y bu iddi syrthio i lawr y grisiau pan oedd yn cario Mark ac i hynny achosi diffyg ocsigen. Synhwyrodd Morrissey ei bod yn dal i deimlo'n euog, ac nid oedd am ychwanegu at hynny. Dywedodd, 'A wyddai Mark y cyfan am berthynas ei dad â Natalie Parkes?'

Cymerodd anadl ddofn ac edrych i lawr ar y carped. Bu'n ddistaw am dipyn. Yna penderfynodd ddweud wrth Morrissey am yr anghydweld fore dydd Gwener. 'Dwi'n meddwl mai dyna pam y gorffennodd Neville â hi,' dywedodd. 'Byddai'n gas ganddo feddwl bod gan Natalie rywun arall; mae e'n feddiannol iawn o'i bethau.'

Os mai dyna'r tro cyntaf i Neville Harding glywed am Bill Thompson byddai hynny wedi ei gynddeiriogi. Digon efallai iddo deimlo awydd ei lladd. Ac os oedd Natalie wedi cyfaddef hynny nos Sadwrn, ac wedi dweud bod popeth drosodd, dyna fyddai'r ergyd olaf. Ni fyddai dyn fel Harding yn medru dioddef cael ei fwrw o'r neilltu. Ond mae'n rhaid ei fod wedi penderfynu ymlaen llaw, ac wedi cynllunio i fod yn glyfar er mwyn iddo ymddangos fel ymosodiad arall gan yr un llofrudd. *Ond ni wyddai bod angen plethu'r cortyn.*

Dywedodd Morrissey, 'Dwi ddim wedi dweud wrth Mark am ei dad. Fedrwch chi wneud hynny?'

'Dywedodd Fred Burridge mai camgymeriad oedd y cyfan.'

Ond ni wyddai cyfreithiwr Harding yr holl ffeithiau. 'Dywedwch wrtho, beth bynnag,' meddai'r prif arolygydd. 'Dydi hynny ddim ond yn deg, a byddai'n well i chi ddeud wrtho nag iddo glywed gan rywun arall.'

Dywedodd Louise Harding, 'Ond doedd o ddim yn nabod y tair merch arall. Yn wir, doedd o ddim yma pan fu farw'r ail; roedd wedi mynd i Wapping i gyfarfod y golygyddion. Un o'r cyfarfodydd hynny lle bydd y golygyddion lleol yn cael teimlo'n bwysig.'

Dywedodd Morrissey, 'Dyden ni ddim yn chwilio am y math yne o gysylltiad.'

Deallodd. 'Diolch,' meddai, 'am ddod â Mark adre.'

Roedd hi'n hanner awr wedi chwech, a gwyddai Morrissey fod y diwrnod yn prysur fynd rhwng ei ddwylo. Roedd wedi dysgu tipyn, ond roedd llawer mwy i'w wneud. Ni wyddai a ddylai deimlo'n falch ai peidio fod Tim Beal yn aros amdano.

'Meddyliais y byddai'n well imi ddod pan ddwedodd Mam eich bod chi wedi galw heibio,' dywedodd Tim. 'Wyddwn i ddim am y peth hyd nes imi ddod yn ôl heddiw.' Roedd golwg flinedig a phoenus arno, a chofiodd Morrissey sut roedd wedi colli ei ben am ei ferch. 'Mi basies i Katie hanner ffordd i lawr y Dreif. Pe byddwn wedi rhoi lifft iddi weddill y ffordd . . . mi feddylies i am y peth, wel, dech chi'n gwybod . . . mi feddylies am wneud hynny, ac yna mi feddylies—wel, wnaiff hi ddim mynd allan efo fi, mi gaiff hi blydi wel cerdded.' Rhoddodd ei ben i lawr. 'Mwya ffŵl fi!'

'Wyddet ti ddim bod 'ne unrhyw berygl iddi,' dywedodd Morrissey. 'Welest ti unrhyw un y tu ôl iddi hi?'

'Naddo, ond mi feddylies imi weld rhywun yn troi i mewn i un o'r tai. Mae'n debyg mai fo oedd o'n osgoi golau'r car.'

'Ie, mae'n debyg,' dywedodd y prif arolygydd. 'Does gen ti ddim syniad sut un oedd o?'

'Dim ond cysgod,' dywedodd Tim. 'Ga i fynd i weld Katie?'

'Wela i ddim rheswm pam lai; mae hi'n well rŵan. Mae'n debyg y bydd yn falch o weld rhywun.' Allai o ddim deall pam na chymerai Katie at Tim. Roedd Morrissey ei hun yn reit hoff ohono. Efallai mai dyna beth oedd o'i le; roedd o'n rhy dderbyniol.

Doedd rhieni Margaret ddim wedi gwirioni ei bod hi'n canlyn plisman. Meddyliodd, braidd yn hwyr, tybed a oedd hynny'n rhan o'i apêl iddi. Doedd dim pwynt poeni am hynny rŵan. Yna cofiodd sut y cododd ei wrychyn yn hollol reddfol pan welodd Hicks yn ystafell Katie.

Aeth i lawr y grisiau i chwilio am Beckett, gan geisio dadansoddi pam roedd Tim yn llawer mwy derbyniol yn ei golwg na'r cwnstabl ifanc. Ni chafodd hyd i'r ateb. Roedd yr Arolygydd Beckett yn y cantîn, plât gwag o'i flaen, a mŵg o goffi ar ei hanner ar y bwrdd. Roedd Barrett gydag ef.

'Gwastraff amser llwyr, dyna oedd o,' dywedodd Beckett pan welodd Morrissey. 'Wedi llwyr ddiffygio. Dech chi'n gwybod y sbectol fechan 'ne? Dydi o ddim yn gallu gweld drwyddi, nag ydi? Mae o'n deud bod yna ryw ddiawl wedi 'i gadael yne tra oedd o'n cysgu; y dillad hefyd.' Gwgodd pan na chafodd unrhyw ymateb gan Morrissey. 'Roeddech chi'n gwybod, yn doeddech?'

'Ro'n i wedi ame,' cyfaddefodd y prif arolygydd, gan eistedd a rhoi gwth i fŵg gwag Barrett. 'Os wyt ti'n nôl un arall,' ychwanegodd, 'tyrd ag un i mi. Gwan!' gwaeddodd ar ôl Barrett.

'Mae'n debyg mai sgitsoffrenig ydi o wedi ei ryddhau ar y cynllun gofal yn y gymuned,' meddai Beckett. 'Ellwch chi gyfiawnhau hynny? Mae o'n cysgu allan i lawr yn y cei rywle ers wythnosau. Ac mae wedi rhedeg allan o feddyginiaeth.' Yn ddigalon, edrychodd ar Barrett yn dod yn ôl. 'Mae o'n dal yne yn aros i'w weithiwr cymdeithasol ddod ato i roi trefn ar bethau.'

'Wel,' meddai Morrissey, 'mi wyddon ni un peth. Ni chafodd y dillad eu gadael yno'n ddamweiniol—roedden ni i fod i'w codi.'

'Ro'n i wedi gweithio hynny allan fy hun,' meddai Beckett. 'Mae'r boi 'ma den ni'n chwilio amdano yn dipyn o gerdyn.'

'Ond erbyn hyn fe wyddon ni ei fod o'n mynd heibio'r cei yn ddigon aml i wybod fod—be maen nhw'n ei alw o?'

'Billy Rush.'

'I wybod fod Rush yne,' meddai Morrissey. 'Mae o'n dechrau gwneud camgymeriadau.'

'Os ewch chi i fyny Lôn y Cei mi ddewch chi at y parc lle bu farw Susan Howarth,' meddai Barrett.

Ymsythodd Beckett. 'Byddai'n werth cadw golwg, dech chi'n meddwl?' gofynnodd i Morrissey.

'Mae hynny'n un dewis,' cyfaddefodd y prif arolygydd, 'ond mae llawer o bobl yn cymryd y llwybr tarw hwnnw.' Lapiodd ei ddwylo am y mŵg o'i flaen, a syllodd i'r gymysgedd dywyll. Roedd Harding yn euog, doedd dim dwywaith am hynny, a rŵan teimlai ei fod yn dynesu at y dyn arall hefyd. 'Yden nhw wedi dod i ben â chwyddo'r lluniau yne eto?' gofynnodd i Barrett.

'Ar eich desg ers awr.' Edrychodd ar Morrissey'n llyncu ei goffi ac yn gwneud stumiau. 'Mi ofynnes i am baned wan,' meddai hwnnw.

Estynnodd Beckett ato. 'Dewch â fo yma,' meddai. 'Dwi wedi bod yn ysu i roi llond ceg i rywun.' Aeth â'r mŵg yn ôl at y cownter a chyfarth, 'Tyrd yma, Charlie! Edrycha ar y mygied yma! Elli di ddim galw hynne'n wan, fedri di? Mae o fel triog!'

Wnaeth Charlie, hogyn tew chwyslyd, ddim dadlau. Daeth Beckett yn ei ôl â mygaid ffres. 'Llipryn. Wnaeth o ddim hyd yn oed gwneud esgus.' Canodd ei seinydd, a daeth golwg benderfynol i'w wyneb. 'Gweithiwr cymdeithasol Billy,' meddai. 'Mi a' i i gael gair.'

27

Mi ddylai Mike fod wedi bod adre erbyn pump, ond roedd bron yn chwech pan ddaeth, gan ddefnyddio goriad y drws ffrynt yn lle dod i mewn drwy'r gegin, a mynd yn syth i fyny i'w lofft. Roedd Margaret wedi bod yn aros amdano, yn ddiamynedd i ddechrau oherwydd eu bod yn mynd i weld Katie, ac yna'n teimlo'r hen bryder yn crynhoi. Pan glywodd y drws ffrynt yn cau'n glep a'i draed ar y grisiau, dechreuodd wylltio. Roedd Mike wedi bod yn ddrwg ei hwyl byth oddi ar yr ymosodiad ar Katie, a threuliai'r rhan fwyaf o'i amser yn ei lofft.

Tan rŵan tybiodd mai sioc ydoedd. Ond roedd bod yn hwyr yn fwriadol pan wyddai ei bod hi'n aros amdano a Katie'n methu deall lle'r roedden nhw . . . Wel, roedd hynny'n gwbl wahanol, ac roedd hi'n amser iddi ddechrau cael trefn ar ei mab.

Yn flin a diamynedd, gwelodd ei fod yn yr ystafell ymolchi a'r drws wedi ei gloi, ac aeth ati i dwtio pethau'n ddiangen tra arhosai am y sŵn tynnu dŵr oddi mewn. Ond ni ddaeth y sŵn, felly curodd ar y drws.

Clywodd ochenaid.

'Mike, os nad wyt ti ar yr orsedd, tyrd i agor y drws.'

'Cerwch o 'ne.' O'r tu allan ni swniai fel llais Mike, a dychwelodd ei phryder. Pan oedd y plant yn fychain, roedd Morrissey wedi rhoi bollten ddiogel-wch ar y drws, a deuai'r sgriw drwodd i'r tu allan, yn ddigon fflat a mawr i roi darn o bres yn y rhigol er mwyn ei droi. Ni fu raid gwneud hynny erioed.

Gan deimlo'n euog, aeth i nôl darn dwy geiniog, a llwydd i agor y drws.

Gwelodd wyneb gwaedlyd Mike yn pwyso dros y basn, ac roedd y wlanen yn ei law yn goch.

Ar yr wyneb roedd Harding yn dal yn ymosodol, ond roedd yn anesmwyth hefyd. Gwrthododd roi crafiad croen o'i arddwrn a rhoddodd y swyddog fforensig y sleid gwydr heb ei ddefnyddio yn ôl yn y bocs, gan gofio'r mynydd o waith oedd eisoes yn ei aros; nid oedd am wastraffu amser ar un prawf arall.

Ond yna'n sydyn, gan roi'r argraff ei fod yn rhannu gwybodaeth yn anad undim arall, dywedodd y swyddog, 'Go brin bod neb wedi dweud wrthoch chi nad ydi hi mor anodd â hynny i gael hyd i gelloedd croen. Dim ond dod o hyd i bâr o drôns o'r fasged dillad budr, a dyna ni sampl.'

Cafodd y dyn tenau, esgyrnog, a oedd wedi gweld corff Natalie Parkes yn y fynwent, rywfaint o bleser o roi pin yn swigen y golygydd, a gwyddai Harding hynny. Yr hyn na wyddai tan hynny, ac na wyddai i sicrwydd o hyd, oedd y posibilrwydd y gellid cael tystiolaeth gwbl ddibynadwy o gelloedd croen. Y tu hwnt i bob amheuaeth?

*Roedd hynny'n ei boeni.*

Roedd wedi gobeithio y byddai Burridge yn defnyddio'i ddylanwad ac yn cael gair â'r bobl iawn er mwyn ei gael o allan cyn y byddai'n rhaid iddo wynebu Morrissey unwaith eto. Ni ddigwyddodd hynny, fodd bynnag, ac ni wnaeth unrhyw ymgais i guddio'i atgasedd pan aethpwyd ag ef i ystafell gyfweld i gael ei holi. Gwibiai ei lygaid gelyniaethus o'r prif arolygydd i Barrett ac at y recordydd tâp.

'Dwi ddim am ddweud dim nes y bydd Fred Burridge yma,' meddai. 'Felly gellwch chi naill ai ei alw'n ôl neu wastraffu'ch amser. Ond mi ddweda i i un peth wrthoch chi; fyddwn i ddim yn ffansïo bod yn eich sgidie chi pan ddo i allan o'r lle 'ma!'

Anwybyddodd Morrissey'r bygythiad; roedd Harding yn y lle iawn, a dyna'r peth pwysig. Hysbyswyd Burridge am hyn eisoes, a dywedodd hynny wrth Harding, gan gofio'r trymder digamsyniol a ddaeth i lais y cyfreithiwr, a dyfalodd mai difenwi di-baid ei gleient oedd i gyfrif am hynny. Un o reolau'r gêm oedd parchu eich ffrindiau, ond nid oedd Harding fel petai'n sylweddoli hynny.

'Mi allwn ni ddatrys ychydig o bethau tra yden ni'n aros,' meddai'r prif arolygydd. 'Megis pam y bu ichi wrthod rhoi crafiad croen. Mi ddisgwyliwn i ddyn deallus fel chi, gydag ychydig o wybodaeth am ddulliau modern yr heddlu, sylweddoli y gallai prawf o'r fath brofi diniweidrwydd dyn lawn cystal â'i euogrwydd.'

'O ydw, dwi'n deall hynny'n iawn, a dwi'n sylweddoli rhywbeth arall,' dywedodd Harding. 'Mi allai eich galluogi i fy fframio i. Dwi wedi dweud wrthoch chi na ffeindiwch chi ddiawl o ddim. Os ydech am gael gwybod be sy gen i i'w ddweud, arhoswch hyd oni ddarllenwch chi'r papur ddydd Gwener.'

'Gan ichi sôn am hynne, gadewch inni edrych ar

ychydig o ffeithiau. Ydech chi'n gwybod bod ystadegau'n dangos bod wyth deg y cant o bobl sy'n cael eu llofruddio'n adnabod eu llofrudd, ac allan o'r rheiny, mae canran uchel yn cael eu lladd gan briod neu gariad? Diddorol, dech chi ddim yn meddwl?'

'Ddim felly. Rydech chi'n chwilio am lofrudd cyfresol, Morrissey. Ewch ymlaen â'r gwaith a gadael llonydd i'r diniwed.'

'Felly dech chi'n 'ch gweld 'ch hun, ie, fel dyn diniwed? Ga i ddweud stori wrthoch chi am ddyn na alle ddiodde cael ei droi o'r neilltu i wneud lle i ddyn iau nag ef a oedd, mwy na thebyg, yn llawer gwell yn y gwely. Meddyliodd y byddai'n ei ladd, a gwneud hynny mewn ffordd glyfar drwy wneud i'w lofruddiaeth ymdebygu i un arall mewn cyfres. Ond wyddai o ddim digon amdanyn nhw. Ac er ei fod o'n wisgo menig, den ni'n gwybod ei bod hi wedi'i grafu o ag ewin ei bys bawd oherwydd roedd ei groen yn dal o dan yr ewin yn y *post-mortem*. Roedd yn gwisgo pâr o drenyrs a adawodd ôl perffaith, a siwmper Aran a adawodd ffibrau yn ei dillad. Ac yna dyma fo'n mynd ati i'w gwasgu i gist car a'i gadael yno am o leia awr cyn cael gwared arni yn y fynwent.'

'Dwi ddim yn gwisgo trenyrs, na siwmperi Aran,' dywedodd Harding rhwng ei ddannedd.

'Mae'n rhaid 'ch bod chi'n gwisgo trenyrs weithiau,' mynnodd Morrissey. 'Roedd yne dri phâr yn eich wardrob.'

'Trïwch weld unrhyw debygrwydd.'

'Ryden ni wedi trio gwneud hynny.'

'Ac?'

'Roedd y gwadnau'n lân a doedd y patrwm ddim yr un fath.' Pwysodd y prif arolygydd ar y bwrdd. 'Ond roedd gan y dyn yn y stori fab, ac roedd trenyrs y mab yn llawn baw ci, ac roedd y patrwm yr un fath. Nid yn unig hynny; roedd gwraig y dyn hwn wedi gwau siwmper Aran i'w mab, ac roedd hi yn y fasged dillad budron. Does gen i ddim amheuaeth na fydd fforensig yn dod o hyd i olion o Natalie Parkes arni.'

'Falle iddi'i ffansïo fo hefyd.'

'Sut fath o ddyn fyddai'n gwisgo dillad ei fab ei hun i gyflawni llofruddiaeth?'

Symudodd Harding yn anesmwyth ar ei gadair, a phan ddaeth lygad yn llygad â Morrissey symudodd eto ac edrych i ffwrdd. 'Sut fath o blisman,' meddai, 'a fyddai'n meddwl am y fath beth?'

'Mi fyddwn i,' atebodd Morrissey â chadernid dwys. 'Mi fyddwn i.'


Daeth Burridge a'i wynt yn ei ddwrn, ac roedd Morrissey wedi amneidio ar Barrett i ddiffodd y tâp, gan ymddiheuro, 'Den ni wedi penderfynu nad oes unrhyw ddiben holi Mr Harding ddim mwy ar hyn o bryd; mae'n ddrwg gen i ichi gael siwrne seithug.' Syllodd ar wyneb Harding, a oedd wedi colli rhywfaint o'i wrid iach erbyn hyn, a dywedodd yn garedig wrth ei gyfreithiwr, 'Mi gewch chi air ag ef, os liciwch chi, rhag ofn bod yne rywbeth arall yr hoffai ei ddweud wrthoch chi.' Ac yna aeth allan o'r ystafell gyda Barrett a'u gadael iddi.

Yn y coridor i fyny'r grisiau, ar gadair y tu allan i ddrws swyddfa Morrissey, roedd Hicks yn aros. Wrth feddwl am Katie diflannodd popeth arall o feddwl y prif arolygydd. Gan i ddrws y swyddfa gau o flaen ei drwyn, aeth Barrett i ystafell y CID i roi ei draed i fyny a meddwl am yr hyn a glywodd i lawr grisiau. Roedd Morrissey wedi peintio darlun twt, a chynyddodd ei atgasedd at Harding. Am unwaith, nid amheuodd gywirdeb honiadau ei fòs.

Dywedodd Hicks, a oedd fel petai ar bigau'r drain, 'Go brin bod hyn yn berthnasol, syr, ond mi fûm yn dyst i anghydfod ddomestig yr wythnos ar ôl y Nadolig yn y tŷ lle'r oedd Diane Anderson yn byw.'

Pwysodd Morrissey ymlaen ar draws ei ddesg. 'Pam ddiawl na faset ti wedi dweud hynny o'r blaen?' gofynnodd. 'Nid dy le di ydi penderfynu be sy'n berthnasol.' Yna roedd yn edifar. 'Dos yn dy flaen. Gad imi glywed gweddill yr hanes.'

'Hen dŷ teras wedi ei droi'n fflatiau ydi o,' meddai. 'Tri llawr a seler. Roedd yna gwpl yn byw yng nghefn yr ail lawr, ddim 'di priodi, ac roedd gan y ddynes lygad du a hollt yn ei gwefus. Roedd y dyn wedi rhedeg i ffwrdd cyn imi gyrraedd, a doedd hi ddim isio dwyn achos.'

'Diane?' gofynnodd Morrissey'n ddiamynedd.

'Nage, syr, Mandy Walters, ond roedd hi'n mynd i dreulio gweddill y noson yn fflat ei chymydog, a dwi'n siŵr iddi ddefnyddio'r enw Diane. Mi ges i'r argraff mai'r gymdoges oedd wedi ffonio pan glywodd y sŵn. Mi wnes i holi be ddylwn i 'i wneud, a dywedwyd wrthyf am adael llonydd i'r peth os nad oedd Mandy Walters yn barod i ddwyn achos.'

211

'Est ti'n dy ôl?'

'Naddo, syr.' Edrychai'n anesmwyth. 'Mi faswn i wedi meddwl am y peth cyn hyn, ond pan laddwyd Diane Anderson roeddwn i ar gwrs hyfforddi, a dim ond heddiw y ffeindies i lle'r oedd hi'n byw, pan weles i'r cyfeiriad ar ddalen ffeil yn yr ystafell gyfrifiaduron.'

'Felly mi ganmola i di yn hytrach na dy grogi!' meddai Morrissey. 'Sut oedd Katie pan adawest ti?'

'Ychydig yn well, dwi'n meddwl,' dywedodd Hicks yn swil, a gwgodd Morrissey wrth gofio'r gêm wyddbwyll. Dywedodd Hicks, 'Roedd hi'n poeni braidd am fod ei mam yn hwyr, ond mi ddwedes i mae'n debyg ei bod wedi ei dal yn y traffig.'

Ond mi ddylai Margaret fod yno, a Mike hefyd.

Gofynnodd y prif arolygydd, 'Faint o'r gloch oedd hynny?' a phan ddywedodd Hicks hanner awr wedi chwech, teimlodd Morrissey ei stumog yn tynhau gan bryder.

28

Roedd acen Wyddelig gan sister y ward, a swniai'n llawer rhy lawen. Ffoniodd adref gyntaf, a phan na chafodd ateb, roedd wedi teimlo'n siŵr y byddai ei wraig a'i fab gyda Katie. Rŵan dyma'r wraig hon yn dweud wrtho nad oeddynt yno.

'Ydech chi wedi'i cholli hi, felly? A chithau'n blisman, hefyd,' meddai, fel petai wedi gollwng Margaret yn rhywle ac yna wedi anghofio ymhle. 'Arhoswch funud, mae gen i neges ichi yn rhywle.' Clywodd sŵn papur ac ymbalfalu cyn iddi ddod yn ei hôl. 'Mae Mrs Morrissey yn yr Adran Ddamweiniau, ond dwi i fod i ddweud wrthoch chi am beidio â phoeni. Mae Mike wedi cael toriad ar ei ben ac angen ychydig o bwythau.'

Dim ond wedi iddo ddiolch iddi a rhoi'r ffôn i lawr y dechreuodd pryder newydd grynhoi am ei fab.

Pan welodd Barrett rywfaint o ryddhad ar wyneb Morrissey, dechreuodd ymlacio. 'Mae popeth yn iawn felly? Mae hi yne?'

Gwgodd Morrissey. 'Ond nid efo Katie. Mae Mike yn yr Adran Ddamweiniau'n cael ychydig o bwythau yn ei ben, a phaid â gofyn imi pam, achos wn i ddim.' Dechreuodd ddyfalu sut y bu i Mike ei frifo'i hun. Damwain yn y sgrỳm mewn ymarfer rygbi?

O'i flaen roedd lluniau o'r goedwig fechan ar y comin, lluniau wedi eu chwyddo o'r negyddion a gawsai gan Colin Swift. Ar y printiau gwreiddiol, roedd hi'n amlwg o'i ddewis o ffilter, mai prif ddiddordeb y bachgen y diwrnod hwnnw oedd ffurfiant y cymylau boliog. Lwc pur oedd hi i un o'r lluniau ddal Gail Latimer ar ben y bryn, yn cerdded heibio'r goedwig fechan, gyda phob crych a thro yn y cwmwl o'r tu ôl iddi wedi ei ddiffinio'n fanwl. Yna, heb unrhyw ddiddordeb yn y ferch yn croesi'r comin, roedd wedi troi ei gamera'n sydyn a dal llafn o fellten. Lwc unwaith eto, mae'n amlwg; roedd yn amhosib rhag-weld yn union pryd y deuai'r fflach. Ac yna roedd rhywbeth arall wedi dal ei sylw ac roedd wedi symud ei gamera yn ôl at y llwybr. Erbyn hynny roedd yr ambarél wedi cychwyn ar ei siwrnai i lawr y bryn.

Dychwelodd Morrissey at y llun o Gail Latimer. Roedd yr ambarél yn cael ei dal ar oleddf o'i blaen, ac yn cuddio'r rhan fwyaf o'i hwyneb; roedd yr hyn y gellid ei weld ohono wedi'i droi at y goedwig.

Edrychodd Barrett dros ei ysgwydd a dweud, 'Mae'n edrych fel petai wedi clywed, neu wedi gweld rhywbeth, ond alla i ddim gweld beth.' Ac yna dyma'r ddau ohonynt yn gweld rhywbeth; clwt bychan gwan o law ar foncyff bedwen; nid ar ymyl y goedwig fechan, ond ymhellach i mewn, lle'r oedd cysgod dwfn. Gallai fod wedi bod yn ddarn mwy o risgl arian ar y goeden, oni bai bod y bysedd ar led. 'Menig rwber,' meddai Barrett. 'Dwi'n siŵr ei fod yn eu gwisgo. Un ffrâm arall yn yr un fan a byddai gennym lun ohono.'

'Dwi'n meddwl,' dywedodd Morrissey, gan dynnu cylch mewn pensil, 'mai dyna ddarn o'i ben— gwallt du, mae'n debyg, oddi wrth yr olwg—ac os mai pen ydi o, mi fydd modd inni wybod pa mor dal ydi o. Efallai nad ydi hynny'n llawer o help, ond mae'n fwy nag sy gennym rŵan.'

Rhoddodd y llun o'r neilltu. Dyna'r olwg olaf ar y goedwig, ac roedd y lluniau eraill wedi eu chwyddo yn eu cyfanrwydd. Yr ambarél yn powlio i lawr y bryn, yn swreal yn ei hynysrwydd; y dyn yn dod i fyny o'r arhosfan; yn dechrau symud i fyny'r bryn, ac yna'r ferch yn ei alw'n ôl. Y llun olaf oedd un ohonynt efo'i gilydd unwaith eto, eu pennau'n agos at ei gilydd o dan yr ambarél. Wedi hynny, dychwelodd Colin at y gorwel.

Aeth Morrissey drwy weddill y lluniau mor gyflym ag y gwnaeth yn ystafell Colin, a gwelodd un nad oedd wedi sylwi arno o'r blaen.

Oherwydd yr ongl, roedd y bachgen wedi dal y ffordd hefyd. Roedd car yn dod i lawr tuag at y camera, ond nid hwnnw dynnodd sylw'r prif arolygydd ond fan wen oedd wedi sefyll ar draws y ffordd. Dan yr ambarél ddu, roedd y cwpl yn prynu hufen iâ. Dechreuodd gynhyrfu. Os oedd y fan wedi mynd heibio pen y comin a'r cilgant o dai lle'r oedd Appleby'n byw, byddai'r gyrrwr wedi gweld dyn yn cerdded, rhedeg, neu gyrru, a heb wybod arwyddocâd yr hyn a welodd.

Dechreuodd glirio'i ddesg, gan feddwl ei bod bob amser yr un fath; un diwrnod dim byd, drannoeth gormod o bethau i'w dilyn, ac angen dilyn pob trywydd yr un pryd. Byddai'n gadael i Barrett ddelio â'r ffrae ddomestig.

'Rhywbeth y mae'n rhaid ei wneud, Neil,' meddai, gan estyn adroddiad Hicks am y cwpl yn ffraeo. Roedd hi'n amheus a oedd a wnelo hynny unrhyw beth â'u hymchwil i'r llofruddiaethau, ond os oedd a wnelo Diane Anderson unrhyw beth â'r digwyddiad, roedd angen iddynt wybod beth ddigwyddodd wedi hynny. Awgrymodd, 'Mae'n hwyr, go brin y gwnei fawr heno, ond rho gynnig arni . . . A cheisia gael Smythe i weld a all y labordy ffotograffiaeth gael llun mwy a gwell o'r fedwen 'ne.' Heliodd ei bethau i'w fag.

'Mynd adre?' holodd Barrett yn gwrtais.

Dywedodd Morrissey'n ddifrifol, 'Dwi'n mynd i wneud yn berffaith siŵr na stopiodd mab Harding yn unlle pan gafodd ei gario adre nos Sadwrn,' ac aeth allan o'r swyddfa.

Edrychodd Barrett arno'n mynd. Roedd hi'n iawn ar Morrissey, roedd ganddo wraig i fynd adre ati. Yn benisel meddyliodd am Michelle, gan feddwl tybed a fyddai byth yn gallu ailgynnau'r fflam a ddechreuodd gyniwair yno.

Ar ei ffordd i lawr gwelodd y blismones, Janet Yarby, yn dod i fyny. Rhoddodd wên addawol iddo. 'Clywed dy fod ti'n gwneud yn dda efo'r achos yma, Neil,' meddai.

Fe'i synnwyd cymaint gan y gwerthfawrogiad fel na fedrai ddweud gair am unwaith, a'r cwbl a wnaeth oedd gwenu'n wirion ar ei choesau siapus wrth iddi fynd i mewn i swyddfa Beckett.


Roedd Margaret yn dal yn yr Adran Ddamweiniau a Mike wedi cael llun pelydr X. Ar y pryd roeddynt wrthi'n rhoi pwythau yn ei ben yn un o'r ystafell-

216

oedd ochr. Pan glywodd Morrissey fod rhywun wedi ymosod ar ei fab wrth iddo gerdded ar hyd y llwybr tanddaear dan y briffordd teimlodd ei wrychyn yn codi. Bu hanner dwsin o ymosodiadau tebyg yn ystod y ddeufis diwethaf, ond Mike oedd y cyntaf i gael ei frifo. Ai oherwydd iddo geisio gwrthsefyll, neu am mai mab Morrissey ydoedd?

Dechreuodd Morrissey feddwl ei fod yn baranoid. Llanciau yn eu harddegau oedd yr ymosodwyr, wedi gadael yr ysgol ac yn ddi-waith. Gwyddent hynny oddi wrth y tystion, ac oddi wrth yr adegau o'r dydd y byddent yn dwyn bagiau llaw. Tan yr ymosodiad ar Mike, merched dros eu hanner cant oedd y dioddefwyr—targedau hawdd. Galwodd papur Harding yr ymosodwyr yn 'Lladron Neiniau'. Tybed beth ddigwyddai pan ddechreuai'r to ifanc gelyniaethus hwn reoli'r byd? Armagedon?

'Daeth rhywun heibio a tharfu arnynt,' meddai Margaret, 'neu gallai hi fod yn waeth.' Ceisiodd wenu. 'O leia mae'r holl bethau drwg yn digwydd gyda'i gilydd. A wnei di alw heibio Katie? Dwed wrthi ein bod ni ar ein ffordd. Gwell hwyr na hwyrach. Mae Mike isio'i gweld hi, ond chaiff o ddim aros yn hir.' Yna gofynnodd yn obeithiol, 'Wyt ti wedi gorffen? Fyddi di'n dod adre efo ni?'

Ysgydwodd Morrissey ei ben, gan ddyheu am fedru rhoi ateb cadarnhaol gan ei bod mor amlwg mai dyna oedd ei dymuniad. 'Dwi'n gobeithio bod adre tua deg,' meddai. 'Dwed wrth Mike 'mod i wedi galw.' Gwasgodd ei llaw a mynd allan drwy'r drysau siglo.

Roedd wedi disgwyl y byddai Katie ar ei phen ei

hun, ond roedd Hicks, wedi newid i jîns a chrys chwys, yn ei ôl yno'n chwarae gwyddbwyll, ac roedd cennin Pedr ac enfys y gors ffres yn y fas wrth ochr y gwely. Gwgodd Morrissey, a chochodd Hicks wrth iddo godi.

Roedd crawc Katie'n dal yn boenus i wrando arno. 'Daeth Ian â blodau. Yn tydyn nhw'n neis?'

Roedd yn edrych yn fodlon a hapus, a sylwedd-olodd ei thad gydag ychydig o sioc mai dyma'r blodau cyntaf iddi eu cael. Do, cafodd ddigonedd o gariadon, ond doedd yr un wedi talu teyrnged iddi fel hyn.

A oedd Hicks yn meddwl bod ganddo obaith? Roedd rhai pethau y byddai am eu dweud wrth y cwnstabl ifanc, ond nid o flaen ei ferch.

'Neis iawn,' meddai, gan symud yn beiriannol at wely Katie. Rhoddodd ei law trwy ei gwallt a gwgodd hi arno. 'Mae Mam ar ei ffordd,' meddai. 'Mae Mike wedi bod mewn rhyw helynt ac wedi gorfod cael pwythau.' Daeth dychryn i lygaid Katie. 'Dim ond chwarae plant,' dywedodd ei thad yn gyflym, gan wybod bod ei meddwl wedi neidio'n syth at y sawl a ymosododd arni hi. 'Dim byd arall.'

Ymlaciodd. 'Druan o Mike! Gofala di 'u dal nhw.'

'Dwi'n bwriadu gwneud,' dywedodd Morrissey, gan edrych ar Hicks. 'Fedra i roi lifft iti?' awgrymodd yn gryf.

'Mi ddois i yma efo car, ond diolch ichi'r un fath, syr,' meddai Hicks yn gwrtais.

Wedi colli'r frwydr honno, plannodd Morrissey gusan ar foch ei ferch a gadael.

Yn y Cock and Crown yn Stryd Victoria, anwybyddai'r rhan fwyaf o'r yfwyr y teledu, ond clywodd y rhai hynny oedd yn gwrando ar y newyddion deg fod dyn oedd yn cyfateb i'r ffoto-ffit yn helpu'r heddlu.

Daeth rhyw haelioni dros y dyn pigfain oedd yn yfed wrth y bar, a thalodd am rownd ychwanegol o ddiod. 'Dathlu,' meddai, pan edrychodd rhai'n amheus arno. 'Maen nhw wedi ei ddal, yn dyden? Wedi ei gloi o i fyny. Mae hynny'n werth peint neu ddau.'

Ac roedd pawb yn ei gredu.

Roedd yn dda teimlo ei fod wedi medru twyllo Morrissey. Allai o ddim gwneud dim byd o'i le rŵan, a chan feddwl am y creadur digartref hwnnw a gysgai ar y cei, credai iddo wneud ffafr ag ef. O leiaf câi hwnnw lety a bwyd am ddim am ychydig o nosweithiau.

Gan chwerthin am ben ei athrylith ei hun, dechreuodd wlychu ac aeth i'r lle chwech, gan sychu'r darn gwlyb cyn dod allan. Gwyddai y byddai'n lladd eto cyn bo hir, a gadawodd i'w feddwl grwydro at y ferch y bu'n byw gyda hi cyn i Diane ymyrryd. Gan gofio'r pleser a gâi o ymosod, dechreuodd gael codiad ac agorodd ei falog a mynd yn ôl i'r ciwbicl.

Tra oedd yn y lle chwech rhoddodd y landlord bedwar peint o chwerw ar y cownter, a dywedodd, 'Mae o'n gwaethygu. Dydi o ddim hanner call, os gofynnwch chi i fi. Dydi o ddim yn iawn, yn nag ydi? Ddim yn llawn llathen.' Gan na ddywedodd neb arall ddim, symudodd i lawr y bar i wylio'r gêm ddartiau.

29

Dywedodd Peter Heslop wrth Morrissey, 'Na, wnaethom ni ddim stopio yn unman. 'Ro'n i isio *take-away,* ond dwedodd Mark y gallen ni gael rhywbeth yn 'i le fo.'

'A gaethoch chi?'

'Do, brechdanau ŵy a byrgyrs llysieuol. Ddim yn ddrwg. Rhaid ichi'u trio nhw rywbryd; o leia chewch chi ddim BSE.'

'Mrs Harding goginiodd nhw ichi, ie?'

'Nage, Mark.'

'Ond roedd hi yno?' gofynnodd Morrissey. 'Yn aros iddo fo ddod adre efallai?'

'Daeth i lawr yn ei gŵn nos i ddweud bod 'i dad adre ac iddo beidio â gwneud gormod o sŵn, ac yna aeth yn ôl i'r gwely. Roeddem yn fflamio gorfod troi'r CD i lawr.' Cododd ei ysgwyddau. 'Yn enwedig gan nad oedd yr hen ddyn yno wedi'r cwbwl.'

'Pam rwyt ti'n dweud hynny?' gofynnodd Morrissey, gan feddwl tybed ai dyma'r dystiolaeth roedd ei angen arno i wthio Harding i gornel.

Cododd Peter ei lawes chwith a dangos briw mawr dolurus i Morrissey. 'Ac mae'r beic wedi'i dolcio,' cwynodd. 'Syrthiais oddi arno wrth ffarm Topliss, diolch i Harding. Oni bai 'mod i wedi mynd i'r ffos, byddwn i wedi'i daro.'

'Sut gwyddost ti mai Harding oedd o?' gofynnodd Morrissey.

'Nabod y BMW; does 'na ddim llawer o'r maint 'ne ym Malminster. Byddai'n anodd 'i gamgymryd am rywbeth arall.'

'Stopiodd o ddim pan syrthiest ti?'

'Naddo, ond mae'n rhaid 'i fod yn gwybod be ddigwyddodd. Mae'n debyg, gan fod 'i wraig yn credu 'i fod o yn y gwely, ei fod o'n meddwl na fydde fo'n cael 'i ame. Ro'n i'n lwcus 'mod i wedi arafu digon i gymryd y gornel. Mae o'n feic newydd, a doeddwn i ddim am fentro dim.'

Ond nid felly Harding, meddyliodd y prif arolygydd. Dywedodd, 'Fyddet ti'n barod i wneud datganiad am yr hyn rwyt ti newydd 'i ddweud wrtha i?'

'A rhoi tad Mark yn y cawl?' Edrychodd Peter Heslop yn amheus. 'Wn i ddim . . . dwi'n licio Mark, ac mae 'i dad yn ddigon anodd byw efo fo fel y mae hi.'

'Nid y drosedd yrru ond yr amser y gwelest ti o sy'n bwysig. Faint o'r gloch fydde hynny? Hanner awr wedi un?'

'Yn nes i ddau, falle ychydig yn hwyrach. Gadawes i dŷ Mark ychydig ar ôl deng munud i. Pa effaith a gaiff datganiad gen i arno fo?'

'Wnaiff o mo'i niweidio'n bersonol,' addawodd Morrissey.

'Iawn, felly,' meddai Peter. 'Pryd?'

'Bore fory. Mor gynnar ag y lici di.'

'Cyn dosbarthiadau, felly,' meddai Peter. 'Mi rodda i'r larwm ymlaen. Dwi ddim yn dda iawn am ddeffro.'


Er ei bod yn hwyr, roedd Morrissey am siarad â Malcolm Livesey a Lorraine Shaw cyn mynd adref, ond roedd y ddau ohonynt allan. Dywedodd mam Lorraine—fersiwn hŷn a thewach o'i merch ond llai hyderus—yn boenus, 'Alla i ddim dweud yn iawn lle maen nhw—Donovan's falle, mi fyddan nhw'n mynd yno weithiau—ond fe allen nhw fod wedi mynd i rywle fel Rockfellers. Mi ro i neges iddi os liciwch chi, pan ddaw hi i mewn.' A bu'n rhaid i Morrissey fodloni ar hynny. Petai ei merch yn cael y neges, byddai hi a Malcolm yn ei swyddfa yn gynnar; os na fydden, byddai'n rhaid iddo fynd i chwilio am y ddau ohonynt.

Roedd y llwybr tanddaear lle digwyddodd yr ymosodiadau yn rhedeg o dan y cylchdro ym mhen deheuol Malminster, lle'r oedd pedair ffordd brysur yn cyfarfod. Roedd canol y cylchdro wedi ei dyllu a'i dirlunio i ffurfio pedwar twnnel i gerddwyr ddod allan i olau dydd am ennyd. Yn ei ddull ystyriol arferol, roedd y cyngor wedi darparu meinciau ar gyfer unrhyw gerddwyr a oedd am eistedd wedi eu hamgylchynu gan draffig a carbon monocsid.

Parciodd Morrissey mewn stryd ochr a cherdded i lawr grisiau'r llwybr tanddaear. Roedd yna hen arogl tai bach yno, ac roedd llawer o'r goleuadau uwchben wedi diffodd. Aeth mor bell â'r canol a gwylio awyr y nos uwch ei ben, gan feddwl tybed pam y bu Mike yno o gwbl. Doedd y llwybr ddim ar ei ffordd adre, nac yn agos at Ysgol Gyfun Fisher.

Yna cofiodd ei fod yn agos iawn at arcêd chwaraeon a oedd wedi bod yn achos llawer o gwynion. A oedd Mike wedi mynd yno i ladd amser, ac yntau'n gwybod y byddai ei fam yn aros amdano i fynd i'r ysbyty?

Aeth yn ôl i fyny'r grisiau i'w gar, a chan ei fod ym mhen pella'r dref, gyrrodd adre drwy'r strydoedd cefn a arweiniai ar hyd Esdale Road a heibio'r ysgol ganol. Roedd yn gyrru'n araf, a'i olau'n isel pan welodd y bechgyn yn dringo dros y giât o iard yr ysgol, a chofiodd bod Mathew Haines wedi cwyno am graffiti. Oherwydd mai car tywyll oedd ganddo, ac nid car gwyn arferol yr heddlu, ni chymerodd yr hogiau unrhyw sylw, dim ond symud i ffwrdd yn hamddenol, eu lleisiau'n atsain yn nhawelwch y nos. Aeth heibio iddynt ac aros wrth y tŷ cyntaf, a phan ddaethant yn ddigon agos cydiodd yn y ddau ohonynt.

Mewn gefynnau yng nghefn y car roeddynt yn dawel. Ac yna, yn swyddfa'r heddlu, pan ofynnodd swyddog y celloedd iddynt wagio'u pocedi, gwelodd Morrissey, ynghanol y caniau o baent chwistrellu, wats Mike.

Dywedodd Margaret, 'Bydd Mike yn sobr o falch. Mi ddwedes i wrtho y byddet ti'n dod o hyd iddyn nhw mewn chwinciad, ond roedd o'n ddigalon iawn.'

Rhoddodd ei gŵr ei siaced ar gefn cadair y gegin, a sylwi bod bysedd y cloc yn dweud un ar ddeg. Un diwrnod byddai adre yr amser yr addawodd; y wyrth oedd nad oedd Margaret yn dannod yn amlach. Aeth i olchi ei ddwylo yn y sinc. 'Be oedd Mike yn 'i wneud ar y llwybr tanddaear 'ne?' chwyrnodd. 'Dydi o ddim ar ei ffordd adre. Oeddet ti wedi ei yrru ar ryw neges?'

Clywodd ddrws y popty'n agor a'r caserol yn cael

ei dynnu allan. Gwyddai bod Margaret yn prysur chwilio am ffordd i gyfeirio'i lid oddi wrth Mike, ac roedd hynny'n awgrymu bod ei fab yn euog. Roedd Morrissey'n flin. Roedd Mike yn gwybod yn iawn y dylai gadw draw o'r arcêd arbennig hwnnw.

Dywedodd Margaret, 'Wnaiff bod yn flin efo fo ddim helpu; y broblem ydi'r ymosodiad ar Katie. Roedd o'n dal i gredu y byddai'r ffaith fod ei dad yn blisman yn ein diogelu rhag pob drwg, ond mae o wedi gorfod wynebu'r ffaith nad yw hynny'n wir. Mae'n ddrwg gen i, John. Mae o wedi colli ffydd yn ei dad hollalluog, ac mae o'n gwrthryfela. Efallai y caiff o beth o'i hen hyder yn ôl fory pan ddalltith o dy fod wedi dal y ddau hogyn drwg 'ne. Beth bynnag, elli di ddim siarad efo fo heno, mae o'n cysgu, ac mae o wedi brifo.'

Ac roedd Katie wedi brifo hefyd. Tad hollalluog! Dechreuodd y prif arolygydd fwyta. Beth bynnag oedd rhesymau Mike, byddai'n rhaid iddo gael gair ag o, a'i atgoffa bod modd osgoi bod yn y lle anghywir ar yr amser anghywir. Ond fyddai Mike ddim yn hoffi cael ei atgoffa; byddai'n gweld hynny fel pregethu, ac yn gyfyngu ar ei ryddid. Meddyliodd a fyddai hyn yn peri i agendor ddechrau agor rhyngddo ef a'i fab. Roedd y syniad yn wrthnysig, a gwnaeth ymdrech i feddwl am rywbeth arall—ac am ofn arall. 'Elli di gofio pwy aeth heibio pan oeddet ti'n golchi'r car y bore 'ma?' gofynnodd i'w wraig.

Edrychodd Margaret yn syn. 'Yn cerdded?'

'Neu'n gyrru.' Aeth ymlaen i fwyta gan bendroni

a ddylai ddweud wrthi am yr alwad ffôn, a phenderfynu nad oedd unrhyw ddewis ganddo.

'Mae'n debyg dy fod ti isio gwybod a ydw i wedi difetha dy rwydwaith ysbïo di,' dywedodd. 'Pwy ddwedodd wrthyt ti, beth bynnag?' Ond gwelodd ei fod o ddifrif a cheisiodd gofio. 'Mi ddwedes i "Helô" wrth hanner dwsin o gymdogion, ac aeth o leia ugain o geir heibio, gan gynnwys car heddlu. Wedyn roedd 'ne ddau neu dri o fysys, fan hufen iâ, y dynion sbwriel, y postman a ddaeth â bil . . . dwi ddim yn cofio neb arall. Mae'n ddrwg gen i, John, ond gallai fod dros hanner cant o bobl ar y bysys wedi 'ngweld i'n golchi'r car a minnau heb fod yn edrych ar y pryd. Wyt ti'n mynd i ddweud wrtha i pam rwyt ti'n holi?'

Pan ddywedodd wrthi, cyfarfu llygaid y ddau, a chododd ei hysgwyddau. 'Does gen i ddim ofn,' dywedodd. 'Dwi'n gwybod na faset ti byth yn gadael i unrhyw beth arall ddigwydd,' gan obeithio na welai o mai celwydd oedd hynny.


Roedd yna neges ar ddesg Morrissey yn dweud y byddai Livesey a'i gariad yn galw i'w weld am hanner awr wedi deuddeg. Nid dyna roedd wedi ei obeithio, ond roedd yn well na dim. Ychydig cyn hanner awr wedi wyth daeth Peter Heslop i mewn i wneud datganiad, ond gan ofyn am sicrwydd unwaith eto na wnâi hynny unrhyw niwed i Mark.

Yn fuan wedi i Heslop adael, aeth Barrett i chwilio am Mandy Walters eto. Ni chawsai unrhyw lwc y noson cynt. Roedd dwy nyrs yn byw yn ei hen fflat ar draws y landin i Diane Anderson, ond wydden nhw ddim byd amdani hi na'i chariad. Ni wyddai neb arall yn y tŷ i lle'r aeth hi, chwaith. Yn ôl adroddiad cyntaf Hicks, gweithio mewn siop drin gwallt a wnâi, a gobeithiai Barrett ei bod yn dal i wneud y gwaith hwnnw.

Roedd yna neges arall ar ddesg Morrissey, neges yn mynnu ei fod ar gael i weld Osgodby am naw o'r gloch. Tybiai Morrissey y byddai cael ei ben ar blât yn ei blesio lawn cystal. Ond roedd yn lwcus, oherwydd cyn naw daeth newyddion o fforensig na fyddai'r prif gwnstabl yn medru eu hanwybyddu. Pendronodd ynghylch rhagoriaethau system gymdeithasol a ddywedai fod y person a chwaraeai golff â chi yn llai tebygol o lofruddio na'r dyn llaeth.

Roedd yr adroddiadau newydd yn cadarnhau bod Natalie Parkes wedi bod yn gorwedd yng nghist ei char ei hun hyd nes iddi gael ei gadael yn y fynwent. Roedd yna ffibrau o'i dillad a blew o'i gwallt yno. Ond doedd yno ddim olion bysedd; roedd Harding wedi bod yn ofalus ynglŷn â hynny. Yr hyn na fuodd yn ofalus ynglŷn ag ef oedd y blew llwyd byr oedd ar gefn sedd y gyrrwr ac a oedd yn union yr un fath â'r gwallt yn ei grib.

Gallai Harding fod wedi esbonio hynny'n eithaf hawdd, ond sut y byddai'n egluro pam roedd un o'r blew bach hynny'n sownd yng nghwlwm y cortyn a dagodd Natalie? Yn fodlon, aeth Morrissey â'r dystiolaeth i Osgodby ei gweld.

Roedd nosweithiau di-gwsg y prif uwcharolygydd yn dechrau dangos. Ers dod â Harding i'r ddalfa, bu

226

dan bwysau i beidio â'i gadw yno oni bai bod mwy o brawf nag o amheuaeth, a gwyddai nad oedd ganddynt nemor ddim. Y cwbl oedd ganddo oedd greddf Morrissey, ac roedd hynny'n ei boeni. Rŵan, ac yntau wedi darllen datganiad Peter Heslop a gweld yr adroddiadau fforensig, gwyddai ei fod yn ddiogel rhag llid y prif gwnstabl.

'Pan fyddwch chi'n ei gyhuddo,' dywedodd yn ddwys, 'dwi am fod yn bresennol.'

Amneidiodd Morrissey a gwyddai fod y ddau ohonynt yn gytûn am unwaith.

30

Bu'r oglau hen a sur yn treiddio drwy'r fflat gyhyd
nes yr oedd wedi arfer ag ef. Ni ddeuai o un man
arbennig; roedd wedi hel ac aros yno, fel petai
rhywbeth yn pydru. Deuai rhywfaint o'r oglau o'r
dŵr brown yn y sinc a guddiai'r holl lestri oedd
ganddo, rhywfaint o'r toiled oedd yn croenio, a
rhywfaint o'r cadach roedd wedi ei ddefnyddio i
sychu chwŷd y noson cynt cyn ei daflu i fwced a
oedd eisoes yn dal dau neu dri o gadachau tebyg.

Roedd wedi yfed gormod, ac roedd ei waled bron
yn wag. Llyncodd y pedair Paracetamol olaf, ac o
ganol y cur pen dirdynnol ceisiai gofio pam y bu'n
dathlu. Pan ddechreuodd ddod ato'i hun, cofiodd
am y tric a chwaraeodd ar Morrissey, a dechreuodd
chwerthin unwaith eto.

Roedd y trempyn wedi bod yn cysgu allan ar y
cei am wythnosau, gan godi pytiau o sigarennau a
chwilota am fwyd yn y biniau. Wrth i'r poen leddfu
yn ei benglog, ymffrostiai ei fod wedi bod mor
glyfar. Nid ystyriodd y gallai'r tric fod yn gam
gwag, llai fyth y gallai Morrissey fod ar ei warthaf.
Yn lle hynny, canolbwyntiodd ar y cortyn plethedig
yn ei boced a'r pleser a ddeuai yn ei sgil.

Glafoeriodd wrth feddwl am yr ast a ddechreuodd
hyn oll. Pe gallai ddod o hyd iddi byddai'n llithro'r
fagl am ei gwddf. Nid oedd hyd yn oed wedi ei
tharo'n galed, ddim hanner mor galed ag y trawodd
yr ast honno yn Bolton. Pam y bu'n rhaid iddi redeg
gan sgrechian at Diane? Gwaeddodd arni i ddod yn
ei hôl, ond gwaeddodd hithau mor uchel nes i'r tŷ i

gyd glywed, '*Cer, Foxy, cer i'r diawl. Seicopath wyt ti.*'

Wrth gerdded i'w waith, disgwyliai weld yr heddlu'n brysur yn chwilota ar y cei, a phan welodd nad oedd unrhyw beth yn digwydd yno roedd ychydig yn siomedig, a cheisiodd ei gysuro'i hun drwy fyseddu'r fagl yn ei boced. Oddi mewn iddo cordeddai'r llid a deimlai heddiw fel pob diwrnod arall, llid oedd mor eirias ond eto mor oer a didostur â mynydd o rew.

31

Daeth Harding i'r casgliad anghywir pan welodd Osgodby yn yr ystafell gyf-weld. Credai fod Morrissey ar fin colli ei awdurdod, a châi foddhad wrth feddwl am gerdded yn rhydd a'r prif arolygydd yn edrych yn ffŵl. Roedd Fred Burridge efo nhw.

'Hen bryd!' dywedodd Harding. 'Dewch inni gael popeth drosodd imi gael mynd adre,' ychwanegodd yn hyderus, gan estyn ei ên yn herfeiddiol. Heb unrhyw ragymadroddi, cyhuddodd Morrissey ef yn swyddogol o lofruddio Natalie Parkes, a gwelodd yr hyder yn troi'n elfen fwy cyntefig.

Dywedodd Burridge yn oeraidd, 'Mi faswn i'n argymell Jameson fel cyfreithiwr i'ch amddiffyn. Ydech chi am i mi roi'r manylion iddo?'

'Rho'r blydi hanes i unrhyw ddiawl!' gwaeddodd Harding. Safai'r gwythiennau ar ei dalcen fel rhaffau main. 'Pam na chei di fi allan o'r lle 'ma?' Yn ei wylltineb, cododd un o'r cadeiriau pren isel a'i malu ar y bwrdd.

Roedd yn ymateb treisgar greddfol y gallai Morrissey ei ddeall ond nid ei esgusodi. Pe bai Harding wedi lladd mewn gwylltineb o'r fath, efallai y byddai rheithgor yn gweld ei fod yn ddynol, ond nid felly y bu; roedd yna gwlwm yn y cortyn yn barod ar gyfer gwddf Natalie pan aeth i'w chyfarfod y noson honno.

Roedd y manylyn bach hwnnw'n unig yn dangos iddo gyflawni'r weithred yn gwbl fwriadol, gan efelychu dull a modd y llofrudd arall.

Cymerodd bron y bore i gyd i Barrett leoli Mandy Walters. Roedd wedi mynd i'r salon lle gweithiai a chanfod ei bod wedi rhoi'r gorau i'w swydd y diwrnod ar ôl i Hicks gael ei alw i'w fflat. Doedd hi ddim wedi dweud wrth y merched eraill lle'r oedd hi'n mynd, a theimlent yn ddig oherwydd hynny.

Ond, fel y cyfaddefodd un ohonynt, roeddent yn deall pam. 'Doedd y boi 'na y bu hi'n byw efo fo ddim hanner call,' meddai. 'Roedden ni wedi bod yn trio'i pherswadio hi ers misoedd i roi'r gorau iddo. Allai Mandy ddim mentro dal i weithio yma ar ôl iddi orffen efo fo rhag ofn y deuai yma i chwilio amdani.'

'Ddaeth o?' gofynnodd Barrett.

'Bob dydd am tua mis. Byddai'n sefyllian y tu allan ac yn rhythu drwy'r ffenest; annifyr iawn. Yna rhoddodd y gorau iddi.'

'Mae'n rhaid 'ych bod chi'n gwybod 'i enw, felly?'

'Foxy. Dyna oedd Mandy'n 'i alw, dim byd arall. Roedd o'n reit ddel os mai dyna'ch teip chi.'

'Pa deip?'

Chwarddodd. 'Rhyw groes rhwng John Travolta a Jack the Ripper. Mi ddwedodd Mandy fod ganddo broblem yfed, ac aeth pethau mor ddrwg fel na allai gael codiad heb ei churo hi gynta.' Gwenodd ar Barrett a dweud yn awgrymog, 'Dwi'n siŵr nad ydech chi'n cael problemau fel yne.'

Meddyliodd am ei fywyd carwriaethol tymhestlog a gadael iddi ddyfalu.

Llwyddodd i ddod o hyd i Mandy yn y diwedd, a hynny drwy asiantaeth dai oedd wedi rhentu'r fflat iddi. Dim ond ei henw hi oedd ar y cytundeb; mae'n amlwg mai ychwanegiad swyddogol diweddarach oedd Foxy. Cyn hynny, yn ôl y ffeil, bu'n byw efo'i rhieni yn Inchwood, wyth milltir i ffwrdd.

Wrth i Barrett gerdded i fyny at ddrws tŷ mewn rhes o dai glowyr, daeth tad Mandy i sefyll yn ei ffordd. Dim ond pan ddangosodd y ditectif ringyll ei gerdyn gwarant y rhoddodd y dyn ei raw yn ôl yn y pridd ar ymyl y llwybr, a'i arwain at ddrws y gegin.

Gwelodd Barrett ar unwaith pam y daeth hi adref. A hithau'n feichiog ac yn gwisgo ffrog lac, edrychai'n anghyfforddus o fawr, a gwyddai na fyddai'n hir cyn i'r babi gael ei eni. Ac yntau wedi bwriadu siarad yn blaen â hi, a mynnu cael gwybodaeth ganddi, bu'n rhaid iddo ddefnyddio dull mwy tyner, ac ni ddeuai hynny'n hawdd iddo. Ceisiodd feddwl sut y byddai Morrissey'n delio â'r sefyllfa.

'Eisteddwch,' dywedodd. 'Peidiwch â phoeni. Wedi dod i holi am rywun arall ydw i. Dwi'n chwilio am Foxy. Ydech chi'n gwybod lle mae o'n byw ers ichi ymadael â'ch gilydd?'

'Nac ydw,' meddai'r ferch, 'a dwi ddim isio gwybod, chwaith. Pam ydech chi'n chwilio amdano fo?'

'Mae'n rhaid inni siarad â phob dyn oedd yn nabod Diane Anderson cyn iddi farw. Roedd Foxy'n nabod hi, yn doedd?'

Atebodd Mandy, 'Dim ond am ei bod hi wedi mynd â fi i mewn i'w fflat pan oedd o'n fy nghuro i y tro ola hwnnw. Doedd o ddim ond wedi'i gweld hi ar y grisiau cyn hynny.'

'Diane alwodd yr heddlu, ie?'

'Ie.'

'Ac mi arhosoch chi yn 'i fflat hi drwy'r noson honno?' Nodiodd ei phen. Gofynnodd, 'Welsoch chi hi ar ôl i chi symud o'ch fflat?'

'Dim ond unwaith, pan drawson ni ar ein gilydd ym marchnad Malminster. Mi aethon ni am baned o de, a dywedodd 'i bod hi wedi cael problemau efo fo ar ôl i mi 'i adael. Bu'n curo ar 'i drws hi.' Gan ymbalfalu am y gadair y tu ôl iddi, disgynnodd yn llipa iddi. 'Yna cefais wybod 'i bod wedi'i llofruddio. Allwn i ddim coelio'r peth! Ro'n i'n gobeithio nad oedd y peth yn wir.'

'Roedd Mandy ni'n meddwl mai fo oedd yn gyfrifol tan iddyn nhw sylweddoli mai'r un dyn oedd o ag a laddodd y ferch arall 'ne,' meddai ei thad. 'Ond mi ddweda i hyn wrthoch chi; dwi erioed wedi taro fy merched i, a dwi ddim am adael i unrhyw ddiawl arall ddechrau gwneud hynny chwaith! Os daw o yma, mi ga i'r diawl.'

Oni bai bod ef a Morrissey'n ei gael o gyntaf, meddyliodd Barrett, a gofynnodd am enw llawn Foxy.

'Vincent Darryl Fox. Mae o'n gweithio i Plumley's.' Gorffwysodd Mandy ei dwylo ar ei bol. 'Alla i ddim diodde meddwl y gallai hwn fod yn debyg iddo fo. Gobeithio mai merch ga i.' Yna ychwanegodd yn ddirdynnol, 'Mae'n *rhaid* imi gael merch.'

233

Yn swyddfa Morrissey, roedd y cwpl ifanc wedi eu synnu. Roedd y prif arolygydd wedi gadael iddyn nhw weld y llun ohonynt yn prynu hufen iâ.

'Doeddwn i ddim yn meddwl y byddai gennych chi ddiddordeb yn hynny,' cyfaddefodd Malcolm Livesey. 'Roedd Lorraine isio imi 'i stopio fo. Doeddwn i ddim yn meddwl y byddai o'n stopio i ddechrau, roedd yn gyrru mor gyflym.'

'Wel, mi wnaeth o,' dywedodd Lorraine. 'Plumley's oedd o, dech chi'n gweld, neu faswn i ddim wedi trafferthu,' eglurodd. 'Maen nhw'n defnyddio hufen go iawn, nid unrhyw hen beth.'

'Dwi'n gwybod,' meddai Morrissey. 'Mae'n werth mynd allan o'ch ffordd i'w gael. Ond biti na fasech chi wedi dweud wrtha i o'r blaen; mi wnes i ofyn ichi sôn am bawb roeddech wedi'i weld.'

'Ond roedd hyn ar ôl y digwyddiad, yn doedd? Doedden ni ddim yn meddwl bod ots am hynny.'

'Fe allai fod yn bwysig iawn,' meddai'r prif arolygydd yn ddifrifol.

'Wel,' meddai Lorraine, 'roedd rhywbeth yn bendant ar ei feddwl o.'

'Sut gwyddost ti?' dadleuodd Malcolm, ond edrychai Lorraine yn styfnig, gan awgrymu i Morrissey eu bod wedi trafod hyn eisoes.

'Pam ydech chi'n dweud hynny? Rhywbeth od amdano, oedd 'ne, neu ai dim ond o achos ei fod yn gyrru mor gyflym?'

'Od,' meddai. 'Pam gwisgo menig golchi llestri i yrru, i ddechrau?'

'I gadw'i ddwylo'n lân,' meddai Malcolm yn gwta. 'Ryden ni wedi bod drwy hyn o'r blaen.'

Ceisiodd Morrissey beidio â datgelu'i ddiddordeb sydyn.

'Pa liw oedden nhw?'

'Melyn.'

'Dynnodd o nhw i roi hufen iâ i chi?'

'Do. Ond wisgodd o mohonyn nhw i yrru i ffwrdd wedyn, felly nid i gadw ei ddwylo'n lân roedd o'n eu gwisgo, nage?' meddai Lorraine, gan ymhyfrydu ei bod wedi profi ei phwynt.

Ochneidiodd Malcolm a throi ei lygaid i fyny.

'Disgrifiwch o imi,' meddai Morrissey. 'Orau medrwch chi. Oedd o'n ifanc?'

'Ychydig fel John Travolta,' meddai Lorraine. 'Wyt ti ddim yn cytuno, Mal?'

'Slei, dyna faswn i'n 'i ddweud. Amheus hefyd.'

'Ond mi roddodd ddigon o hufen iâ inni,' meddai Lorraine. 'Chwarae teg.'


Wrth ddod yn ôl i mewn i'r adeilad ar garlam, aeth Barrett heibio i Lorraine a Malcolm ar y grisiau; roedden nhw fel pe baen nhw'n cael ffrae fechan a chymeron nhw ddim sylw ohono fo.

Ac yntau'n awyddus i rannu'r wybodaeth a gawsai, rhedodd i fyny'r grisiau'n llawer rhy gyflym ac roedd wedi colli ei wynt yn lân pan gyrhaeddodd y swyddfa a gweld Morrissey.

'Dwi wedi dod o hyd i Mandy . . .' dechreuodd.

Roedd gan y prif arolygydd bethau pwysicach

ar ei feddwl na ffrae ddomestig. Byddai'n rhaid i Barrett aros cyn dweud ei bwt. Dywedodd yn blaen, 'Mae'n bosib bod y dyn gynnon ni, un o yrwyr faniau Plumley's. Yr hyn sydd ei angen rŵan ydi enw.'

Yn gwbl hunanfeddiannol, dywedodd Barrett yn dalog, 'Vincent Darryl Fox.' Gwenodd â boddhad. 'Y dyn oedd yn byw efo Mandy Walters. Dyna be roeddwn i'n drio'i ddweud wrthoch chi.'

Geoff Carter a reolai ochr hufen iâ Hufenfa
Plumley. Dyn esgyrnog, poenus yr olwg, gyda gwallt
brown golau yn dechrau moeli, a gên fer. Y peth
olaf roedd ei eisiau arno ar y pryd oedd helynt
gyda'r heddlu, a hynny ar ben ymweliad gan
Swyddog Iechyd Amgylchedd y Cyngor. Sut ddiawl
oedd disgwyl iddo ef rwystro llygod rhag dod i fyny
o'r cei? O'i swyddfa yng nghefn yr hufenfa, lle
gallai wylio'r faniau'n mynd a dod, roedd wedi gweld
Morrissey'n gyrru i mewn, a dau gar heddlu y tu ôl
iddo. Edrychodd yn ofidus ar y prif arolygydd.

'Doeddwn i ddim yn gwybod ei fod o wedi bod
yn creu helynt neu faswn i ddim wedi ei gadw,'
meddai. 'Be mae o wedi bod yn ei wneud?' Rhodd-
odd gerdyn cyflog i Morrissey, a Fox, V. D. arno.
'Dim byd drwg, gobeithio.'

Edrychodd Morrissey arno'n gyflym a gofyn,
'Ydi o'n cadw at yr un ardal bob dydd, o gwmpas y
comin?'

'Ddim bob amser. Ddim heddiw, er enghraifft. Y
gwir amdani yw nad oeddwn i'n meddwl y medrai
yrru. Mae o'n goryfed ambell i noson, ac os ydi o'n
edrych fel petai ganddo ben mawr dwi'n ei roi yn
un o'r faniau sefydlog. Mae o wrth giatiau'r parc
heddiw, yn ymyl y cyrtiau tennis.'

'Mi fyddwch chi'n cadw cofnod, mae'n debyg, o
ble fydd eich gyrwyr bob dydd? Byddai'n rhaid
ichi, mi faswn i'n tybio.'

'Maen nhw'n cadw llyfr lòg; ar gyfer petrol a
nifer y milltiroedd ac ati.'

Dywedodd Barrett, 'Mi hoffwn i weld llyfr Foxy.'

Cododd Carter lyfr dyblyg brown ac estynnodd Barrett amdano gan deimlo fod pethau'n dechrau dod i fwcl. Edrychodd drwy'r tudalennau gan chwilio am y dyddiadau perthnasol.

Dywedodd Morrissey, 'Sut un ydi o felly, y Foxy 'ma? Ydi o wedi bod efo chi ers amser?'

'Mae ganddo fo'i broblemau, fel ni i gyd,' meddai Carter. 'Ddim yn ddymunol iawn, mae'n debyg. Mae rhai o'r hogiau'n dweud nad ydi o ddim yn gall, ond chafodd o ddim cychwyn rhy dda. Mae wedi bod yn gweithio yma am ryw ddeunaw mis neu fwy, a chefais i ddim trafferth o gwbl.'

'Oeddech chi'n 'i nabod o cyn hynny?' gofynnodd Morrissey'n ddiamynedd.

'Roedd o'n byw rownd y gornel imi pan oedd o'n blentyn, druan ohono. Ydech chi'n cofio'r tai gefn-gefn lle godon nhw'r parc sgrialu? Roedd y ddau ohonyn nhw, fo a'i fam, neb arall, yn byw yn y trydydd tŷ yn rhes Tal Ardd.'

'Dim tad?'

'Wel, mae gynnon ni i gyd un, yn does? Ond byddai'n anodd iddo fo wybod pwy oedd 'i dad.' Gwelodd Morrissey'n gwgu a dywedodd, 'Mi fyddwch chi wedi taro ar 'i fam—roedd hi'n gweithio o'r tafarndai o gwmpas y farchnad. Hen hulpen wynebgaled.' Cododd Barrett ei ben o'r llyfr lòg.

'Putain oedd hi?'

'Ever Ready roedden nhw'n 'i galw hi.' Awgrymai llygaid y prif arolygydd ei fod yn ei hadnabod yn iawn, ac ychwanegodd Carter, 'Ro'n i'n meddwl y byddai hynne'n canu cloch. Gofalodd hi ei fod o'n ennill ei damaid yn yr un ffordd cyn iddo ddechrau siarad, bron.'

Tina Haigh. Caeodd Morrissey ei lygaid. Roedd wedi ei chyhuddo ryw hanner dwsin o weithiau am grwydro'r strydoedd. Gofynnodd, 'Ble mae hi rŵan? Foxy sy'n ei chynnal hi?'

'Weles i mohoni wedi iddyn nhw ddymchwel y tai. Symudodd Foxy i Bolton am sbel, ond mae o mewn fflat ar 'i ben 'i hun ar hyn o bryd—rêl twlc mochyn. Mae gynnoch chi'r cyfeiriad ar y cerdyn cyflogi.'

'Oes, hefyd,' dywedodd Morrissey. Cododd ei olygon ar Barrett a gwelodd ef yn cau'r llyfr lòg ac yn nodio. 'Dwi'n ddiolchgar ichi am eich help,' dywedodd wrth Carter, a gadawodd y swyddfa gan frasgamu at y car.

Gwyliodd Carter hwy'n gadael, gan feddwl pe bai ffôn yn y fan y byddai'n rhoi gwybod i Foxy eu bod yn chwilio amdano.

Tybed be oedd y creadur wedi bod yn ei wneud? Os oedd o wedi bod yn dwyn, byddai'n rhaid iddo gael gwybod. Gallai anwybyddu ambell beth, ond nid dwylo blewog. Gwnaeth nodyn iddo'i hun i gofio holi Foxy pan ddeuai i mewn. Rhoddodd y tegell ymlaen a mynd yn ei ôl i fantoli'r cyfrifon.

Roedd y dydd wedi dechrau'n ddrwg i Foxy, a doedd yn gwella dim. Roedd yn gas ganddo fod mewn fan sefydlog yn lle bod ar y ffordd yn chwilio am lefydd addawol. Roedd hi'n braf ben bore, ond

239

yna dechreuodd cymylau hel o'r dwyrain gan ddod ag awel fain yn eu sgil, ac roedd y parc bron yn wag.

Ar wahân i dipyn o brynu am gyfnod byr amser cinio—plant yr ysgol gyfun y pen pellaf i'r parc yn bennaf—roedd Foxy'n gwastraffu ei amser, ac yn damnio hynny. Roedd y siop sglodion ar draws y ffordd yn denu llawer mwy o gwsmeriaid.

Roedd yr holl bobl ifanc wedi mynd yn ôl i fyny'r bryn erbyn hyn, ar wahân i un ferch oedd yn caru efo hogyn oedd yn gweithio yn y lle teiars y drws nesaf i'r siop sglodion. Roedden nhw wedi bod yn dadlau am o leiaf ddeng munud, ac roedd Foxy â'i ben allan drwy'r ffenest yn eu gwylio. Sylwodd yr un o'r ddau arno ac roedd sŵn y traffig yn ei gwneud hi'n amhosib clywed yr hyn roeddynt yn ei ddweud. Ond clywodd gynffon y sgwrs oherwydd cododd y ferch ei llais.

'Cer i'r diawl!'

Tynnodd Foxy ei ben i mewn a gwylio drwy'r ffenest wrth iddi aros i groesi'r ffordd. Roedd ei gwallt yn felyn yr un fath â Mandy, ac roedd wedi ei dorri i'r un siâp, yn hir ar y top ac yn fyr ar yr ochrau a'r cefn. Roedd wedi mwynhau tynnu ei law dros y blew byr ar yr ochrau a'r cefn. Roedd hithau wedi mwynhau hynny hefyd; byddai'n ei chynhyrfu bob tro—cyn iddi ddechrau rhedeg i gwyno wrth Diane.

*Cer i'r diawl.* Roedd hi wedi dweud hynny wrtho fo.

Hen ddiawliaid oedd merched. Ymbalfalodd ym mhoced ei drowsys gan dynnu cysur o deimlo'r cortyn plethedig oedd yno.

240

Cerddodd y ferch chweched dosbarth heibio'r fan a'i phen i lawr heb edrych arno. Pan gyrhaeddodd y llwybr rhwng y cyrtiau tennis a'r cwrs golff bach, clodd yntau'r fan a'i dilyn. Ddylai hi ddim bod wedi gwneud ei hun i edrych mor debyg i Mandy; roedd hi'n gofyn amdani.

Roedd y fan yn dal ar glo pan gyrhaeddodd Barrett a Morrissey'r parc, er na wydden nhw mai newydd golli Foxy yr oedden nhw. Teimlai'r prif arolygydd yn anesmwyth; nid yn unig oherwydd bod y fan ar glo, ond roedd yna rywbeth arall na fedrai roi ei fys arno. Roedd tair mynedfa arall i'r parc, ac roedd wedi anfon car at bob un. Edrychodd dros ei ysgwydd at lle'r oedd Copeland a Smythe yn aros am arwydd.

'Falle'i fod wedi mynd i ollwng deigryn,' dywedodd Barrett. 'Ychydig bach yn anodd i mewn yn fanne drwy'r dydd.'

'Mae'n rhy dawel o'r hanner,' meddai Morrissey. 'Ar wahân i sŵn y traffig, does dim i'w glywed.' Synhwyrodd Barrett ei anniddigrwydd, a throdd i wrando. 'Dim adar. Dim smic,' meddai Morrissey.

Pwyntiodd Barrett at y ddau gwnstabl. 'Waeth iddyn nhw edrych yn y lle chwech,' meddai'n anesmwyth. 'Does dim pwynt iddyn nhw fod yn fanne yn gwneud dim. Mae'n bur debyg bod Foxy wedi mynd i ollwng deigryn ar ôl cael ei ruthr o gwsmeriaid amser cinio.'

'Pa ruthr?' gofynnodd Morrissey.

'Plant Ysgol Gyfun y Parc. Os nad yw pethau wedi newid, mi fyddan nhw'n dod i lawr yn heidiau i'r siop sglodion, ac os oes ganddyn nhw ddigon o

241

bres ar ôl, mi brynan nhw loli ar gyfer y daith yn ôl.'

Trodd Morrissey'n sydyn i edrych ar y llwybr asffalt a rannai'r parc—roedd yn ddigon llydan ar gyfer seiclo ond ni ellid gyrru ar hyd-ddo. Dilynodd ei lygaid y llwybr i ben y cwrs golff bach lle'r oedd pennau'r coed rhododendron i'w gweld. Ar y dde, roedd rhes o goed yn rhedeg ar hyd wal yr ardd rosod.

Cododd haid o ddrudwy yn swnllyd a chlepgar.

'Mae rhywbeth wedi tarfu arnyn nhw,' dywedodd Barrett.

Ond roedd Morrissey eisoes yn dechrau rhedeg wrth iddo anelu at yr adar oedd yn troelli, ei goesau hirion yn brasgamu, a'i siaced yn chwifio o boptu iddo. Dros ei ysgwydd, bloeddiodd, 'Mae o 'di cael un arall! Rheda nerth dy draed, er mwyn y Tad!'

Rhedodd pawb, wedi'u cynhyrfu.

Roedd Foxy yng nghanol y rhododendrons yn gwyro dros y ferch a'r cortyn yn dynn yn ei ddwylo. Y tro hwn roedd y cynnwrf yn aruthrol, ei feddwl yn nofio mewn môr o rym a drydanai drwy ei ddwylo, ac yn gymysg â'r gwaed a bwmpiai yn ei ben, roedd sŵn traed Morrissey, a hyd nes i'r dwylo mawr gydio ynddo a'i godi, wyddai o ddim bod y prif arolygydd yno.

Roedd Katie wedi bod gartref ers wythnos, a Malminster yn ceisio dychwelyd i ryw normalrwydd unwaith eto. Bu'r ferch o'r chweched dosbarth yn lwcus, a gobeithiai Morrissey y byddai'n cofio bod yn garedig wrth adar am weddill ei hoes.

Gwyddai mai dibynnu ar hap a damwain a wnaeth yn aml yn ystod yr ymchwiliad; pe na bai Hicks wedi gweld yr allbrint a chysylltu Foxy â Diane, byddai wedi cymryd mwy o amser, ond dyna beth yw gwaith yr heddlu. Mewn gwirionedd, gwaith ditectif oedd naw deg y cant o bob achos, ond dibynnai deg y cant ar hap a damwain. Yn union fel y bu i'r Yorkshire Ripper gael ei ddal oherwydd trosedd yrru.

Ond i Colin a'i gamera roedd y gwir ddiolch, ac nid oedd Morrissey'n bwriadu anghofio hynny, na gadael i'r Adran ei anghofio, chwaith. Roedd yn syndod pa mor hael y gallai pobl fod, dim ond ichi wybod sut i apelio atynt. Roedd y CID eisoes wedi cael parti i ddathlu, a'r wythnos nesaf roedden nhw'n mynd i helpu Colin i wneud yr un peth. Byddai'n mwynhau reid mewn car heddlu a'r seiren yn canu, a gweld sut y gweithiai gwahanol adrannau o'r heddlu. Y labordy ffotograffiaeth fyddai ei ddiddordeb pennaf. Ac yna ar ôl iddo gael ei de parti, byddai Osgodby yn ei siwt orau yn cyflwyno iddo'r chwyddiadur fel arwydd o ddiolchgarwch.

Roedd Barrett hefyd yn edrych ymlaen at rywbeth. Roedd wedi colli ei ben am fod ganddo ddau docyn i weld *Cats*, ac roedd Michelle yn mynd gydag ef. Byddai'n golygu aros dros nos yn Llundain, ac roedd yn edrych ymlaen at hynny hefyd.

'Ystafelloedd ar wahân, gobeithio,' meddai'r prif arolygydd yn ddifrifol, gan edrych yn feirniadol.

Gwenodd Barrett. Roedd yn dal i wenu pan

ddaeth Janet Yarby i mewn â ffeil o bapurau iddo. Gwelodd y tocynnau ar ei ddesg a chododd nhw.

'Mi rown i'r byd am gael mynd i weld y cynhyrchiad hwnnw yn Llundain,' dywedodd, a'u rhoi i lawr ag ochenaid. 'Ond does dim diben meddwl am y peth; dwi'n gwybod nad oes gen ti un sbâr.' Â gwên fach drist, trodd ei chefn ato a gwenu o glust i glust ar Morrissey. Roedd pawb yn swyddfa'r heddlu yn gwybod ei fod yn mynd â Michelle, ond doedd dim drwg ei boenydio ychydig.

Rhoddodd Barrett y tocynnau yn ei waled a meddwl am ei ymgyrch hir i ddal Janet. Syllodd ar y drws caeedig yn hiraethus.

'Mae hi bob amser yn boenus, ceisio marchog-aeth dau geffyl,' meddai Morrissey'n sych. A heb arlliw o gydymdeimlad, gwenodd a mynd adref.

Roedd lleisiau'n codi o'r gegin: lleisiau Margaret a Katie. Rhoddodd ei siaced ar y stand yn y cyntedd, ac wrth gerdded tuag at y sŵn, clywodd drydydd llais.

Un o gariadon Katie, mae'n siŵr. Gwenyn o gwmpas pot mêl. Ond roedd yn falch ei bod hi'n dod â nhw adref; roedd ei hymddiriedaeth ynddynt fel rhieni'n dangos nad oeddynt wedi methu'n llwyr. A phe deuai â rhywun anaddas? Wel, roedd hi'n haws dylanwadu o'r tu mewn na cheisio ergydio o'r tu allan. Gwrthododd feddwl am hynny. Roedd Katie'n ddigon call.

Gwthiodd Morrissey ddrws y gegin ar agor.

Roedd Hicks yn gwisgo crys-T a'r geiriau 'Achubwch y Coedwigoedd' arno. Gwelodd Morrissey a chochodd. 'Syr,' meddai.

'Beth oedd mor bwysig na fedrai aros, Hicks?' gofynnodd Morrissey gan wgu.

Taflodd Katie edrychiad sarrug ato a chydio yn llaw nerfus y plisman ifanc.

Gwenodd Margaret yn siriol. 'Daeth Katie ag Ian adre am bryd cyn iddyn nhw fynd i'r disgo,' meddai. 'Dyna braf, yndê?'

'Bendigedig!' meddai Morrissey, gan wenu'n filain ar y dyn ifanc cyn mynd i fyny'r grisiau i newid.